Les Chroniques
de Kronos

Le Cabinet des Merveilles

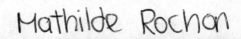
Mathilde Rochon

Marie Rutkoski

Les Chroniques de Kronos

Le Cabinet des Merveilles

Traduit de l'anglais (américain)
par Valérie Le Plouhinec

Marie Rutkoski vit à New York et est professeur de littérature anglaise à l'université de Brooklyn. *Le Cabinet des Merveilles*, volume un des *Chroniques de Kronos*, est son premier roman.

Titre original :
THE CABINET OF WONDERS
THE KRONOS CHRONICLES: BOOK 1
(Première publication : Farrar Straus Giroux, New York, 2008)
© Marie Rutkoski, 2008
Pour la traduction française :
© Éditions Albin Michel, 2009

Ce livre est dédié à mes parents,
Robert et Marilyn Rutkoski,
et à mon mari, Thomas Philippon.

Prologue

Les collines jaunes s'élevaient et retombaient sous le grand soleil, déployant à perte de vue leurs sommets et leurs vallées. La campagne de Bohême, par cette matinée d'août, ressemblait presque à un océan doré, enflé de vagues immenses.

Un chariot brinquebalant cheminait cahin-caha dans un vallon. Deux hommes étaient perchés sur le siège du cocher, les yeux rivés sur le cheval robuste qui les tirait. Un paquet enveloppé de toile occupait pratiquement tout le plateau ouvert du chariot derrière eux.

L'un des deux, Jarek, tenait les rênes. Il toussa.

– Je devrais toucher une prime pour ça, dit-il. Quelle puanteur !

– Ah bon, tu trouves ? lui demanda Martin, son compagnon, en se retournant pour regarder le paquet.

Jarek, voyant son geste, le détrompa.

– Non, je voulais parler de ces fichues fleurs de colza. Elles empestent encore plus que des lieux d'aisance mal lavés depuis un demi-siècle.

– Ah, les fleurs, répliqua Martin. Moi, je trouve qu'elles sentent bon.

Les collines devaient leur couleur jaune vif à des myriades de fleurs agglutinées en grappes épaisses.

Jarek grimaça de dégoût.

– Je n'aimerais pas être un gars des collines comme vous qui travaillez dans les champs de fleurs. Mes habits seront encore imprégnés de cette infection quand je rentrerai à Prague.

Martin, trop nonchalant pour se vexer, s'adossa contre le siège de cuir craquelé.

– Beaucoup de gens apprécient l'odeur du colza. C'est une de ces choses qu'on aime ou qu'on déteste. Comme les asperges.

– Sûr qu'à force d'être élevé dans cette puanteur, tu as dû t'y faire.

– Et n'oublie pas, ajouta Martin en agitant l'index, comme s'il n'avait pas entendu cette dernière remarque : la Bohême a besoin de ces fleurs. La moisson sera bonne cette année. Bientôt les fermiers iront aux champs récolter les graines pour en faire de l'huile. Tu peux toujours râler comme un putois au sujet de l'odeur, n'empêche que le colza, ça sert à tout.

Le cheval fit un écart sur la route de terre battue et l'une des roues plongea dans une ornière, ce qui secoua tout le chariot.

À l'arrière, un gémissement s'éleva du paquet.

– Hé, ho ! (Martin tordit le cou pour jeter un regard mauvais à la forme sombre.) Pas de ça ! Fiche-nous un peu la paix.

Il grogna d'impatience, retira son chapeau et éventa la sueur qui coulait sur son visage.

– Quelle chaleur ! dit-il en soupirant.

– Ouais, répondit Jarek d'un ton traînant en regardant droit devant lui.

– Remarque, ça paie bien, ce voyage.

– Hmm, fit Jarek en secouant les rênes. On y est presque, d'ailleurs. Plus qu'une demi-heure environ.

– Comment, tu es déjà venu ici ? Je croyais que tu n'avais jamais quitté Prague. Comment connais-tu la région ?

– Je ne la connais pas, répondit Jarek en remuant un peu sur son siège. Mais le cheval, si.

Martin le regarda de travers.

– Et il t'a dit dans combien de temps on arrivait, c'est ça ?

Jarek s'esclaffa, sans doute pour la première fois de tout le voyage.

– Mais non, voyons ! Je plaisantais.

Pourtant, la plaisanterie avait quelque chose d'étrange.

– Tu sais ce qu'il a fait ? demanda ensuite Jarek avec un geste du menton vers le paquet, dont le souffle se faisait plus bruyant et plus rauque.

Martin regardait toujours son compagnon de voyage d'un air soupçonneux.

– Non. J'ai pas demandé, et c'est la vérité toute nue.

Jarek hocha la tête.

– C'est mieux comme ça.

11

– Les ordres, précisa Martin, venaient du prince lui-même.

C'était une première nouvelle pour Jarek. En apprenant ce détail, il prit conscience qu'il était de mauvaise humeur depuis plusieurs heures. Il s'aperçut que c'était comme attraper une crampe soudaine après être resté trop longtemps dans la même position. Et d'ailleurs, se dit-il alors, il avait bien une crampe dans le bas du dos.

– Tu ne m'avais pas dit que les ordres venaient directement du prince.

– Tu ne me l'as pas demandé.

C'était juste. Jarek n'avait pas posé de questions lorsque Martin, qui lui aussi s'occupait des chevaux du prince, lui avait proposé de l'accompagner faire une livraison au village d'Okno (moyennant une partie de la paie, bien sûr). Pas plus qu'il n'en avait posé lorsque deux domestiques du château étaient venus les trouver dans les écuries, Martin et lui, chargés d'un homme qui semblait à peine conscient, au visage enveloppé d'un bandage ensanglanté.

– Ah, nous y voilà, dit Martin en désignant du geste un nid de bâtisses.

Les maisons et les boutiques commencèrent peu à peu à se distinguer les unes des autres, et la route de terre devint la rue pavée qui traversait Okno de part en part.

Le village avait une apparence prospère. On y voyait plusieurs maisons en pierre. Celles qui étaient en bois étaient en bon état, souvent joliment décorées de bardeaux multicolores autour des fenêtres, dont beaucoup avaient des carreaux de verre véritable. Des enseignes vantaient les denrées vendues dans les boutiques : harnachements de cuir pour les chevaux, livres, bois de charpente, verrerie, tissus. Les femmes déambulaient en longs jupons nets et propres. Même un chien errant qui passait par là leur parut plutôt bien nourri pour une créature sans maître. La route tourna pour déboucher sur une petite place dont le centre était marqué par une fontaine aux lignes élégantes, dont l'eau cascadait sur trois étages de pierre.

Martin sortit un parchemin de sa poche de pourpoint et le consulta.

– Tourne à gauche ici.

– Ça ne tient pas debout, réfléchit Jarek.

– C'est moi qui ai la carte, et toi, tu tournes à gauche.

– Non, je veux dire que *ça* – il tourna la tête vers l'arrière du chariot –, ça ne tient pas debout. Qu'a-t-il bien pu faire pour mériter un tel châtiment, puis se faire renvoyer chez lui au lieu d'être jeté dans le premier cachot venu ?

– Aucune idée, dit Martin en agitant vaguement la main pour chasser une mouche. Peut-être qu'il a tué quelqu'un.

– Alors il serait en prison, ou exécuté, ou les deux.

– Peut-être qu'il a tué le chien préféré du prince.

– Alors il serait en prison, ou exécuté, ou les deux.

Martin éclata de rire.

– Tout ce que je dis, poursuivit Jarek, c'est que quand on veut se débarrasser de la mauvaise herbe, on ne se contente pas de couper quelques tiges.

Les maisons étaient plus clairsemées dans la rue où ils s'engagèrent. Le vent s'insinuait en bourrasques entre les bâtisses et dans les cheveux suants des hommes.

– La mauvaise herbe repoussera. Une occasion de vengeance se présente toujours.

– *Lui* ? fit Martin en riant de plus belle. Oh, je ne regrette pas de t'avoir choisi pour conduire. T'es un marrant, toi. Mauvaise herbe ou non, ce gars-là est hors d'état de nuire. Attends, là...

Martin étudia de nouveau la carte et jeta les yeux sur une maison de pierre étroite et haute, à l'écart des autres. En se rapprochant, ils virent que le rez-de-chaussée abritait une échoppe aux vitrines remplies d'une multitude d'objets métalliques, de pendules et de jouets en fer-blanc bizarroïdes qui bondissaient comme des sauterelles. Jarek ne savait pas lire les mots peints au-dessus de la porte, mais le panneau suspendu au coin de la maison arborait une rose des vents avec toutes ses pointes.

– Arrête-toi, dit Martin. C'est là.

Jarek tira sur les rênes. Ses mains se posèrent sur ses genoux, mais elles tenaient toujours fermement les guides de cuir.

– Il a peut-être des fils. Qui sont en colère.

Martin lui donna un coup de poing sur l'épaule.

– Rien à craindre, mon ami, dit-il en désignant la porte, qui s'était ouverte entre-temps.

Une fille s'encadra sur le seuil, grande pour ses douze ans. Sous sa longue tignasse brune emmêlée, elle avait l'air sur ses gardes. Elle était vêtue d'une chemise de nuit mais arborait un air de défi, comme pour dire qu'elle savait que ce n'était pas normal mais qu'elle n'en avait cure. Elle les regardait bien en face. Elle avait les paupières plissées – mais peut-être, se dit Jarek, était-ce à cause du soleil, et non parce qu'elle les haïssait déjà.

Martin s'inclina pour lui parler à l'oreille.

– Ne t'en fais pas, je te dis. Il n'a qu'elle.

Jarek sentit son mal de crâne s'aggraver.

La jument soupira. Puis elle s'adressa silencieusement à lui, dans sa tête, comme elle ne le faisait avec aucun autre humain car elle n'en connaissait aucun qui eût le don de Jarek pour la comprendre. *Si tu étais un cheval*, lui dit-elle, *tu serais habitué à porter de si déplaisants fardeaux.*

1

À l'enseigne de *La Rose des Vents*

Plus tôt ce matin-là, Pétra Kronos s'était réveillée au son d'un *tic tic* métallique. Ce n'était pas, comme vous l'imaginez sans doute, un réveille-matin. Cela n'avait ni carillon ni aiguilles. En revanche, cela avait huit pattes et une sorte de visage, tout à fait minuscule et ponctué de deux yeux, deux éclats verts et scintillants. Astrophile, l'araignée en fer-blanc de Pétra, caracolait sur la table de chevet, à côté de son lit, en s'égosillant : « Debout ! Debout, espèce de paresseux d'Amazonie ! Chauve-souris ! Marmotte ! » Son corps brillant vibrait à chacun de ses cris.

Pétra se frotta le coin des yeux pour les décrasser.

– Ce n'est pas parce que tu as passé la nuit, j'imagine, à lire un livre sur les animaux hibernants que tu dois la ramener.

Astrophile croisa ses deux pattes de devant, imitant assez bien en cela une maîtresse d'école humaine.

– Pour tout dire, les paresseux n'hibernent pas. C'est juste qu'ils sont très, très fainéants.

17

– Mmm.

Bien que le soleil matinal commençât déjà à réchauffer la chambre, Pétra se pelotonna sous son drap de toile fine.

– Je parie qu'ils sont idiots, aussi, dit-elle.

– Oh, ça oui.

– Le genre d'animaux incapables de saisir une fine allusion.

Elle bâilla et ferma les yeux.

– En fait... commença Astrophile en décroisant ses pattes pour les détendre, il existe *une* espèce rare de paresseux, le paresseux tacheté d'Angola, qui est connu pour sa vivacité d'esprit.

Pétra resta couchée sans bouger.

– Et sa générosité d'esprit.

Aucune réaction en provenance du lit.

– Et sa capacité à être facilement touché par les requêtes persistantes de ses amis, ajouta Astrophile.

Pétra se retourna pour lui tourner le dos.

– Le paresseux tacheté d'Angola est également prudent, surtout quand il risque de se réveiller un matin le visage zébré de toiles d'araignées métalliques toutes gluantes.

– Un destin funeste, déclara Pétra.

Elle repoussa les draps et sortit de son lit. Le gloussement des poules s'insinuait par l'unique et haute fenêtre. Un coq avait bien dû chanter plus tôt dans la matinée, mais sans réussir à percer le sommeil régulier de Pétra. Elle rejeta en arrière les cheveux emmêlés qu'elle refusait obstinément, malgré les souhaits répétés de sa cousine adulte Dita, de tresser avec quelque apparence de soin. Pétra avait les yeux gris – pour être plus précis, ils étaient argentés, comme remplis de métal liquide formant un cercle brillant autour d'une pupille noire. Ils étaient en tout point semblables à ceux de son père. De manière générale, elle lui ressemblait énormément. Habituellement, cela lui plaisait.

Elle se dirigea vers une étagère qui courait sur le mur blanc, entre un coin de la chambre et la saillie rectangulaire du conduit de cheminée de la cuisine, située juste au-dessous. La planche de bois brut était jonchée de fioles, de feuilles de papier épais, de quelques plumes d'oie cassées, plus une petite boîte arrondie, brune et brillante comme un marron d'Inde. Elle était en bois et avait un couvercle à charnières. Pétra prit la boîte et choisit un flacon.

Astrophile projeta à travers la pièce un fil étincelant qui alla frapper le mur juste à côté de l'étagère. D'un seul mouvement, elle se hissa de plusieurs pieds pour aller se percher sur le bord.

Pétra déboucha le flacon et ouvrit la boîte en forme de marron. Celle-ci contenait une cuiller miniature, dans laquelle elle versa de l'huile de colza, verte et lourde. Astrophile aspira le contenu de la cuiller avec un bruissement ravi. Lorsqu'elle eut absorbé toute l'huile, ses yeux prirent une teinte plus profonde et se mirent à luire.

– Bien, dit Pétra. Si tu as faim, les autres aussi, sans doute.

Astrophile grimpa prestement le long de son bras et

lui enfonça ses pattes dans l'épaule, transperçant sa fine chemise de nuit d'été.

– Aïe !

Si elle s'attendait à des excuses, c'était peine perdue.

– Au fait, je n'ai pas lu de livre hier soir.

– Ah non ?

Pétra ferma la porte de sa chambre derrière elle. Elle descendit l'escalier au pas de course, en déployant une énergie superflue. L'araignée fut ballottée en tous sens. Dès qu'elles furent au premier étage, un concert de vrombissements et de cliquettements commença à s'élever du rez-de-chaussée.

– Alors pourquoi es-tu soudain tellement calée en zoologie ?

– J'ai lu l'almanach, dit Astrophile en parlant des minces brochures empilées dans la bibliothèque du père de Pétra. Tu sais bien que je ne peux tourner que des pages, pas les lourdes reliures en cuir des livres. S'ils ne sont pas déjà ouverts, je suis incapable de les soulever toute seule.

Pétra franchit le palier en courant et se mit à dévaler l'escalier suivant. L'araignée s'agrippa de plus belle. Le vrombissement prenait du volume.

– Si une certaine personne, poursuivit Astrophile, ne pense pas à laisser les gros beaux livres ouverts pour une pauvre araignée insomniaque, que peut faire la pauvre araignée insomniaque sinon consulter le très médiocre almanach ?

– Et d'abord, pourquoi lisais-tu des articles sur les paresseux et les marmottes ?

Astrophile garda le silence un instant.

– Je voulais en savoir plus sur les créatures telles que moi. Mais je n'ai rien trouvé sur les araignées dans l'almanach.

Pétra s'arrêta. Puis elle se remit à descendre, d'un pas normal cette fois.

– Je suis désolée, Astro.

Et c'était sincère, car il n'existait aucun livre qui pût parler à Astrophile de créatures semblables à elle. Même le guide zoologique sur les araignées que son père avait consulté pour la créer ne ferait pas l'affaire.

– Je n'oublierai plus de laisser un livre sorti en allant me coucher.

Arrivée au rez-de-chaussée, elle ouvrit la porte de l'atelier de son père, qui était aussi la boutique familiale. C'était là qu'on pouvait acheter les objets et engins métalliques fabriqués par Mikal Kronos.

– C'est simplement que je lis très vite, dit Astrophile.

– Ça oui, lui répondit Pétra avec fierté.

À voir l'atelier, on avait l'impression qu'on ne pourrait jamais y trouver ce qu'on cherchait, et à l'entendre, qu'on ne saurait jamais relier un bruit à sa source. Mais il était rangé – du moins son père le prétendait-il toujours – avec une grande logique. Cela dit, c'était une logique qu'il était le seul à comprendre. En son absence, Pétra apprenait tant bien que mal à trouver ce qu'elle cherchait (en général), même si cela lui prenait deux à trois fois plus de temps qu'à lui.

Des couinements s'élevaient d'une très grande cage

poussée sous une table, dans le coin de la pièce. Les animaux de fer-blanc avaient faim et ils étaient impatients de sortir.

– C'est pas trop tôt ! s'écrièrent quelques-uns d'entre eux.

À l'instar d'Astrophile, toutes les créatures possédaient de minuscules cordes vocales métalliques. Le métal amplifie naturellement les sons environnants. Le père de Pétra avait conçu les animaux de manière que leur corps fasse résonner le volume de leur voix. Astrophile était une araignée discrète, comme le sont généralement les araignées. Elle aimait à partager son opinion sur bien des choses, mais de préférence en secret avec Pétra, cachée dans ses cheveux pour lui chuchoter dans l'oreille afin que personne ne comprît pourquoi elle pouffait de rire. Cependant, les animaux de fer-blanc pouvaient faire beaucoup de bruit quand ils le voulaient. Un singe de métal en apportait justement la preuve en poussant des cris stridents.

Certains couraient en rond sur le sol de la cage ou escaladaient les barreaux. Lorsque Pétra leur ouvrit, cinq scarabées gros comme le poing, trois chiots couverts d'écailles en guise de fourrure, un pinson, une corneille, deux lézards qui ne pouvaient être achetés qu'ensemble, plusieurs souris et le singe aux yeux globuleux surgirent dans la pièce comme une comète. En la voyant tendre les bras vers un pichet d'huile de colza et un grand plat posé sur la table, ils revinrent à toute vitesse s'agglutiner autour de ses chevilles.

– Quelles manières ! dit Astrophile en reniflant, comme si elle-même s'était dirigée vers son petit déjeuner d'un pas lent et digne.

Les animaux trempèrent le bec, lapèrent ou aspirèrent l'huile. Pétra poussa le singe pour faire de la place au bord du plat à un scarabée qui s'obstinait à foncer tête baissée dans le derrière du primate. Une fois repus, ils évoluèrent plus calmement dans la pièce, à part les trois chiots qui se mirent à jouer à la lutte. C'étaient les plus jeunes des animaux de fer-blanc. Ils n'étaient achevés que depuis six mois, juste avant le départ de son père pour Prague. C'était sa dernière expérience ; à la différence des autres, ils étaient conçus pour grandir.

Les animaux s'ennuyaient beaucoup, enfermés toute la nuit en cage. Ils débordaient d'énergie. Des années auparavant, quand son père avait commencé à fabriquer les petites bêtes métalliques, il les laissait déambuler dans la maison à toute heure du jour et de la nuit. Que croyez-vous qu'il arriva ? Un désastre complet. Les bocaux de légumes en conserve allaient s'écraser sur le sol de la cuisine et répandaient du vinaigre partout. Un écureuil entra dans l'armoire à linge et déchira plusieurs draps pour en faire des nids de chiffons. Un oiseau brisa un miroir précieux à force de taper du bec contre son propre reflet. Si Dita avait vécu chez eux à l'époque avec sa famille, vous pouvez être sûrs qu'elle aurait rapidement mis fin à la liberté de ces créatures. Mais il n'y avait là que Pétra, sept ans, que les bêtises des animaux faisaient hurler de rire. Quant à son père, c'est à peine s'il remarqua quelque chose. Ce n'est que quand un pauvre lapin disparut et qu'ils le retrouvèrent coincé dans les entrailles d'une maquette d'engin de ferme, mourant de faim, qu'il décida d'encager les bêtes la nuit. Elles ne pouvaient plus jouer que dans l'atelier, et seulement dans la journée, lorsque quelqu'un était là pour les surveiller.

Astrophile était l'exception à la règle. Mais il faut dire qu'elle était l'exception à pratiquement toutes les règles. Elle était sage de naissance. Elle mettait un point d'honneur à avoir de bonnes manières. Elle avait appris le tchèque à toute vitesse, composant des phrases entières dès l'âge de quelques jours. C'était le seul animal fabriqué par son père qui eût appris à lire. Astrophile recherchait activement des lectures sur tous les sujets, de la poésie à la confection des loukoums. Pétra lui disait souvent, pour la taquiner, qu'elle était gavée d'informations inutiles. En revanche, alors qu'elle assimilait maintes connaissances que Pétra ne maîtriserait jamais, elle s'était débrouillée pour ne pas apprendre à dormir. La plupart des animaux, vers l'âge de deux ans, commençaient à somnoler par tranches de quelques minutes. Un an plus tard, ils pouvaient faire des nuits entières. Mais Astrophile, qui avait six ans, ne faisait guère que cligner des yeux de temps en temps.

Pétra fit un brin de ménage dans l'atelier afin de le rendre présentable pour les clients. Elle épousseta l'œuvre de son père : mors de harnais et socs de char-rue, couverts finement gravés, collection de boîtes à musique, boussoles, astrolabes, et des pendules qui se mirent à sonner dix heures. Il était déjà tard. Le mari de Dita, Josef, devait être parti depuis des heures travailler dans les champs de colza. Bientôt, Pétra ouvrirait la porte sur la rue. Elle espérait écouler quelques articles. Par-dessus tout, elle espérait que son ami Tomik passerait la voir.

Si improbable que ce fût, elle perçut un bruit de pas glissants par-dessus le vacarme de l'atelier. Elle se retourna et vit David, le fils de Dita, son cadet de quelques années.

– Stella ! appela-t-il.

La corneille de fer-blanc traversa la pièce d'un coup d'ailes, tache brillante et floue, pour aller se poser sur l'épaule du garçon en donnant de gentils petits coups de bec dans ses cheveux bouclés.

– Fayot de piaf, marmonna Astrophile.

– Je suis une corneille ! criailla Stella, vexée.

Il était clair que cette corneille-là n'avait aucune intention d'être vendue à un villageois d'Okno ou à un marchand ambulant charmé par son plumage miroitant. L'oiseau, très satisfait de sa vie à *La Rose des Vents*, s'était pris d'affection pour David, qui lui caressait la tête.

– Mère voulait que je vienne voir si tu étais *enfin* réveillée, fit le garçon en singeant la voix exaspérée de Dita. Elle voulait savoir si tu allais t'acquitter de ta *seule* tâche dans cette maison.

– Eh bien ça se voit, non ?

– Eh bien ça se voit que tu ne peux pas accueillir les clients en chemise de nuit.

Pétra commença à répondre grossièrement, mais David se mit à chanter à tue-tête en regardant tout sauf elle dans la boutique. « *Oh, la jolie bougresse en chemise de nuit ! Mais elle s'est coiffée avec un pétard, c'est moi qui vous le dis !* »

La corneille babilla.

– *Oh, la jolie bou...*

– David, la ferme !

– *... gresse en chemi...*

– Arrête !

Ce qu'il fit lorsqu'il s'aperçut qu'elle ne le regardait plus, toute tendue vers la fenêtre, le visage inquiet.

– Qu'est-ce qu'il y a ? s'enquit-il.

Il avisa un chariot mené par deux hommes déguenillés.

– Je ne sais pas trop.

Comme elle ouvrait la porte, Astrophile grimpa dans sa tignasse et s'agrippa de toutes ses pattes à une mèche emmêlée : ainsi, on aurait dit une épingle à cheveux en forme de fleur à huit pétales. Les animaux se ruèrent vers la porte ouverte, mais David traversa la pièce en courant pour les arrêter. Il les repoussa dans la cage.

Les deux hommes descendirent du chariot. L'un d'eux riait aux éclats. L'autre regarda Pétra, leva les yeux vers le ciel et s'étira dans le grand soleil. Ils se retournèrent vers le chariot pour décharger quelque chose.

Tout d'abord, Pétra ne put croire que la longue forme anguleuse portée par les deux hommes était son père. Mais ensuite, la tête se renversa en arrière dans les bras du plus gros des porteurs, et elle vit ses longs cheveux gris-noir, sa bouche large, et le bandage couleur de rouille en travers de son visage.

Elle jeta un regard par-dessus son épaule vers David, qui attendait dans la boutique, les yeux fixés sur la porte, écarquillés d'horreur.

– Dita, chuchota Pétra.

Elle n'avait plus de voix.

Mais David retrouva facilement la sienne.

– Mère !

Il fit volte-face et s'enfonça en courant dans les profondeurs obscures de la maison.

– *Mère !*

2

La construction de l'horloge

Les deux hommes portèrent Mikal Kronos dans sa boutique.

Pétra ferma la porte derrière eux. Elle se sentait comme un automate, comme une des inventions de son père. Elle ne pouvait détourner les yeux du chiffon qui lui couvrait le visage. Il était raide de sang séché. Pétra savait qu'il fallait changer le bandage, mais elle ignorait si elle en serait capable.

Mille questions cherchaient à s'échapper de sa bouche en lui labourant la gorge, mais aucune ne sortit.

– Que s'est-il passé ?

Elle fut stupéfaite d'entendre sa propre voix, faible et apeurée.

– Ton papa a eu un accident, répondit le plus lourd des deux hommes.

Dita surgit du couloir. Elle se tenait droite, les cheveux enveloppés dans un foulard bleu foncé, et s'essuyait les mains sur son tablier amidonné. David la suivait, Stella sur l'épaule. Dita surprit le plus grand à observer l'oiseau avec curiosité. Il détourna les yeux, gêné.

– Bien le bonjour, m'dame, dit son compagnon. Je m'appelle Martin. Navré d'apporter de mauvaises nouvelles. Votre mari a fait un dur voyage. Voulez-vous bien nous montrer où nous pouvons l'installer pour qu'il prenne un peu de repos ?

– C'est mon oncle, dit Dita en fronçant les sourcils. Venez par ici. Sa chambre est là.

Elle les guida jusqu'à une petite pièce du rez-de-chaussée avec une fenêtre carrée et un lit étroit.

Une fois que les deux hommes eurent déposé leur fardeau sur le lit, Dita prit la main de son oncle et se mordit la lèvre en regardant ses bandages.

– David, va chercher de l'eau.

David sortit en coup de vent, mais Stella s'envola de son épaule pour revenir se poser sur l'une des colonnes du lit. La corneille ploya le cou pour regarder Dita qui retirait doucement la gaze du visage de son oncle.

– Comment est-ce arrivé ? demanda durement la jeune femme.

Les deux étrangers échangèrent un regard.

Pétra était restée en arrière, agrippée d'une main au chambranle de la porte. Le dos de Dita lui cachait la vue de son père. Elle attendit que quelqu'un parle. Comme personne ne disait mot, elle répondit à la question de sa cousine.

– Ils ont dit que c'était un accident.

– Ah vraiment.

Dita avait parlé d'une voix blanche. Elle vrilla sur les hommes un regard farouche.

– Un accident ? C'est ce qui va vous arriver, à vous aussi, si vous ne sortez pas de cette maison sur-le-champ.

Martin sourit et tendit les mains en avant.

– Vous ne pouvez quand même pas nous reprocher ce qui...

L'oiseau poussa un cri strident et s'arracha à la colonne du lit pour plonger sur les hommes en sortant ses griffes pointues et son bec tranchant. Effarouchés, ils se ruèrent hors de la maison, trébuchant, jurant, et se couvrant le visage de leurs mains tandis que Stella fondait sur eux telle une dague volante.

Lorsque Dita s'adressa à Pétra, sa voix était à la fois rude et douce.

– Je veux que tu sortes de la chambre, toi aussi.

Pétra hésita. Puis elle se glissa dans le couloir. Elle gravit quatre à quatre les marches qui menaient à sa chambre. Par la fenêtre, elle entendait toujours les criaillements furieux de l'oiseau.

Après cela, plus personne ne contesta que Stella fît partie de la famille.

Dita avait emménagé dans la maison avec son mari et son fils des années plus tôt, après une longue sécheresse qui avait rendu les champs de colza secs, craquants et inutiles. Il n'y avait pas eu de récolte cette année-là, et celle de l'an précédent était pauvre. Les fermiers de toute la Bohême se désespéraient. La cour du prince, à Prague,

31

n'avait que légèrement ressenti la hausse du prix de l'huile utilisée pour la cuisine, l'éclairage des maisons élégantes et la fabrication des armes, qui nécessitait la chaleur intense des feux d'huile de colza. La réaction du prince avait été d'augmenter les impôts.

Les paysans, indignés, avaient commencé à comploter contre le prince. Mais alors, des membres clés de la rébellion avaient mystérieusement disparu de chez eux. Le complot s'était délité. Certains avaient perdu la vie à cette époque. D'autres, comme Josef, y avaient laissé leur vitalité.

Josef et Dita étaient venus loger à *La Rose des Vents* sans emporter grand-chose de plus que leur fils David. Leur ferme et leur maison avaient été vendues avec à peu près tout leur contenu. Mais au-delà de cette raison, Pétra savait aussi que son père voyait en Dita une seconde mère pour elle. Cela la contrariait. Tout d'abord, elle n'avait jamais su ce que c'était qu'avoir une mère, puisque la sienne était morte en lui donnant la vie. Pétra n'éprouvait aucun besoin de remplacer ce qui, pensait-elle, ne lui manquait pas.

De plus, elle adorait vivre seule avec son père. Il lui enseignait bien plus que n'auraient jamais pu le faire les maîtres d'école emperruqués du village. De temps à autre il suivait ses conseils à elle, comme lorsqu'il avait entrepris de travailler sur des outils métalliques invisibles. Pétra prenait toujours plaisir à le regarder travailler. Il n'employait pas ses mains pour construire quoi que ce fût, mais dardait sur les objets un regard concentré qui faisait danser rouages, mèches et clous à travers la pièce en un tourbillon scintillant. Comme il l'avait expliqué à Pétra, l'usage des mains était lent et fastidieux. Ses doigts l'empêchaient de voir précisément son ouvrage. À ces mots, Pétra avait fait remarquer que bien des gens pourraient apprécier, eux aussi, de voir les trous qu'ils perçaient. Des outils invisibles ne pourraient-ils pas être utiles ? Son idée était bonne en théorie, mais pas en pratique. Essayez de taper sur un clou avec un marteau invisible et vous comprendrez pourquoi. Mais au moins, son père avait pris l'idée au sérieux et confectionné quelques outils, qu'il avait ensuite rangés quelque part dans l'atelier. Pétra n'avait d'ailleurs jamais pu les retrouver... ce qui n'avait rien d'étonnant, puisque personne ne pouvait les voir.

Le plus grand avantage qu'il y avait à vivre seule avec son père, c'était la liberté. Pétra était libre de s'habiller comme elle le voulait, de dormir quand elle voulait, de manger ce qu'elle voulait et de dire ce qu'elle voulait. L'idée qu'il ne savait absolument pas comment élever une jeune fille traversait peut-être l'esprit de son père de temps en temps, mais si c'était le cas il en était rapidement distrait par quelques journées enfermé dans son atelier avec une miche de pain rassis et une ébauche d'idée nouvelle. Il était heureux, et Pétra l'était aussi. Mais lorsque la famille de Dita avait perdu sa ferme et qu'il avait invité sa nièce à venir vivre chez eux, il s'était mis à regarder sa fille d'un air pensif. Il avait eu la même expression lorsque le lapin en fer-blanc avait disparu, lorsqu'il s'était soudain rendu compte qu'il était responsable d'un être dont il ne pouvait pas s'occuper en permanence.

C'est ainsi qu'avait commencé une sourde lutte entre Pétra et sa cousine. Pétra menait une guerre de résistance. Dita contre-attaquait avec persistance. Toutefois, au fil des ans, Pétra avait fini par apprécier beaucoup de qualités chez sa cousine. L'une d'elles était l'honnêteté de cette femme. Dita faisait ce qu'elle disait. Et elle disait toujours ce qu'elle pensait. Elle n'était pas du genre à mâcher ses mots ni à les prononcer à la légère.

Si bien que lorsque cette dernière, une heure après le départ des inconnus, frappa à la porte de sa chambre et entra sans attendre d'y être invitée, Pétra tint sa langue, même si en d'autres temps elle aurait hurlé qu'elle avait droit à son intimité. Une frayeur anxieuse lui bourdonnait dans le ventre.

Dita s'assit sur une chaise à côté de son lit et soupira.

– Le prince a volé ses yeux à ton père. Il les a fait prélever et conserver.

En voyant le visage bandé, Pétra avait tout de suite su que la gaze cachait une vérité terrible. Mais... son père, aveugle ? Il ne pourrait plus jamais travailler.

– C'est impossible. Pourquoi le prince aurait-il fait une chose pareille ? Père fabrique une horloge magnifique pour lui. Il ne pourra pas l'achever s'il n'y voit pas.

– Il l'a déjà terminée, bien plus tôt que prévu. Il avait hâte de rentrer à la maison. Il dit que le soir où il a posé le dernier rouage, il s'est fait arrêter par plusieurs soldats accompagnés d'une chirurgienne, qui était une sorte de magicienne. Puis le prince est arrivé et l'a remercié d'avoir créé un si merveilleux chef-d'œuvre. Il a déclaré que nul ne saurait ni ne pourrait plus jamais rien construire d'aussi beau. Et ensuite... il a ordonné à la chirurgienne de prélever les yeux de ton père, conclut Dita en tordant la bouche.

– Mais pourquoi ? Pourquoi les voulait-il ?

– Je ne sais pas. Pétra, tu peux parler avec ton père de ce qui s'est passé.

Pétra bondit de son lit. Sa cousine leva une main.

– Mais seulement un petit moment. Il est très fatigué et ses plaies lui font mal. Il a besoin de dormir.

Lorsque Dita eut quitté la pièce, Pétra se changea. Être restée en chemise de nuit pendant cette atroce matinée avait tout rendu irréel : c'était comme si, encore endormie, elle avait tout rêvé. Elle voulait se réveiller.

Astrophile se détacha de ses cheveux et se coula le long de son bras. Pétra enfila un pantalon, retira sa chemise de nuit et passa une chemise de travail. Elle tira ses cheveux en arrière et les attacha d'un geste rapide. Astrophile prit sa place sur son épaule, et Pétra descendit les marches pour la deuxième fois de la matinée.

Une fois devant la porte de la chambre de son père, elle tendit la main vers la poignée et l'y laissa un moment. Elle avait envie de la tourner. En même temps, elle n'en avait pas envie. Enfin, Astrophile descendit le long de son bras et frappa avec ses pattes.

– Entrez !

La voix était faible, mais étonnamment enjouée. C'était presque la même que six mois auparavant, lorsque Pétra avait gratté à cette même porte pour lui dire qu'un carrosse du château était arrivé pour l'emmener à Prague.

Pétra ouvrit.

– Bonjour.

La lumière dans la chambre était faible. Un tissu propre et blanc couvrait les yeux de son père.

– Pétra, viens ici.

Elle tira un tabouret à travers la pièce et s'assit à côté du lit.

– Pourquoi le prince t'a-t-il fait ça ?

– Parce qu'il m'appréciait.

– Ne plaisante pas avec ces choses-là.

– Je suis sérieux. Enfin, à peu près. (Il lui tapota la main.) Si cela peut te consoler, le prince m'a dit que je serais payé pour mon travail. Un jour.

– Qu'est-ce que ça peut me faire !

– Ma foi, il faut bien s'intéresser à quelque chose. Astrophile ?

Il s'adressa à l'araignée à voix haute, mais ses paroles étaient destinées à Pétra. Avec son don pour les métaux et sa capacité à les influencer par la pensée, maître Kronos aurait pu communiquer en silence avec l'araignée de fer-blanc.

– Oui, monsieur ?

– As-tu bien veillé sur ma fille ?

– Bien sûr, maître Kronos.

– Et qui a veillé sur toi, Père ? demanda Pétra, agacée. Pourquoi ne me dis-tu pas ce qui s'est passé ? Dita m'en

36

a déjà raconté une partie. J'ai besoin de connaître toute l'histoire.

– Toute l'histoire ? Pétra, même moi je ne sais pas tout. Que te dire ? Le prince m'a toujours très bien traité. C'est un jeune homme brillant. Très savant pour un adolescent. Très curieux. Il m'invitait souvent à dîner dans ses appartements privés. Nous nous entendions à merveille. Il me montrait des cartes du monde, qui changent de jour en jour à mesure que les explorateurs découvrent de nouveaux pays. Le prince emploie plusieurs cartographes, qui travaillent sans relâche. Dès qu'une carte est tracée il faut y ajouter un fleuve, une chute d'eau, une île ou un nouveau monde. Le prince possède sa carte personnelle, qui est très ingénieuse. Il m'a fallu plusieurs jours pour comprendre comment son cartographe en chef, un magicien doué, l'a fabriquée. Le prince la garde dans un médaillon, elle n'est pas plus grosse qu'une tête d'épingle. Quand il la dépose dans sa main – seulement dans sa main *à lui*, comprends-moi bien –, elle grossit et se déploie sur le sol. On peut marcher sur les continents, et les océans se transforment en petites mares, profondes de deux pieds environ. C'est une invention merveilleuse.

– À quoi ressemble sa bibliothèque ? demanda Astrophile avec intérêt.

– Cela dépasse les mots. Et le prince me donnait accès à tout ce que je voulais lire. Le plafond en argent est conçu à l'image de la surface de la Lune, qu'il m'a montrée à travers un long tube garni de lentilles courbes à chaque bout. Tu l'ignores peut-être, mais la Lune n'est pas aussi lisse qu'il y paraît. Elle est grêlée de cratères, tout comme le plafond de la bibliothèque. Des oiseaux au plumage rouge vivent dans les creux ; ils aident à la conservation des livres en picorant les insectes qui entrent dans la bibliothèque et grignotent les pages. Ah, Astrophile, cela ne doit pas te plaire.

Astrophile se crispa.

– Je ne suis pas un nuisible ! Je ne mange pas les livres ! Je ne suis pas un libriovore !

Le père de Pétra fronça les sourcils.

– C'est un mot, ça ?

– Quelle importance ? intervint-elle avec humeur. Père, pourquoi parles-tu comme si le prince et toi étiez *amis* ? Il t'a *aveuglé* !

Mikal Kronos garda le silence un instant.

– Oui, Pétra, dit-il ensuite avec lenteur. J'en suis conscient.

Sa voix était douce, mais Pétra baissa les yeux, gênée de s'être emportée.

– Résider à la cour fut une expérience très... intéressante pour moi, poursuivit-il. Le prince était fort aimable. J'étais flatté par son enthousiasme pour mon travail. Il était si généreux ! Si j'avais une idée, il en faisait l'éloge. Si j'avais besoin d'aide, il me l'apportait. Il m'a présenté à bon nombre des plus grands artistes d'Europe. Ils m'ont aidé à construire certains des éléments les plus impressionnants de l'horloge : les sculptures, les motifs plaqués d'or, et un cercle décoratif aussi vaste qu'un étang, décoré d'un champ de colza peint qui brille sous le soleil pendant la journée et envoie des vagues sombres la nuit. Les étoiles du cadran scintillent, et elles changent de position au fil des saisons.

Il se tut. Pétra attendit.

– L'horloge est la plus belle chose que j'aie jamais créée. Le prince soutenait qu'elle devait être plus que simplement fonctionnelle. Elle devait aussi éblouir le peuple par sa seule beauté. Et elle le fera, une fois dévoilée au public. Je le sais, puisque c'est une des dernières choses que j'ai vues. Elle est gravée au fer rouge dans ma mémoire.

– Mais… hésita Pétra. Je ne comprends pas. Si le prince était tellement content de l'horloge, pourquoi t'avoir fait cela ?

– Il m'a dit que c'était un honneur de renoncer à mes yeux. Que je trahirais mon génie si jamais je construisais un objet de moindre importance. Je ne suis pas certain que *génie* soit le terme le mieux choisi, mais il est vrai que le prince a quelques opinions qui sont… contestables. Quand les soldats m'ont ligoté à une chaise, il m'a promis que je serais bien payé pour le travail accompli, conformément à nos accords. Puis il m'a dit qu'il enviait ma vision du monde, que je devais voir les choses d'une manière très particulière pour concevoir une telle merveille. Je crois…

Sa voix s'éteignit. Il se reprit.

– Je crois qu'il m'a pris mes yeux pour deux raisons. La première, c'est qu'il veut que personne – surtout pas *moi* – ne reconstruise une telle horloge, ni rien d'autre qui puisse rivaliser avec. Et la deuxième, c'est qu'il a l'intention de se servir de mes yeux. De les porter, pourrait-on dire.

– De les porter ? C'est possible ?

Son père haussa les épaules.

– Tout est possible. Il suffit d'avoir le bon sortilège, la bonne connaissance ou le bon éclair d'inspiration pour faire fonctionner ce que l'on veut. S'il y a une chose que j'ai apprise en six mois à la cour, c'est que notre monde est de plus en plus grand, et que la Bohême n'est qu'une minuscule tache de peinture jaune sur la carte. Je sais qu'un sort a été jeté à mes yeux pour permettre au prince de les porter. Je n'avais jamais entendu parler de rien de tel. Mais les explorateurs du prince s'enfoncent dans de nouvelles régions du monde, ils vont dans l'Orient, dans la jungle, et dans les montagnes de glace où les hommes chevauchent des loups et ne se nourrissent que d'air. Je ne doute pas qu'il existe bien des sortilèges et des formes de magie inconnus de nous. Ni que le prince ait réuni toutes les connaissances possibles sur ces nouveaux prodiges.

– Si le prince peut porter tes yeux, sera-t-il capable de déplacer des objets sans les toucher ? Saura-t-il fabriquer ce que toi tu sais fabriquer ?

Quand son père réagit, ce fut avec des mots tranchants. Sa voix recelait quelque chose que Pétra reconnaissait sans pouvoir vraiment l'identifier, car elle ne l'avait jamais entendu dans sa bouche.

– Il m'a volé mes yeux, Pétra, pas ma tête.

Ni l'un ni l'autre ne dit mot pendant un moment, et le silence se fit pesant. Mikal reprit la parole, plus calmement.

– Cela ne t'ennuie pas si je dors un peu ?

Il lui caressa la main.

– C'est bon d'être à la maison.

Elle l'embrassa sur le front.

– Je reviendrai te voir plus tard.

Comme elle ouvrait la porte pour sortir, Pétra comprit soudain ce qu'elle avait entendu dans sa voix. Elle l'avait souvent entendu dans celle de Josef. C'était de l'amertume.

3

Un éclair, une guêpe

Pétra ferma la boutique à clé derrière elle et enfila la rue à grandes enjambées. Elle avait une idée.

À l'approche du centre d'Okno, le claquement léger de ses pas résonna entre les murs de pierre. La rue dessinait devant elle une ligne droite et nette. Elle passa devant la boulangerie, où l'on préparait la troisième fournée de la journée. Jetant un œil par une fenêtre ouverte, elle vit des bras forts pétrir la pâte sur une table en bois.

Que tout eût l'air si normal lui faisait un drôle d'effet.

Elle rejoignit la rue principale, où s'alignaient la plupart des échoppes d'artisans.

Dame Jugo lui décocha un regard aigre et recula dans sa boutique de jouets, marquée par un panneau orné d'une toupie. Le père de Pétra avait eu beau faire son possible pour lui expliquer que ses animaux de fer-blanc étaient fabriqués en tout petit nombre et qu'ils n'étaient qu'un produit dérivé de son travail sur les métaux, dame Jugo ne parlait plus à la famille depuis des années. Elle voyait dans les inventions de maître Kronos les prémices d'un lent complot pour s'arroger toute la production de jouets de la ville. Sans compter que les petits compagnons de maître Kronos exposaient de manière choquante ses dons pour la magie, que tout individu qui se respecte devait plutôt (de l'avis de dame Jugo) garder pour lui.

Pétra s'avança d'un pas décidé et régulier jusqu'à *L'Enseigne du Feu*, une boutique de verrerie. Le magasin disposait de larges fenêtres miroitantes, faites de verre taillé en une multitude de losanges fixés par un quadrillage de plomb. Quelques morceaux de verre coloré lui renvoyèrent des éclats de lumière dans les yeux. Un vitrail au-dessus de la porte s'illuminait du nom de STAKAN en lettres rouges. C'était là qu'habitait son ami Tomik avec sa famille.

Pétra entra dans la boutique, vide à l'exception d'un chat en fer-blanc pelotonné près du seuil. Il ouvrit paresseusement un œil vert et le referma aussitôt.

– Jaspar, il faut que je voie Tomik. Et maître Stakan. C'est important.

Le chat garda les yeux fermés et ronronna. Ou ronfla. Il était difficile de faire la différence.

Outrée, Astrophile descendit en trombe le long du bras de Pétra, mais cette dernière l'enferma sous sa main en coupe et ignora les piqûres acérées de ses pattes contre sa paume. L'araignée désapprouvait Jaspar en général, et exécrait en particulier ses mauvaises manières.

– Tu ne fais qu'aggraver les choses, siffla Pétra entre ses dents.

– Qui ne fait qu'aggraver les choses ?

Jaspar avait rouvert un œil.

– Astrophile.

– Qui ?

– Astrophile.

– Qui ?

– Moi ! glapit l'araignée dans la main de Pétra.

– Oh, fit le chat en nichant sa tête sous une de ses pattes. Aucune importance.

– Mais ce que j'ai à dire à Tomik et à son père, si.

Elle essaya de les appeler.

– Tomik ! Maître Stakan !

Ses exclamations résonnèrent dans la maison vide.

– Ils ne sont pas là, dit Jaspar. Mais continue de crier, si tu aimes ça.

– Et toi, essaie donc de valoir l'huile que tu bois ! vociféra Astrophile.

Jaspar bâilla et ses dents étincelèrent comme des joyaux.

– À propos d'huile... Vous n'en auriez pas un peu, par hasard ? Je sais où vous pourriez trouver Tomas et Tomik, mais malheureusement j'ai le gosier un peu trop sec pour vous le dire.

Pétra soupira.

– D'accord. Dis-moi où ils rangent le colza.

Les moustaches du chat se dressèrent comme des aiguilles d'argent.

– Va voir dans le pichet en bois sur l'étagère du haut, là.

Elle attrapa le pichet et versa de l'huile dans l'assiette de Jaspar.

– Et maintenant, tu nous aides ?

Jaspar lapa l'huile et poussa un miaulement métallique.

– Encore.

– Où sont-ils, bon sang ?

Tomik et son père passèrent la porte.

– Ils sont dans la boutique, dit Jaspar.

– Merci beaucoup.

Elle reposa le pichet sur son étagère.

– Quelle ingratitude ! fit le chat.

Sur ce, il se roula en boule et se rendormit.

Tomik avait un an de plus que Pétra. Ses cheveux couleur de sable lui tombaient dans les yeux. Il les repoussa de son front en sueur et la regarda avec hésitation. Avant même que maître Stakan eût parlé, elle sut qu'ils étaient au courant.

– C'est vrai, Pétra ? lui demanda Tomas Stakan. David est venu en ville et il raconte une étrange histoire à propos de ton père. C'est vrai ?

Maître Stakan resta sérieux comme les pierres en écoutant Pétra expliquer ce qui était arrivé.

– C'en est trop !

Son poing s'abattit violemment contre l'établi. Des bocaux tintèrent et l'un d'eux, tombant du bord, alla s'écraser par terre.

– Trop ! Un jour, le prince regrettera la manière dont il aura traité son peuple ! Même quand il était petit garçon, il envoyait les gens à la potence aussi facilement qu'il se serait mouché le nez ! Un jour, il...

Il cessa de tempêter presque aussi soudainement qu'il avait commencé. Il jeta un regard nerveux derrière lui, comme s'il risquait d'être observé ou que ses paroles de rébellion risquaient d'être entendues. Il poussa un long soupir et sembla retrouver son calme.

– Il y a peut-être un moyen pour que vous puissiez aider mon père, dit Pétra.

Et elle leur décrivit son plan. Pendant qu'elle parlait, maître Stakan hochait de temps en temps la tête.

Lorsqu'elle eut terminé, Tomik commença à dire quelque chose.

– Je crois que...

Son père leva la main à plat.

– Je vais me mettre au travail, dit-il. Mais cela prendra du temps, et je ferai sans doute beaucoup d'erreurs avant d'arriver au bon résultat. Ce n'est pas simple, ce que tu demandes.

Mais c'était possible. Pétra se sentait pleine d'espoir, si bien qu'elle ne se formalisa pas lorsque maître Stakan les chassa comme des petits enfants accrochés à son tablier de travail.

– Allez vous occuper ailleurs, vous deux, dit-il en agitant les mains dans leur direction. J'ai déjà assez à faire sans avoir à m'inquiéter que vous cassiez quelque chose en jouant dans l'atelier.

– Au cas où tu n'aurais pas remarqué, on n'a rien cassé ! protesta Tomik.

Avant que maître Stakan ait pu répondre, Pétra remorqua Tomik dans l'escalier. Il la suivit en tapant des pieds avec humeur sur les marches usées.

– Apprenti ? Moi, son apprenti ? Tu parles, je ne fais que manœuvrer le soufflet. Racler les pots. Laver les vitres. Balayer par terre. À quoi ça sert que je sois son apprenti ? Il ne me laisse rien faire !

Ils entrèrent dans sa chambre au grenier. Tomik claqua la porte derrière eux. Le plafond était bas et il faisait chaud, si bien qu'ils s'assirent en tailleur par terre.

– Il n'a jamais réfléchi à tout ce que je pourrais faire.

Après un silence, il ajouta, d'une voix basse et ardente :

– Tu veux voir ma dernière invention ?

– Bien sûr, dit Pétra.

Curieuse, Astrophile se hissa sur la pointe de ses pattes.

Tomik se renversa en arrière, appuyé sur un coude, et tira une vieille boîte de sous son lit. Il l'ouvrit, révélant des dés en osselets de porc, une série de grosses craies de charbon et une multitude de billes. Mais à y regarder de plus près, Pétra vit que deux d'entre elles se distinguaient des autres. Elles étaient un peu plus grosses, et quelque chose bougeait à l'intérieur. Tomik les sortit de la boîte et les tendit à Pétra. Elle en souleva une et découvrit qu'elle était légère et creuse. Une étoile de lumière vive palpitait à l'intérieur.

– Qu'est-ce que c'est ?

– Un petit morceau d'éclair. Ça n'a pas été une mince affaire de le faire entrer dans le verre, mais c'est quand même plus facile qu'on ne pourrait le croire.

– Comment ça ?

– C'est assez simple de manipuler les éclairs par la magie. Tu comprends, expliqua-t-il avec assurance, la foudre et la magie sont très proches. Comme des cousines.

Pétra l'étudia du regard.

– Comment tu sais ça ? On dirait que tu as... que tu as pris des leçons.

– Mais bien sûr, ironisa-t-il. Qui m'en donnerait ? Non, cette idée sur la foudre, cela vient d'une chose que ton père a dite.

– Mon père ? À toi ?

– Une chose que je l'ai entendu dire. *Par hasard*, précisa-t-il. Tu sais comme il peut être distrait quand il travaille à quelque chose. Avant son départ pour Prague, je suis allé à *La Rose des Vents* un jour, faire une course pour mon père. Maître Kronos parlait tout seul, les yeux dans le vague. Il a dit quelque chose comme : « Je vais commencer par la foudre. Ce sera le plus facile. La parenté entre magie et énergie. La parenté entre forces brutes. » Je ne voulais pas espionner, Pétra. (Il scruta son visage pour voir si elle le désapprouvait.) C'est juste que... Je n'ai reçu aucune aide de mon propre père pour utiliser la magie. Alors j'ai bien écouté le tien.

Pétra ne savait pas comment réagir. Aux paroles de Tomik, elle se demanda immédiatement si elle-même avait suffisamment écouté son père. Tout ce qu'elle se rappelait de leurs conversations avant son départ pour Prague avait trait aux rouages, aux leviers, aux cadrans et aux pendules. Mais la foudre et la magie ? Quel rapport entre *ça* et la construction d'une horloge ?

– Quoi qu'il en soit, continua Tomik, ce que j'ai entendu de maître Kronos m'a donné l'idée de tenter d'abord des expériences avec la foudre. Et j'ai réussi ! Mais fabriquer cette bille, ce n'est rien à côté du mal que j'ai eu à enfermer *ceci*.

Il souleva la seconde sphère. À l'intérieur, une guêpe volait en zigzag en tapant de son dard contre le verre : *ting ting ting*.

– Je pensais pouvoir m'en servir pour faire une farce à dame Jugo. L'idée, c'est que quand on brise le verre, ce qui est à l'intérieur se multiplie par cent.

– Et ça marche ? demanda Astrophile.

– Eh bien celle avec l'éclair, oui. C'est la seconde de ce modèle que j'ai fabriquée. J'ai testé la première dans une clairière en forêt, et j'ai eu beaucoup de chance de ne brûler aucun arbre. Il y a aussi eu un roulement de tonnerre, ce à quoi je ne m'attendais pas. Mais je ne suis pas certain que celle-ci fonctionne. (Il souleva la bille à la guêpe avec précaution.) Je ne suis même pas sûr de *vouloir* le savoir. Il faudrait que je la casse pour m'assurer qu'elle marche et... bon, les guêpes sont censées attaquer la personne la plus proche de la sphère brisée. Mais après l'avoir faite, j'ai réalisé que je ne détestais personne au point d'envoyer cent guêpes à ses trousses. C'est un peu excessif, non ? Je veux dire... (il marqua une pause et écouta le *ting ting ting* de la guêpe)... une seule suffit. En plus, cette guêpe risquerait de se souvenir de moi et de décider que je suis une cible plus intéressante que la personne la plus proche.

– Se souvenir de toi ? s'esclaffa Pétra. Ne sois pas idiot. Les guêpes n'ont pas de cerveau pour se souvenir.

Il fit la grimace.

– Ce n'est pas le cerveau qui m'inquiète.

Pétra lui prit la sphère. Le verre mince vibrait entre ses doigts, qui se crispèrent lorsqu'elle observa le dard de l'insecte.

– Pas beau à voir, concéda-t-elle en rendant les deux sphères à Tomik, qui les remit dans la boîte.

– J'ai eu cette idée parce que Lucie n'arrêtait pas de me tanner pour que je lui fabrique des boucles d'oreilles en forme de papillons. Père a dit à Lucie et à Pavel qu'ils pouvaient faire le voyage jusqu'à Prague cette année, pour vendre notre production. Lucie veut impressionner les gars de la ville. Et aussi Pavel ! conclut-il en levant les yeux au ciel.

Lucie était sa grande sœur. Jolie, tout en rondeurs, elle avait épousé Pavel à dix-huit ans. Tomik, Pétra et elle exploraient les bois ensemble tous les trois quand ils étaient plus petits. Mais le trio s'était séparé un jour où Tomik et Pétra l'avaient incitée à se baigner dans un ruisseau vaseux. Bien qu'ils aient juré ignorer que le cours d'eau était plein de sangsues, Lucie avait piqué une crise de nerfs en découvrant les petits globules noirs qui s'étaient collés à ses jambes pâles pour lui sucer le sang. En hurlant, elle avait sauté hors de l'eau et s'était roulée dans l'herbe en repoussant son frère et Pétra qui s'efforçaient d'arracher les sangsues. Ils avaient fini par la convaincre de les laisser l'aider, mais les larmes roulaient sur ses joues et elle poussait un gémissement chaque fois qu'une sangsue arrachée révélait une marque noirâtre. Après cet incident, Lucie avait décidé que Tomik et Pétra n'étaient pas de très bons compagnons de jeux. Très franchement, ils avaient le même avis sur elle.

– J'ai mieux à faire que de lui fabriquer des boucles d'oreilles ridicules, continua Tomik. Mais ensuite je me suis dit : « Et si j'utilisais de *vrais* papillons ? Ce serait joli... mais assez inutile, aussi. » Puis j'ai compris qu'il fallait de l'énergie pour casser quelque chose, et que je pourrais utiliser cette énergie pour multiplier ce qui se trouvait dans le verre brisé. Mais cent papillons ? Ce n'est pas bien intéressant.

– Cent fois plus joli et cent fois plus inutile qu'un seul.

– Tout juste, confirma Tomik en riant.

– Tu as pensé à mettre de l'eau à l'intérieur ? suggéra Astrophile.

Tomik se frotta le menton.

– Ça, c'est une idée. Tu lances la bille contre un mur à côté de quelqu'un, et il se retrouve complètement trempé.

– Mais il faudrait faire en sorte que l'eau se multi-plie bien plus de cent fois, observa Pétra. Cent gouttes d'eau, cela ne fait pas grand-chose. Ça ne remplirait même pas une petite cruche.

– C'est vrai. Hmmm...

Les yeux de Tomik se perdirent dans le vague tandis qu'il réfléchissait à la manière d'accroître le pouvoir multiplicateur des sphères. Puis son regard redevint net en se posant sur Pétra.

– Mais le concept est bon, non ? Il y a tant de possi-bilités ! Je pourrais multiplier presque *n'importe quoi* de cette manière. Qu'en penses-tu ?

– Je crois que je suis jalouse.

Elle avait dit cela avec admiration. Le don pour la magie était chose extrêmement rare – du moins si l'on n'était pas né dans une famille noble. Et il était encore plus étonnant que Tomik fût capable de l'employer si jeune, car en général ces talents ne commençaient pas à se manifester avant l'âge de quatorze ans environ. C'est-à-dire l'âge adulte, où l'Académie testait les fils et filles de seigneurs, d'officiers de haut rang, de per-sonnes bien en cour, ou de ceux qui étaient assez riches pour faire d'énormes donations aux bonnes personnes. Quelqu'un comme Tomik ne serait jamais évalué par l'Académie. Quant à y être admis, ce n'était même pas la peine d'y penser.

Tomik ferma la boîte dans un claquement.

– J'essaie toujours de montrer cela à Père, mais il m'arrête net chaque fois. Soit il est trop occupé, soit il est trop fatigué. Une minute il me dit que je suis trop jeune pour faire de la magie ; la suivante, il m'avertit que j'ai intérêt à cesser de bricoler avec. Il prétend que ses dons ne lui ont apporté que des ennuis, qu'il aurait la vie bien plus facile s'il n'était qu'un souffleur de verre ordinaire. Je crois qu'il a perdu des amis à la Guilde.

La plupart des villes et villages étaient pourvus d'une guilde distincte pour chaque corps de métier. Les guildes sont des organisations qui gardent les secrets de fabrication et établissent des règles pour la vente des objets. En général, il y a dans chaque ville une guilde des verriers, une guilde des selliers, etc. Mais Okno était si petite que si une guilde des verriers y avait existé, le père de Tomik en aurait été le seul membre. C'était vrai aussi pour beaucoup d'autres artisans, y compris le père de Pétra. Si bien que dans ce village, il n'y avait que la Guilde. Ses membres travaillaient ensemble – enfin plus ou moins. Une chaussure en cuir fabriquée par dame Chistni recevait une boucle métallique faite par le père de Pétra. Mais le cuir de dame Chistni était assoupli par des heures de travail, pas par la magie. Un fait qu'elle était disposée à oublier lorsqu'elle travaillait avec maître Kronos.

Tous les membres de la Guilde ne partageaient pas son attitude.

C'est pourquoi Pétra ne fut pas étonnée lorsque Tomik, remettant la boîte sous le lit, déclara :

– Nous devrions peut-être garder tout cela secret.

4

Terre et soleil, soleil et terre

Lorsque Pétra sortit de chez les Stakan, le crépuscule était déjà là. Le soleil était couché et les nuages rosissaient. Au-dessus, un bleu sombre s'installait dans le dôme céleste. Un point de lumière vive y scintillait, tel l'éclair dans la sphère de Tomik. Mikal Kronos avait dit à Pétra que les étoiles aussi brillantes étaient des planètes, exactement comme la terre. Exactement comme la terre ? se demanda-t-elle. Les collines et les vallées étaient-elles les mêmes ? Les gens avaient-ils les mêmes problèmes ? Peut-être les choses étaient-elles différentes là-bas, peut-être que personne n'y prenait ce qui n'était pas à lui.

Un chien aboya, mais ensuite les rues d'Okno replongèrent dans le silence. Les fermiers étaient rentrés des champs et dans presque chaque maison, une fenêtre – celle de la cuisine – était éclairée par les flammes du foyer. Elle ferait bien de se hâter de rentrer dîner. Mais elle se pencha sur la fontaine, au centre du village, et plongea les mains dans l'eau fraîche et noire.

Par-dessus le gargouillement de la fontaine, elle entendit le cri des hirondelles. Les oiseaux décrivaient des cercles au-dessus d'elle, à la recherche de leur repas du soir.

Astrophile s'enfonça plus profondément dans ses cheveux.

– Tu as peur, Astro ? la taquina Pétra pour tenter de chasser son humeur sombre.

– Simple mesure de précaution, chuchota l'araignée.

– Tu crois vraiment qu'une minuscule hirondelle salive à la vue d'une friandise comme toi ? Patate ! Les oiseaux ne digèrent pas les insectes de métal.

– Je ne suis *pas* un insecte. Je suis un arachnide. Il y a une différence nette et distincte entre les deux.

– Astrophile, tu as l'air d'une vieille maîtresse d'école acariâtre quand tu as peur, on te l'a déjà dit ?

– Merci. Mais ce n'est pas de la peur. C'est de l'agacement. (Une hirondelle frôla la tête de Pétra, Astrophile couina.) On peut y aller, maintenant, s'il te plaît ?

Lorsque Pétra entra dans la cuisine, Dita, debout à côté du feu, pêchait des carottes bouillies avec des brindilles de thym dans la grosse marmite en fer suspendue au-dessus des bûches. Josef et David étaient assis à la table de chêne, si épaisse que taper du poing dessus aurait eu le même effet que frapper le sol : tout ce qu'on aurait senti, c'est à quel point on ne lui faisait rien.

Josef ressemblait à la table à laquelle il était assis. C'était un homme massif, musclé et buriné. Des rides profondes marquaient son visage. Le père de Pétra disait qu'on pouvait deviner l'âge d'un arbre en comptant les anneaux dans le tronc coupé. Un anneau par an. Mais si Pétra avait dû compter de la même manière les rides du visage de son oncle, il aurait passé pour un vieillard. Pourtant, il n'avait pas quarante ans. Il lorgna Pétra sans cesse de mastiquer. Il était également à peu près aussi bavard que la table.

Dita toisa Pétra des pieds à la tête. Elle avait clairement envie de la gronder pour son retard. Mais dans un très léger haussement d'épaules, elle sembla décider que ce n'était pas une journée ordinaire, et qu'il y avait des excuses au comportement de Pétra.

Cette dernière s'assit en face de David. Tout en enfournant une énorme bouchée de carottes, il eut l'air déçu que Pétra ne se soit pas attiré d'ennuis en rentrant si tard.

Lorsqu'ils eurent terminé leur repas, Dita réchauffa une généreuse portion de poulet aux carottes dans la marmite, au-dessus des braises encore brûlantes. Puis elle disposa la nourriture sur une assiette et y ajouta des oignons au vinaigre. Elle passa l'assiette à Pétra.

– Va porter ça à ton père.

Pétra craignait de le trouver endormi ou, pire, de le réveiller. Mais il était alerte et content lorsqu'elle entra dans sa chambre.

– J'ai trouvé le nom de mon ennemi : « Ennui ».

Il lui fit signe de venir près de lui.

– Tu vas le faire partir se cacher sous terre.

Ils ne discutèrent même pas le fait que s'il essayait de

se nourrir seul, il en mettrait partout. Il se redressa simplement et elle s'assit à ses côtés, l'assiette sur les genoux. Cela faisait à Pétra un effet très étrange de nourrir son père, un peu comme écrire de la main gauche. Mais il bavardait entre les bouchées comme s'ils étaient installés face à face dans la cuisine autour d'un repas normal. Il s'enquit de Tomas Stakan et rit lorsqu'elle lui raconta sa rencontre avec Jaspar, mais elle ne mentionna pas les sphères de verre de Tomik ni la raison de sa visite à *L'Enseigne du Feu.*

En revanche, elle lui parla de l'accès de colère de maître Stakan.

– Il y a une chose que je ne comprends pas, ajouta-t-elle. Il savait, lui, que le prince était quelqu'un d'horrible. Pourquoi pas toi ? Pourquoi as-tu accepté de construire l'horloge pour lui ?

Il ne répondit pas immédiatement.

– Vois-tu, Pétra, commença-t-il lentement, il faut parfois accorder aux gens le bénéfice du doute. Bien sûr il y a eu ce terrible incident, l'année de la sécheresse, dans lequel nous avons perdu plusieurs personnes de valeur. C'étaient des amis à moi, Pétra, des gens que j'aurais aimé que tu connaisses. Mais le prince n'était qu'un enfant de douze ans à l'époque, contrôlé par les conseillers de son père à Prague. Ce sont eux qui ont pris toutes les décisions jusqu'à ses quatorze ans.

La Bohême, bien qu'étant une nation autonome, faisait partie de l'empire des Habsbourg, régi par le père du prince. L'empereur Charles, qui régnait depuis sa cour de

Vienne, avait trois fils. À leur naissance, il avait donné à chacun un pays. L'aîné, le prince Maximilien, était souverain d'Allemagne ; la Hongrie appartenait au prince Frédéric ; et le plus jeune, le prince Rodolphe, avait reçu la Bohême. Lorsqu'il sentirait la mort approcher, Charles, jugeant de la manière dont chacun de ses fils aurait dirigé son pays, en choisirait un pour lui succéder à la tête de l'empire des Habsbourg.

– Il est plus facile, continua Mikal Kronos, de rendre une seule personne responsable de vos chagrins plutôt que tout un groupe. On peut alors croire que si cette personne, et seulement elle, disparaissait, tout serait différent, tout irait mieux. C'est peut-être vrai, parfois. Mais la plupart du temps, ce n'est qu'un vœu pieux. Imaginons que le prince ait bien donné l'ordre d'emprisonner, et même d'exécuter, ceux qui fomentaient la rébellion l'année de la sécheresse. Certes, c'était une réaction brutale. Mais comment en vouloir à un jeune homme pour des décisions prises lorsqu'il était enfant ?

– Il avait l'âge que j'ai maintenant.

– Et moi je suis vieux, dit son père en soupirant. Pourtant je commets encore des erreurs de jugement.

Pétra n'aimait pas l'entendre parler ainsi. Les cheveux poivre et sel de son père lui retombaient tout droit sur les épaules, un coup d'œil suffisait pour constater qu'il y en avait plus de blancs que de noirs. Elle savait que quand elle était née, il était plus vieux que la plupart des pères. Elle n'était pas son premier enfant. Sa mère avait donné le jour à trois fils. Tous étaient mort-nés ou décédés peu après la naissance, et le troisième était le jumeau de Pétra. Il n'y avait pas de sage-femme ni de médecin au village à l'époque, pas plus que maintenant. Il n'y avait qu'une vieille femme, Varenka, qui concoctait des remèdes et aidait aux accouchements, sans être particulièrement douée pour l'un ni pour l'autre.

– Bien sûr, je nourrissais des soupçons envers le prince, dit son père. Si tu te souviens bien, je suis d'abord allé le rencontrer à Prague avant de m'engager dans ce travail.

– Mais comment as-tu pu accepter ? Regarde ce qu'il t'a fait. Comment as-tu pu le rencontrer et ne pas le voir tel qu'il était ?

– Ce n'est pas toujours facile de voir les gens tels qu'ils sont. J'espère que tu seras plus douée que moi pour cela. Le prince Rodolphe est charmant et persuasif. Il m'a semblé intelligent, attentionné et amical. J'étais prêt à croire, après ce premier rendez-vous, que les gens l'avaient mal jugé et lui avaient reproché des choses qu'il ne contrôlait pas, comme le temps qu'il faisait ou les décisions prises par ses conseillers alors qu'il était plus jeune. Et aussi... (il s'arrêta un instant)... j'étais intrigué par le projet. Du jour où il m'a été proposé, il ne m'est plus sorti de la tête. Il me hantait, et j'étais tellement inspiré que j'avais besoin de mettre mes idées en pratique.

Pétra garda le silence car elle avait l'impression que, même s'il disait vrai, la pause qu'il avait marquée avant de reprendre la parole indiquait qu'il n'avait pas révélé toute la vérité.

– Ce n'est qu'une horloge. Tu aurais pu en construire une pour le maire d'Okno si tu avais voulu.

– Mais une horloge comme celle-là ? Avec autant de moyens et de talents venus de tout l'empire ? Non, jamais. Parce que... (Il se mordit la lèvre.) Pétra, fais très attention, tu ne dois répéter à personne ce que je vais te dire.

Cela piqua sa curiosité.

– Bien sûr que non.

– À personne ! reprit-il en lui agrippant la main. Pas même à Tomik.

– Je ne le répéterai pas. Promis.

Sa main se détendit un peu, mais continua à tenir celle de Pétra.

– C'est plus qu'une simple horloge. Tu sais que le temps qui passe et le temps qu'il fait sont étroitement liés, n'est-ce pas ? Ce que nous appelons un « mois », c'est le temps qu'il faut à la lune pour croître et décroître. La lune contrôle les marées, et les marées modèlent les contours des terres, elles en emportent des morceaux, en rapportent d'autres. Les marées amènent des nuages de pluie, que les vents poussent au-dessus des terres. Pendant des années nous avons cru que le Soleil tournait autour de la Terre, mais j'ai appris à la cour du prince que ce n'était pas le cas. C'est l'inverse qui est vrai : la Terre tourne autour du Soleil. Et nous divisons en heures le temps où nous voyons le Soleil et celui où il est caché. C'est le Soleil qui en décide.

Pétra avait le tournis. Qu'est-ce qu'il racontait ? La

Terre tournait autour du *Soleil* ? Cela n'avait absolument aucun sens.

– Le prince a eu une idée. Tu reconnaîtras qu'elle était ingénieuse. Je n'y aurais jamais pensé, mais quand il l'a formulée j'ai compris son potentiel. J'ai vu tout le bien que cela pourrait faire à la Bohême. Et je me suis senti certain, alors, que le prince ne pouvait pas avoir un mauvais fond, que s'il avait pris de cruelles décisions, il voulait se racheter. Vois-tu, il se demandait s'il ne serait pas possible de fabriquer une horloge assez puissante pour influencer le climat. Puisque les éléments climatiques – le soleil et la lune – affectent le passage du temps, alors peut-être pourrions-nous réaliser le contraire. Inverser les flux d'influences et faire en sorte que le temps affecte le soleil et la lune. Le prince disait qu'avec une telle horloge, il n'y aurait plus jamais de sécheresse. Les éléments pourraient être contrôlés pour produire exactement la bonne quantité de pluie, de soleil et de nuages, et garantir chaque année des récoltes sensationnelles de colza.

Voilà donc pourquoi son père était si préoccupé par la foudre et la magie avant de partir pour Prague. En l'écoutant, Pétra se sentait de plus en plus mal. L'une des choses qu'elle avait toujours adorées chez lui – sa manière de marmotter comme s'il était seul, ou de tremper une plume d'oie dans un verre de lait sans rien remarquer parce qu'il avait une idée en tête – commençait à ne plus sembler si appréciable. Il travaillait souvent sur des projets au point de ne plus voir le monde autour de lui. Mais jamais cela n'avait abouti à quoi que ce fût de dangereux.

– Je n'étais même pas sûr d'en être capable lorsque j'ai accepté le projet, poursuivit Mikal Kronos. Je lui ai promis d'essayer, rien de plus. Je me suis engagé à lui fournir une horloge capable d'étourdir toute l'Europe par sa beauté, mais quant à produire un engin propre à contrôler le climat... disons que c'était ambitieux, à tout le moins. Pour la plupart des gens, la nouvelle horloge de la place Staro ne fera que donner l'heure.

– Alors elle ne peut pas contrôler les éléments ? demanda Pétra avec soulagement.

– En fait, si. Ou plutôt, elle pourrait.

– Mais, Père...

Elle s'en voulait de ce qu'elle allait dire, mais elle se força.

– Ne crois-tu pas que le prince risque d'utiliser l'horloge à d'autres fins que d'assurer une récolte parfaite chaque année ? Et s'il faisait tout le contraire ?

– Cette pensée m'a traversé l'esprit... (ses doigts errèrent sur son visage et touchèrent son bandage)... après coup. Mais, Pétra, le prince n'a rien à gagner à de mauvaises récoltes. La richesse de son pays repose sur la production de colza.

» Et il s'appuie trop sur son intelligence. La capacité de l'horloge à contrôler le climat réside dans une pièce finale, qui n'a pas encore été assemblée ni installée. Cette pièce est une sorte de puzzle. Mais un individu ordinaire ne peut pas la reconstituer. Pour ajuster les morceaux, il faut plus que de l'intelligence : cela exige de l'intuition, et le don de voir les pièces de métal comme je les vois. Le prince Rodolphe veut-il prouver qu'il possède tout cela ? Ce gamin de dix-huit ans veut-il briller plus fort que ses frères et être choisi comme prochain empereur ? Bien sûr. Aveugle comme je le suis maintenant, j'ai peine à croire que je l'aie été à tel point avant. « Je fini-rai l'horloge *moi-même*, m'a-t-il dit. Je respecte votre talent. J'admire votre vision du monde. Vous savez voir la beauté. Mais vous n'êtes plus nécessaire. »

» Je suis obligé de croire, Pétra, qu'il ne m'a pas dit la vérité. Le prince Rodolphe m'a volé ma vue, mais il n'est pas moi. L'horloge pourrait contrôler le climat, Pétra, mais le prince ne comprendra pas comment la faire fonc-tionner.

5

Parole d'araignée

Pétra commença à avoir du mal à dormir la nuit. Lorsqu'elle ne pensait pas à ce que le prince risquait de faire avec l'horloge, elle se demandait pourquoi son père était tellement certain qu'elle ne pourrait pas être employée à contrôler le climat. Lorsqu'elle n'attendait pas impatiemment la prochaine visite de maître Stakan à *La Rose des Vents*, elle s'inquiétait que son idée pût échouer. Toutes les nuits elle s'entortillait dans ses draps chauds et avait l'impression que le matin n'arriverait jamais.

– De toute manière, la vie est bien plus intéressante quand on ne dort pas, lui assurait Astrophile.

Elle grogna.

– Tu ne sais pas ce que tu rates, insomniaque au cœur froid. Moi, si.

Mais Pétra devait admettre qu'elles s'amusaient bien le soir. Elle s'asseyait sur l'appui de sa fenêtre, balançant ses longues jambes dans la brise nocturne, et Astrophile lui enseignait les constellations, lui montrait Cassiopée dans son fauteuil, la ceinture d'Orion le Chasseur, et lui indiquait comment trouver l'étoile Polaire. Pétra, de son côté, lui apprenait à jouer aux cartes. Comme Astrophile avait du mal à les tenir (ce n'est pas pour rien que l'on appelle les cartes distribuées une « main »), Pétra les lui passait les yeux fermés et les posait par terre. Mais elle finissait toujours par les voir, même sans le vouloir. Si bien que leurs jeux n'en étaient pas vraiment, mais plutôt des leçons où Pétra initiait l'araignée aux subtilités de la mise et du bluff.

Dita, qui avait l'habitude de se plaindre du goût de Pétra pour la grasse matinée, commença à observer avec inquiétude les yeux cernés de sa jeune cousine. Puis un jour, en l'aidant à équeuter et à dénoyauter des cerises pour les confitures, celle-ci lui passa le sel au lieu du sucre. La confiture fut gâchée. Elles la mirent tout de même en bocaux, car Dita avait le gaspillage en horreur. Pétra n'était pas enthousiaste à l'idée d'une confiture de cerises salée, mais chacun a ses priorités.

C'est pourquoi le jour où Dita trouva un petit régiment de bouts de chandelle cachés sous son lit, elle gronda la jeune fille pour ces dépenses extravagantes. Elle lui ordonna de fabriquer de nouvelles chandelles, un travail d'un ennui extrême. Pétra s'installa à côté du foyer de la cuisine, où bouillonnait un petit pot de cire d'abeilles. Elle plongeait une longue ficelle dans la cire, la soulevait, laissait sécher la cire, puis la replongeait. Et encore et encore. La ficelle s'épaissis-sait de plus en plus en se couvrant de cire crémeuse. L'odeur de cire fondue n'était pas désagréable – elle avait un parfum de miel –, mais Pétra finit par s'en écœurer. Son bras se fatigua, son dos se raidit, et elle transpirait dans la chaleur du foyer et de la fin de l'été.

Lorsqu'il ne resta plus qu'un pouce de cire au fond du pot, Dita la mit de côté pour sceller des bocaux. Ce soir-là, elle fit boire à Pétra une tasse de lait chaud à la camomille. Le lendemain soir, ce fut de l'eau de vio-lette fraîche. Pétra aimait bien le goût des concoctions de sa cousine, mais cela ne l'aidait pas à mieux dormir. Le jour où Dita lui proposa une branche de saule bouillie à mâcher, elle déclina poliment.

Un soir, elle parvint à s'assoupir quelques minutes. Au réveil, elle constata qu'Astrophile n'était plus là. Elle longea le couloir jusqu'à la bibliothèque de son père, avec ses murs irréguliers, ses recoins et ses éta-gères surchargées de livres, sans trouver l'araignée. Elle se faufila donc jusqu'au rez-de-chaussée, descen-dant les marches à tâtons dans le noir jusqu'à entendre le bourdonnement et les cliquettements constants de l'atelier. Les animaux glapirent avec appétit, mais elle entrouvrit la porte de son père sans leur prêter atten-tion. La chambre était plongée dans les ténèbres.

– Astrophile ? chuchota-t-elle en regrettant de ne pas savoir communiquer avec elle en silence comme son père.

Elle avait essayé à maintes reprises au fil des ans.

Chaque fois, Astrophile se contentait de rire à la vue de son visage tordu par une concentration intense.

– Tu es là, Astrophile ? Père ?

– Oui ? dit l'araignée.

– Oui ? dit l'homme.

– C'est le bruit dans l'atelier qui t'empêche de dormir, Père ?

– Non, répondit-il. (Elle aurait voulu voir son visage.) J'aime bien ce bruit.

Une idée la frappa soudain. Elle aurait pu se gifler de ne pas y avoir pensé plus tôt.

– Et si je t'achetais une des Fioles de Souci de maître Stakan ?

Il sourit, sans doute.

– Pourquoi pas deux ?

Le lendemain matin, Pétra entra dans la bibliothèque pour y prendre quelques couronnes afin de payer maître Stakan. Elle monta les marches à grandes foulées bondissantes.

La pièce était garnie de rayonnages bien plus hauts que Pétra. Des années plus tôt, maître Kronos avait fabriqué une échelle à lévitation. Pour la faire fonctionner, on claquait des doigts et, tel un chien obéissant (quoique lent), elle glissait vers l'endroit qu'on lui désignait. Quand Pétra lui avait demandé comment il s'y était pris, son père avait répondu d'un air vague.

– Il suffit de comprendre les émotions des aimants. Ils sont très affectueux, mais ils peuvent se montrer têtus

70

quand on les offense. Alors en construisant l'échelle, j'ai surtout cherché leur amitié.

Ce qui pouvait expliquer pourquoi l'échelle était toujours plus prompte à obéir à son père qu'à quiconque.

En entrant dans la bibliothèque, Pétra claqua des doigts et lui indiqua l'angle de gauche, là où les murs se rejoignaient. Puis elle grimpa aux barreaux, remarquant en chemin un trognon de pomme desséché que son père avait dû oublier sur le quatrième rayon plus de six mois auparavant. Lorsqu'elle eut atteint l'étagère du haut, elle poussa de côté un certain nombre de livres sur la conception des fontaines.

Un pissenlit poussait dans le mur. C'était un globe blanc et duveteux, de ceux sur lesquels on souffle pour regarder chaque petite graine s'envoler sur ses minuscules ailes blanches. Mais le duvet de ce pissenlit était fait de fins filaments d'argent. Pétra se pencha en avant et souffla trois fois sur la fleur, deux souffles longs et un court. Le globe se désagrégea doucement. Les graines flottèrent vers le sol. Elles tombèrent dans des trous du parquet si petits que Pétra ne les voyait pas, même si son père lui avait assuré qu'ils étaient bien là. Puis il y eut un chuintement au moment où toutes les graines, devenues invisibles, pivotèrent dans la même direction.

Une lame de parquet glissa de côté, révélant un monticule de couronnes et des piles plus petites de pièces étrangères. Pétra compta ce qu'il lui fallait pour acheter deux Fioles de Souci à maître Stakan.

Elle s'immobilisa en regardant l'amas de pièces d'or, d'argent et de cuivre. Elle fut frappée par le fait qu'on ne voyait briller que très peu d'or. Et les piles s'étaient érodées au fil des mois. L'essentiel des économies familiales venait des petits travaux quotidiens de son père, comme ajuster des fers à cheval ou forger des cerclages pour les tonneaux. Que deviendrait leur vie à présent qu'il ne pouvait plus travailler ?

La question lui pesait comme une poigne lourde et désagréable posée sur sa nuque.

Elle passa la main derrière les pièces et ouvrit une petite trappe. Il y avait là un autre pissenlit, mais à ressort. Il était jaune et fait de laiton brillant. Les pétales lui piquèrent le doigt lorsqu'elle les poussa comme un bouton.

Elle retira sa main de la cachette et la planche se remit en place. Tel un vol d'oiseaux miniatures, les graines du pissenlit d'argent se soulevèrent du sol, s'élevèrent le long du rayonnage et allèrent se regrouper autour de leur tige verte. De nouveau, elles formèrent une sphère parfaite. Pétra gravit l'échelle pour ranger les livres. Après avoir caché la fleur, elle quitta en courant la bibliothèque, dévala l'escalier et sortit.

Maître Stakan l'accueillit chaleureusement.

– Pétra ! J'allais voir ton père. (Il tapota une bourse de cuir lisse posée sur son établi.) On y va ensemble ?

– Oui ! Mais avant de partir, puis-je vous acheter quelque chose ? répondit-elle en sortant les pièces de sa poche. Deux Fioles de Souci, s'il vous plaît.

– Hmmm.

Il hésita.

– Tu as du mal à dormir la nuit, c'est ça ? Bien.

Il hésita encore. Puis il se retourna et choisit deux flacons sur un mur d'étagères couvertes de fioles de verre de toutes les formes, tailles et couleurs imaginables. Les Fioles de Souci étaient petites, rondes et transparentes. Leur goulot était large, fermé par un gros bouchon de liège.

– Fais attention où tu les ranges, hein ?

– Bien sûr.

Il tapa dans ses mains.

– Alors allons-y.

À cet instant, Tomik entra, une miche de pain dans les bras. Ses yeux se posèrent sur la bourse de cuir.

– C'est prêt ?

– Oui, dit son père en empochant la bourse. Pétra et moi, nous allons à *La Rose des Vents*. Toi, tu restes ici au cas où quelqu'un viendrait à la boutique.

Les doigts de Tomik s'enfoncèrent dans la croûte du pain.

– Je viens avec vous.

Maître Stakan souffla rageusement.

– Tu ne veux pas que je voie, c'est tout, gronda Tomik.

– Je veux que Tomik soit là, dit Pétra.

Il y avait de la fermeté dans sa voix, comme si elle avait oublié qu'elle n'avait que douze ans.

73

Maître Stakan soupira bruyamment. Son regard oscillait entre les deux enfants.

– Inutile de gâter le pain, fils, dit-il. Viens avec nous.

Mais son visage était celui de quelqu'un qui agit contre sa volonté.

Tous trois se réunirent autour du lit de maître Kronos dans la petite chambre du rez-de-chaussée. Quand maître Stakan expliqua l'objet de sa visite, Pétra vit que son père était surexcité, même s'il s'efforçait de ne pas le montrer.

Maître Stakan ouvrit la bourse de cuir et fit tomber deux billes de verre dans sa main. Pétra avait beau savoir ce qu'il y avait dans le petit sac, elle sentit tout de même un étrange tiraillement dans son ventre à la vue des deux yeux – car c'est de cela qu'il s'agissait, deux yeux de verre blanc aux iris argentés et aux pupilles noires. C'étaient les yeux de son père... *Non*, se dit-elle, *ce ne sont que des copies*. Mais tout de même, elle regarda fixement les yeux de verre dans la paume de l'homme et se sentit troublée.

Maître Stakan tendit l'autre main vers les bandages de son père. Pétra regarda ailleurs.

– Alors ? dit-il lorsqu'il eut mis en place les yeux de verre.

Pétra se tourna vers son père. Il avait l'air si normal, si *entier*... Elle se rendit compte qu'elle n'avait pas vu son vrai visage depuis plus de sept mois.

Mikal Kronos soupira, incapable de cacher sa déception.

– Je ne vois rien.

– Ah.

L'impatience de Tomas Stakan s'évanouit lentement.

– Tu sais, je pensais bien qu'il me faudrait plusieurs
essais. C'est beaucoup plus compliqué que de fabriquer
des yeux pour les animaux en fer-blanc. Ne t'inquiète
pas. Je suis sûr que je vais trouver comment m'y
prendre.

– Je ne suis pas inquiet, Tomas. Je le sais bien.
Merci.

Maître Stakan secoua la tête.

– Il a l'âme bien noire, ce prince. Te renvoyer chez
toi, comme cela, sans une couronne en poche...

– Le prince m'a promis de me payer dans quelques
années.

Maître Stakan poussa une exclamation ironique.

– Ce n'est pas demain la veille.

Puis, abruptement, il prit congé. Il s'agitait, nerveux, passant d'un pied sur l'autre. Pétra le raccompa-
gna jusqu'à la porte avec Tomik et prit brièvement la
main de son ami avant que son père et lui ne sortent
de *La Rose des Vents*. Par la fenêtre, elle regarda maître
Stakan s'éloigner avec la hâte de celui qui fuit son
propre échec.

Il n'avait pas terminé le travail.

Pétra prit une décision. Elle rejoignit la chambre de
son père. Silencieusement (parce qu'elle se sentait

incapable de parler) et rapidement (parce qu'elle avait trop peur pour faire autrement), elle s'approcha du lit.

Toujours plongé dans sa déception, Mikal Kronos ne remarqua rien jusqu'à ce que les doigts de sa fille se posent sur son visage. Il la sentit tâter les yeux de verre. Il lui saisit les mains.

– Non, je t'en prie.

Pétra hésita.

– Va chercher Dita, lui ordonna-t-il.

Pétra imagina ce qu'elle verrait : deux trous écœurants, rouges et comme récurés, et les points grossiers qui avaient recousu les chairs.

La voix de son père se durcit.

– Fais ce que je te dis.

Elle s'exécuta.

Dita fut bientôt dans la chambre de son père. Les bandages étaient de retour sur le visage de Mikal Kronos. Et les yeux de verre étaient dans la bourse de cuir, sur la table de chevet bancale en pin.

Ce soir-là, Pétra s'enferma dans sa chambre avec soulagement, peine, pitié, et la sensation lancinante de négliger quelque chose d'important, quelque chose qui ne collait pas. Mais ses émotions étaient si enchevêtrées qu'elle n'aurait su reconnaître ce que c'était. Tout ce qu'elle aurait pu dire, c'est qu'elle était perturbée.

Elle avait envie d'allumer une chandelle, mais elle imagina Dita la sermonnant sur les méfaits du gaspillage. Alors elle se pencha à la fenêtre pour regarder les nuages passer devant la jeune lune.

– Il y a une chose que je ne comprends pas, dit-elle à Astrophile.

– Vas-y.

– Pourquoi le prince lui a-t-il promis de le payer alors qu'il lui avait pris ses yeux ? S'il a pu lui faire une chose pareille sans états d'âme, il n'avait pas besoin de le renvoyer chez lui ni de le payer.

– Ce qu'a dit ton père était peut-être vrai. Peut-être que le prince le respecte.

– Drôle de manière de le montrer.

– Tout porte à croire que le prince est un drôle d'individu.

L'araignée remua quelques-unes de ses pattes, qui miroitèrent dans le clair de lune.

– Ton père a toujours vénéré le savoir.

Pétra fronça les sourcils.

– Quel rapport ?

– Regarde : moi, par exemple. Je suis une araignée très curieuse.

– Et alors ?

– J'aime lire toute la nuit. J'ai appris des langues étrangères. J'espère apprendre à écrire un jour. J'essaie de découvrir des choses nouvelles, même si cela fait de moi une « fouineuse », pourrait-on dire.

– Oui, bien sûr. Moi aussi j'ai appris à lire à un jeune âge. Je ne partage pas tout à fait ta fascination pour tous les bouquins moisis existant sous le soleil,

77

mais c'est naturel que tu sois en avance pour ton âge. Tu m'appartiens.

– Précisément, commença lentement Astrophile. Et c'est ton père qui m'a fabriquée. Ne crois-tu pas qu'il y a une raison derrière mon intérêt pour le savoir ? (À supposer que les araignées puissent hausser les épaules, c'est ce qu'elle fit.) Voyons les choses en face. C'est étonnant que j'aime savoir exactement combien de mots commencent par la lettre *z* alors que Jaspar – qui, étant un modèle plus récent et un animal plus complexe, devrait en toute logique être plus « évolué » – se prélasse dans l'atelier de maître Stakan et fait même *la sieste* ! Mais en fin de compte, je suis une construction. Je suis telle que ton père m'a fabriquée, et il m'a fabriquée – comme tu viens de le dire – pour que je t'appartienne.

– Astrophile, tu ne m'appartiens pas vraiment. Si tu le voulais, tu pourrais partir de cette maison. (Elle avait dit cela sans appréhension, mais parce qu'elle savait que l'araignée n'en ferait jamais rien.) Quoi qu'il en soit, chaque animal a une personnalité différente. N'est-il pas possible que tes goûts et ton comportement se soient développés naturellement ?

– Possible. Je ne sais pas, tout de même, si on peut parler de « nature » dans mon cas. (L'araignée agita une de ses pattes de devant pour rejeter l'idée.) Mais cessons de parler de moi. Examinons un fait sur lequel nous sommes d'accord : ton père a une très haute opinion de l'étude.

» Peut-être que maître Kronos s'intéressait simplement au projet. Cela lui ressemblerait bien. Mais n'est-il pas possible qu'il ait eu d'autres raisons de construire l'horloge ? Et si le prince lui avait proposé plus que de l'argent ? Une chose que maître Kronos ne pourrait jamais s'offrir et, même s'il en avait les moyens, qu'il ne pourrait jamais voir arriver à cause de sa place dans la vie ? Ce n'est qu'un simple artisan. Doué, et plutôt aisé grâce à cela, mais ce n'est pas un seigneur.

– Astrophile, je ne pense pas que...

– Bien sûr que si. Car il est clair que le prince doit avoir proposé à ton père une place à l'Académie. Pour toi. Maître Kronos a dit que le prince le paierait dans quelques années. Dans deux ans, tu auras quatorze ans.

– Mais je n'irai jamais, jamais de la vie ! (Pétra claqua la fenêtre.) Comment peut-il penser que je le laisserais m'envoyer là-bas, enfermée pendant des années dans un bloc de pierre humide rempli de sales petits richards qui essaient de développer leur magie ? Je ne pourrais rien apprendre là-bas que Père ne puisse m'enseigner lui-même ici.

– Peut-être. Peut-être pas. C'est un autodidacte. Qui sait à quoi ressembleraient ses pouvoirs s'il avait reçu une éducation ?

– Eh bien, qui sait si *moi* j'ai des dons ? Et ça ne me ferait ni chaud ni froid si je n'en avais pas, fulmina-t-elle.

– Difficile d'imaginer, vu les capacités de ton père

et de ta mère, que tu puisses ne pas avoir le don. Et si tu l'as, il est tout à fait possible aussi que ta forme de magie diffère de celle de ton père, auquel cas il ne pourrait pas t'aider à la perfectionner.

Tout ce que disait Astrophile était sensé, et cela la rendait malade. C'était vrai, elle avait toujours eu envie de savoir communiquer avec Astrophile par la seule pensée. Mais à présent une sourde angoisse, profondément enfouie quelque part en elle, l'avertissait qu'elle ferait peut-être mieux de ne pas avoir le don de son père pour les métaux. Elle n'était peut-être pas prête à en affronter les conséquences. Elle repensa à une chose que l'araignée avait dite : *il est tout à fait possible que ta forme de magie diffère de celle de ton père*. Ce qu'elle n'avait pas dit, c'est qu'elle pouvait avoir hérité de la magie de sa mère : prévoir l'avenir. Un don dont elle ne voudrait jamais.

Une vague d'abattement la submergea. Elle se rappela la Fiole de Souci de maître Stakan.

– J'ai besoin de dormir, Astrophile.

– Bien, s'il le faut.

Elle traversa la chambre et s'empara du flacon. Elle entoura de ses mains ses flancs arrondis et s'assit dans son lit. Elle retira le bouchon. Se rappelant les instructions de maître Stakan, elle approcha sa bouche du large goulot. Elle commença à parler à voix basse. À mesure que ses paroles chuchotées s'écoulaient dans la bouteille, le verre se mit à briller en vert, marron, violet. Pétra attrapa alors le bouchon et l'enfonça pour fermer le flacon. Les teintes à l'intérieur continuèrent à changer, puis se stabilisèrent en violet foncé, de la couleur d'un bleu sur la peau.

Pétra se renversa contre les oreillers. Enfin, son esprit s'éclaircit. Ses yeux se fermèrent et, avant de glisser dans le sommeil, elle eut encore une idée.

6

Coup de tonnerre dans un ciel serein

– Tu veux faire *quoi* ? demanda Tomik, bouche bée.

– Ce n'est pas une si mauvaise idée, protesta Pétra.

– Tu veux aller à Prague, t'introduire en douce au château de la Salamandre et reprendre les yeux de ton père ?

– Pas besoin de le dire comme si j'étais folle.

– Le mot « folle » ne te rend pas vraiment justice. Je pensais plutôt à quelque chose comme « complètement cintrée », « totalement siphonnée », « fêlée de la coloquinte », ou plus simplement : « zinzin » !

Ils étaient assis sur un coussin de mousse dans la forêt. Astrophile s'était éloignée dans l'intention d'étudier les habitudes des fourmis. Pétra et Tomik entendaient les cognées frapper les arbres dans le lointain. L'été était passé. On était en septembre, et bientôt la récolte du colza serait terminée. Les hommes du village commençaient à engranger de la nourriture pour l'hiver.

– C'est un plan sans risque, quand on y réfléchit bien, dit Pétra.

– Hmmm. Laisse-moi réfléchir. Je réfléchis. Et tu sais quoi ? J'ai beau chercher, je ne vois absolument pas comment ça pourrait être sans risque.

Pétra fit un effort pour rester calme. Lorsqu'elle parla, elle prit sur elle pour garder un ton posé, mais il y avait de la tension dans sa voix.

– Il suffit que j'aille à Prague. Ça ne doit pas être bien difficile de se faire embaucher comme servante au château de la Salamandre. Il y a des centaines de domestiques là-bas. Le prince en a sûrement trois rien que pour laver ses chaussettes.

– Tu veux laver ses chaussettes sales ?

– Mais non. Je me ferai engager pour faire *quelque chose* au château, comme… (Pétra se tritura les méninges pour essayer de se rappeler ce qu'elle savait faire)… comme laver par terre, conclut-elle sans conviction.

Puis, de nouveau enthousiaste, elle reprit :

– Tu crois que mon père a pu vivre six mois au château sans que personne ne remarque sa disparition soudaine ? Les gens parlent. J'écouterai. Et ensuite, je trouverai où le prince a caché ses yeux. Si je pense que c'est possible, je les volerai. Si je vois que ça ne l'est pas, je rentrerai tout simplement à Okno.

– Moi, je ne trouve pas que ce soit sans risque.

– Ça m'est égal, que ce soit risqué ou non.

Elle décocha à Tomik un regard qu'il connaissait bien. C'était l'expression butée de Pétra quand elle était complètement inflexible.

– Alors je viens avec toi.

Elle espérait bien qu'il dirait cela.

– C'est vrai ?

– Absolument. Je ne peux pas te laisser faire des folies toute seule. Plus on est de fous, plus on rit.

Mais Pétra devint pensive.

– Non, dit-elle à regret. Il faut que tu aides ton père à fabriquer une paire d'yeux qui fonctionne. Tu sais que je risque de revenir à Okno les mains vides. Il faut que tu l'aides à trouver une solution.

Exaspéré, Tomik rejeta les mains en arrière comme s'il s'était brûlé.

– Il ne m'écoutera jamais. Ce serait plus facile de faire danser l'empereur comme un ours savant que de forcer mon père à entendre ce que j'ai à dire sur la magie.

– Alors ne lui dis rien. Montre-lui.

– Facile à dire.

– Tu pourrais au moins essayer. Ce que tu as fait avec les billes de verre, je pense que personne n'y était jamais arrivé. Si tu t'arrangeais pour que ton père les voie, même lui serait forcément impressionné.

– Mouais, peut-être. (Elle sentait bien que Tomik était content qu'elle respecte son talent.) Mais je n'aime pas l'idée de te savoir toute seule à Prague, conclut-il en se renfrognant.

– Est-ce que Lucie et Pavel ne vont pas bientôt en ville ? Tu ne m'as pas dit qu'ils allaient y vendre la production de *L'Enseigne du Feu* ?

– Ils partent dans deux semaines. Mais ils ne savent pas trop combien de temps ils resteront. Ça dépendra des ventes. Il faudrait que tu trouves vite un moyen d'entrer au château.

Tomik était concentré, comme il l'était toujours face à un problème à résoudre.

– Tu pourrais dire à Lucie que ta famille a besoin d'acheter des médicaments pour ton père, je suppose.

Son idée était logique. Bien qu'Okno fût un village prospère, on n'y trouvait pas d'apothicaire. Varenka, la vieille femme maigre à la peau tachée qui avait mis Pétra au monde, savait concocter des breuvages censés guérir les maux de tête et les fièvres. Mais mieux valait ne pas savoir ce qu'elle y mettait. Disons juste que les os de poulet pulvérisés, les ailes de mouche broyées et la bave d'escargot figuraient parmi les ingrédients les moins dégoûtants qu'elle utilisait pour sa « médecine ».

– Tu n'auras qu'à leur raconter que ta famille pense que ça te ferait du bien de t'éloigner de la maison, et aussi que tu as une tante à aller voir à Prague, continua Tomik. Comme ça, tu ne seras pas obligée d'être toujours à leur auberge. Mais tu devrais quand même dormir au même endroit qu'eux. Mieux vaut ne pas errer dans Prague à la nuit tombée. Ça peut être dangereux. (Il s'était rendu en ville une fois avec son père.) Et ne laisse jamais une couronne à l'auberge. Elle serait volée. Garde ta bourse bien cachée sur toi, sous tes vêtements. Et quoi que tu fasses, personne ne doit voir où tu l'as mise. Il y a beaucoup de gitans en ville, et l'un de leurs tours favoris est de te bousculer dans la rue. Alors tu touches l'endroit où tu as mis ton argent, pour t'assurer qu'il y est toujours. Et là, ils savent où il est. Au moment où tu te crois en sécurité, l'un d'entre eux te suit et te pique ta bourse sans que tu le voies. D'ailleurs, mieux vaut éviter les gitans en général.

» Lucie ne sait pas garder un secret : on ne peut pas lui demander de t'emmener sans rien dire à personne, poursuivit-il. Si on lui en parle à l'avance, en prétendant que Dita a dit oui, on peut être sûrs qu'elle ira tout raconter à quelqu'un. Donc le mieux, c'est que tu attendes à la sortie d'Okno. Quand Lucie et Pavel passeront, tu les abordes. Tu imites bien l'écriture de Dita, pas vrai ?

– Naturellement, dit Pétra en s'adossant contre un arbre, les bras repliés derrière la tête. Je fais sa signature mieux qu'elle-même.

– Alors écris une lettre demandant à Lucie et à Pavel de t'emmener à Prague de sa part. Ça devrait marcher.

Il hocha la tête, satisfait. Puis il déclara qu'il ferait mieux de rentrer à *L'Enseigne du Feu*, si bien qu'ils se levèrent et époussetèrent leurs pantalons.

– Astro ! appela Pétra.

– Je crois que... (Tomik la regarda.) Tu devrais... euh... enfin... laisser ta Fiole de Souci chez toi, Pétra.

– Pourquoi ?

– Les Fioles de Souci ont un défaut.

Comme il baissait les yeux, ses cheveux blonds firent un petit rideau autour de son visage.

– Père les a conçues de manière que les problèmes et les peurs chuchotés par les gens dans les fioles ne puissent être connus de personne. Quand le flacon prend des couleurs différentes, c'est parce qu'il y a de minuscules cristaux sur toute la surface intérieure, qui mordent dans les soucis comme de petites dents. Les chuchotis tournent au vert et au marron lorsqu'ils sont découpés en mille morceaux. Puis le verre vire au violet en absorbant les morceaux. Plus on se sert de la fiole, plus elle devient foncée. Pourtant, quand on l'ouvre, il n'y a rien à l'intérieur, et même si on brise le verre, les soucis ne s'échappent jamais. Ils restent pris dans les morceaux de verre. Mais récemment, j'ai découvert qu'il était en fait possible d'*entendre* les paroles déversées dans une fiole.

Pétra comprit immédiatement que c'était un gros problème.

– Mais vous en avez vendu des centaines ! Et à des membres de la cour ! Je parie qu'ils ont raconté à leurs fioles beaucoup de choses qu'ils ne voudraient faire entendre à personne.

– Exactement. Quand je l'ai dit à Père, ça l'a terriblement embarrassé. Je ne sais pas ce qui l'a contrarié le plus : qu'il y ait un défaut, ou que ce soit moi qui le lui aie dit. Il n'a pas encore décidé de ce qu'il allait faire. S'il le révèle au grand jour, cela risque de ruiner notre affaire. Tout irait bien si les gens qui ont acheté les fioles exigeaient simplement d'être remboursés. Mais ce qui est pire, c'est qu'ils ne feraient plus confiance au nom de Stakan. Et si Père cesse de vendre les fioles, les gens vont se demander quel est le problème, et quelqu'un d'autre que moi finira par trouver comment on procède pour extraire les soucis secrets.

– Et comment on fait ?

– Eh bien c'est simple, dit Tomik en secouant la tête, malheureux. Lucie a décidé un jour de se servir de sa Fiole de Souci comme d'un vase pour y mettre des fleurs que Pavel lui avait offertes. Personne ne s'est posé de questions quand elle a versé de l'eau dedans, et le verre est resté de la même couleur. Il était mauve, car Lucie n'a pas assez de soucis pour le faire virer plus foncé. Le lendemain, les fleurs étaient fanées et Lucie était triste. J'étais dans la cuisine quand elle a vidé l'eau. Je l'ai entendue dire « C'est curieux », et en me retournant j'ai vu que sa Fiole était redevenue transparente. Puis j'ai compris que l'eau avait dû absorber les soucis du verre. C'était l'*eau* qui était mauve, et plus le flacon. J'ai fait des expériences, et j'ai découvert que si on verse de l'eau dans une Fiole de Souci, et qu'ensuite on la vide, l'eau change. Elle devient foncée. Elle finit par s'évaporer, comme le fait toujours l'eau, mais l'eau de fiole laisse derrière elle une légère poussière. Et quand on la remue avec le doigt, on entend de nouveau les soucis chuchotés.

– La plupart des gens ne sont pas comme Lucie, le réconforta Pétra. Qui aurait l'idée de verser autre chose que des soucis dans une Fiole de Souci ? Dans ta famille, vous êtes tellement habitués à vivre parmi les fioles qu'elles ne vous impressionnent plus, mais pour tout le monde à part vous, elles sont précieuses. On ne les traite pas comme des récipients ordinaires. Avez-vous déjà reçu des plaintes à *L'Enseigne du Feu* ?

– Pas encore, dit Tomik, morose.

– Au moins, chacun peut savoir si quelqu'un a tripoté sa fiole. Si en entrant dans ta chambre, tu vois que ton flacon violet est redevenu transparent, tu sais qu'il y a quelque chose qui cloche. Quelqu'un aurait contacté *L'Enseigne du Feu* si c'était arrivé.

– Tu as sans doute raison.

– Tu devrais inventer un antidote. Puis le proposer gratuitement à tous ceux qui ont acheté une Fiole de Souci.

– Un antidote ?

– Oui... Tu sais, un truc pour empêcher l'eau d'absorber les secrets du verre. Tu pourrais peut-être préparer une sorte de sirop à verser dans la fiole une fois que le verre a absorbé les soucis. Le sirop pourrait les fixer dans le verre, comme de la cire fondue.

– Hmmm.

Tomik devint pensif, et ils ne dirent plus rien jusqu'à ce qu'un coucou lançât son cri dans les arbres, brisant le silence.

– Alors, elle est où, ton araignée ? Il faut que je rentre.

– Astrophile !

L'araignée s'approcha d'eux en scintillant à travers une plaque de mousse.

– Les capacités d'organisation des fourmis sont vraiment très impressionnantes, déclara-t-elle.

Tandis qu'elle s'avançait, ils entendirent un fracas assourdissant. Astrophile couina et sauta sur la chaussure de Pétra pour se cacher sous sa jambe de pantalon.

– C'est un arbre qui est tombé ? demanda Pétra, déconcertée.

– Trop fort.

Tomik coula un regard entre les arbres.

Un éclair de lumière zigzagua à travers le ciel bleu. Le tonnerre gronda.

– Mais il fait un temps splendide ! protesta Tomik. C'est bizarre.

Pas aussi bizarre que ce qui arriva ensuite. Des grains marron clair commencèrent à pleuvoir doucement à travers les arbres en crépitant sur les feuilles avant de se déposer sur Tomik et Pétra.

Tomik se passa la main dans les cheveux. Il regarda ses doigts avec des yeux ronds.

– Il... il pleut du *sable* ?

Comme effrayée par sa voix, l'averse cessa.

Tomik s'agenouilla pour examiner la mousse saupoudrée de sable en marmonnant, incrédule. Pétra et l'araignée ne dirent mot, mais toutes deux pensaient à la même chose : l'horloge du prince.

7

« Greensleeves »

Pétra commença à préparer secrètement son départ de *La Rose des Vents*.

Elle travaillait plus que jamais dans la boutique. Elle s'assurait que les rouages étaient bien huilés, sans une trace de rouille. Elle persuada un marchand de passage d'acheter le singe en fer-blanc. Elle eut un pincement de cœur en lui disant que chaque animal était unique et que son père n'en ferait plus. Maître Kronos se sentait mieux, et il se plaisait à venir passer du temps dans la boutique pour bavarder avec les clients. Il avait bien aimé le marchand, dont la voix morne s'était animée dès qu'il avait vu le singe. Mais après ce jour-là, il décida de donner les animaux restants à sa famille et à ses amis.

– Non merci : la Stella de David me suffit, répondit Dita quand son oncle lui en proposa un.

Josef surprit tout le monde en choisissant une souris, tendant sa grosse main pour aller pêcher celle qui avait les plus petites pattes et la plus longue queue.

– Merci, monsieur.

Il mit la souris dans sa poche et ne révéla jamais comment il l'avait appelée.

Pétra demanda si elle pouvait offrir le dernier chiot à Tomik, ce que Mikal Kronos accepta de bon cœur.

– Mais je ne suis pas sûr qu'il s'entendra avec Jaspar, la prévint-il.

Il y avait un moment que Pétra n'avait pas vu Tomik. Tous deux avaient du travail pendant la journée. La nuit, le garçon cherchait avec acharnement un moyen de corriger le défaut des Fioles de Souci et de fabriquer une paire d'yeux fonctionnelle pour le père de Pétra. Tomas Stakan avait fini par accepter de laisser son fils l'aider à concevoir les yeux, mais ils jouaient de malchance. Deux nouvelles bourses de cuir avaient rejoint la première sur la table de nuit de Mikal Kronos.

Quand Pétra emmena la petite chienne à *L'Enseigne du Feu*, celle-ci flaira le vent, bava de l'huile verte à la vue d'un pigeon, et zigzagua dans tous les sens pour aller inspecter boutiques et ruelles. Pétra se félicita d'avoir pensé à lui mettre une laisse.

Le trajet jusqu'à la boutique Stakan lui parut interminable, mais en arrivant elle fut récompensée par l'expression ravie de Tomik lorsque la petite bête se tortilla dans ses bras. Il la baptisa Atalante.

Bientôt, tous les animaux eurent trouvé un nouveau foyer. Certaines personnes, comme le maire, se vexèrent de ne pas avoir reçu un tel présent de maître Kronos. Mais ceux qui accueillaient chez eux une créature de ferblanc la chérissaient et la traitaient aussi tendrement qu'un bébé – exactement comme l'avait souhaité Mikal Kronos.

Un jour, celui où Pétra remarqua la première feuille morte, posée tel un copeau de cuivre sur le sol, Mikal Kronos passa les heures creuses dans la boutique à interroger sa fille sur les propriétés du métal. Elle fournit un effort inhabituel pour répondre correctement. Elle se rappelait bien ses propriétés les plus ordinaires – sa capacité à conduire la chaleur et le froid, par exemple. Mais elle fut prompte aussi à se remémorer des aspects connus de peu de gens, car son père les avait découverts seul. Astrophile était perchée sur l'épaule de Pétra. Elle connaissait les réponses à toutes les questions et sautillait parfois avec impatience lorsque la jeune fille tardait à répondre, mais on lui avait interdit de souffler.

– Quand le fer est-il le plus dangereux, Pétra ?

– Quand il nous en veut.

– Bien. Comment apprend-on au métal à ne pas craindre le feu ?

– Il faut lui chanter quelque chose.

– De quel métal dit-on qu'il a la meilleure mémoire ?

– L'argent.

– Pourquoi ?

– Parce qu'il est toujours amoureux de la lune. L'argent essaie d'imiter la lune en toute chose.

– En *toute* chose ?

– Enfin presque, sauf...

La porte de la boutique s'ouvrit en grand, et une femme superbement vêtue fit son entrée. À la vue de

95

Pétra avec ses cheveux emmêlés et de maître Kronos avec ses bandages, elle regretta sur-le-champ d'être venue. Pétra le comprit à la manière dont ses lèvres en pétales de rose tressaillirent. Un valet de pied suivit sa maîtresse à l'intérieur et promena dans la boutique un regard méprisant.

La jupe en cloche de la femme flotta sur le parquet grossier. Pétra entendit le léger cliquettement de petites chaussures fabriquées pour émettre précisément ce bruit.

– Bonjour.

La femme ne lui rendit pas son salut.

– Le bruit court, dit-elle d'une voix légère et délicate comme une tasse en porcelaine, que vous vendez des animaux en argent.

– En fer-blanc, ma bonne dame, rétorqua le père de Pétra. Mais ils sont tous partis, j'en ai peur.

– Ne pouvez-vous pas en refaire ?

– Comme vous le voyez, ma bonne dame, je ne puis.

Elle regarda de nouveau le visage de maître Kronos. Puis elle se tourna vers Pétra, visiblement contrariée. Enfin ses yeux se rétrécirent, car elle avait aperçu Astrophile.

– Mais cela, qu'est-ce donc ? Une araignée en fer-blanc ? Il vous reste donc une de ces créatures.

Astrophile disparut immédiatement dans la chevelure de Pétra. Celle-ci allait chasser cette gracieuse et odieuse femme de la boutique lorsque son père prit la parole.

– Malheureusement, elle n'est pas à vendre. Elle appartient à ma fille, et cela depuis six ans.

– Je suis disposée à vous en donner un très bon prix.

– Navré, mais je vous répète qu'elle n'est pas à vendre.

– Je paierai encore plus. Je sais comment vous opérez, vous les artisans. Vous êtes prêts à tout pour faire monter les prix.

– Peut-être seriez-vous intéressée par autre chose ? Une boîte à musique ?

Elle agita sa main gantée.

– J'en ai beaucoup.

– Mais je doute que vous ayez une Boîte à Muse. Pétra, montre-lui.

Pétra monta sur un tabouret pour atteindre les Boîtes à Muse alignées sur l'étagère du haut. Elle redescendit et tendit à la femme celle qu'elle avait prise.

– Elle joue ce que vous avez besoin d'entendre, expliqua Mikal Kronos avant de faire à sa fille un signe du menton. Vas-y, Pétra.

Elle ouvrit la boîte. Celle-ci commença à jouer une joyeuse gigue avec un flûtiau et deux violons. Pétra mit un moment à reconnaître l'air. C'était « La Sauterelle ». L'année de ses neuf ou dix ans, il avait été joué durant la nuit annuelle des feux de joie, en mai. Depuis qu'Okno avait survécu à la peste noire des siècles plus tôt, les hommes du village, chaque 1er mai, s'enfonçaient dans la forêt, abattaient le peuplier le plus haut qu'ils trouvaient, et le traînaient dans les rues de la ville. Tout le monde les suivait en une longue farandole, et un enfant était choisi pour s'asseoir sur l'arbre et traverser ainsi tout le village. Quand la procession atteignait la place principale, l'Enfant de Mai était posé au sol et on lui donnait une torche pour allumer le feu de joie une fois le peuplier débité. En entendant la boîte à musique jouer « La Sauterelle », elle se rappela une fois où tout le monde dansait sauf elle. Elle regardait brûler l'Arbre de Vie et bouillait de rage parce que cette année-là encore, elle n'avait pas été choisie pour être l'Enfant de Mai. Son père lui avait demandé une danse. Et elle avait oublié sa déception.

Pétra referma la boîte.

– Cette musique ne m'évoque rien, dit la femme en se détournant pour partir.

– C'est ma fille qui a ouvert la boîte. Essayez donc vous-même, ma bonne dame.

Avec une expression d'incrédulité amusée, la femme souleva le couvercle. Une mélodie rapide et mélancolique s'éleva. Pétra ne la reconnut pas.

La femme écouta, les yeux dans le vague.

– Ce n'est pas un air tchèque, dit le père de Pétra. N'est-ce pas ? Il me semble que c'est une chanson anglaise intitulée « Greensleeves ».

La femme ferma la boîte.

– Je connais cette chanson. Mais je ne souhaite pas l'entendre.

– La boîte joue ce que vous avez *besoin* d'entendre, pas ce que vous *voulez* entendre.

Les yeux de la femme étincelèrent. Elle ordonna à son

valet de sortir. Puis elle paya bien plus que le prix demandé pour la Boîte à Muse. Elle l'agrippa de ses deux mains et quitta *La Rose des Vents*.

Ce soir-là, en souhaitant une bonne nuit à son père, Pétra le serra dans ses bras et lui dit :

– Tu sais que je t'aime très fort.

– Ça, je le sais, répondit-il.

Et il posa sa main ridée sur ses cheveux en bataille.

– Est-ce que tu sais... tu as entendu qu'il avait plu du sable la semaine dernière ? Avec du tonnerre et des éclairs ? Par beau temps ? lui demanda-t-elle.

– Ah oui ?

Sa voix était indifférente, mais on sentait qu'il s'y était entraîné.

– Tu n'es pas inquiet ? chuchota-t-elle.

Il s'immobilisa, et Pétra vit qu'il l'était. Il s'efforça tout de même de persuader sa fille que tout allait bien.

– Si c'est le prince qui a provoqué cela, c'est simplement signe qu'il ne sait pas contrôler le pouvoir de l'horloge. Il a peut-être réussi à reconstituer la dernière pièce jusqu'à un certain point. C'est une possibilité. Un éclair, ce serait la chose la plus facile à produire pour l'horloge. Mais je ne l'ai jamais programmée pour qu'elle fasse pleuvoir du sable. Ce qui me pousse à croire qu'il est incapable de monter correctement le dernier élément.

– Mais il essaie.

– Pétra. (La voix de son père se fit sévère tandis qu'il

lui serrait les épaules.) L'horloge n'est plus notre problème. Tu comprends ?

Ses bandages blancs la défiaient. Elle opina, même si elle savait qu'il ne pouvait pas la voir.

– Oui. Je comprends.

8

Luciole

Quelques jours plus tard, alors que Pétra était allée voir Tomik à *L'Enseigne du Feu*, il lui parla entre ses dents pour ne pas être entendu de maître Stakan.

– Lucie et Pavel partent demain matin. À l'aube. J'y serai.

Pétra rentra chez elle pratiquement en courant.

Dans le crépuscule, elle vit l'enseigne avec sa rose des vents qui ressemblait à une fleur transformée en machine, ou à une machine transformée en fleur. Pétra prit un virage. Elle fonça à l'arrière de la maison. Elle retira ses chaussures et traversa d'un bond le petit jardin de Dita.

Ces derniers temps, elle évitait de venir par là. Pas à cause des plantations bien alignées de sa cousine, mais à cause du bâtiment qui se dressait tout près. C'était la forge de son père, avec son foyer et son baquet d'eau pour refroidir le fer chauffé au rouge. Un mois plus tôt, la vue de la forge l'aurait déprimée. Mais ce soir, son esprit surexcité brûlait aussi fort qu'une pièce de métal trempé au feu. Depuis qu'Astrophile avait laissé entendre que son père avait donné sa vue pour lui assurer une éducation de jeune fille noble, elle se sentait lourdement coupable. Elle voulait transformer ce sentiment en rayonnement de fierté.

Depuis douze ans, elle n'avait jamais été ce que les villageois auraient appelé une petite fille modèle. Pétra allait à l'école, mais elle trouvait les cours d'un ennui mortel et obtenait des notes moyennes. Elle était menue et pas vraiment très jolie – elle avait les pommettes hautes et larges et les yeux bizarrement argentés de son père. Mikal Kronos prétendait toujours qu'elle était douée pour le travail des métaux, mais elle n'avait jamais sérieusement fait l'effort d'apprendre ce qu'il savait. À présent qu'elle était assez grande pour devenir son apprentie, ou au moins pour acquérir les bases du métier, il y avait tant de choses qu'il ne pouvait plus faire, plus lui montrer !

Mais cela allait changer.

Pétra entra par la porte de derrière. Elle se rendit à la bibliothèque et souleva Astrophile, malgré ses protestations, des pages d'un livre de géométrie. Puis elle s'en alla dans sa chambre, ferma la porte derrière elle et leva la paume droite pour regarder bien en face l'araignée énervée.

– C'est l'heure d'aller au lit, annonça-t-elle. On part demain. Tu me réveilleras deux heures avant l'aube ?

Astrophile ne répondit pas tout de suite. Puis elle dit lentement :

– Ton idée d'aller à Prague est courageuse, Pétra, mais est-elle sage ?

– Qu'est-ce qu'on risque ? On sera avec Lucie et Pavel. Et de toute manière, on va juste voir s'il est possible de récupérer les yeux de Père. Ce n'est qu'une enquête préliminaire. Tu sais bien que je ne ferais jamais rien de dangereux.

Si Astrophile avait eu des sourcils, elle les aurait haussés d'incrédulité.

– Cette aventure pourrait bien agir comme une lame de fond.

– Comment ça ?

– Une lame de fond, c'est quand on nage dans la mer, près du rivage, sans intention de s'éloigner, et que soudain un courant sous-marin vous entraîne au large, dans les eaux profondes.

– Ta poésie est vraiment *sinistre*, Astrophile. Et d'abord, la Bohême est *au milieu des terres*, tu te souviens ? Il n'y a pas la mer chez nous. Alors rien à craindre côté lames de fond.

– Tu fais semblant de ne pas comprendre.

– En plus, tu oublies combien nous pourrons *apprendre* de cette expérience.

Le mot sur lequel elle insistait n'échappa pas à l'araignée.

– Tu fais exprès de me tenter.

– Pense à tout ce que Prague a à offrir. Les plus grands savants de Bohême y vivent. Et la bibliothèque du prince ? Tu n'aimerais pas y jeter un œil, au moins ?

L'araignée garda le silence, pensive.

– Je suppose que quelqu'un devra veiller sur toi, concéda-t-elle enfin.

– Quatre heures demain matin, alors ? répondit gaiement Pétra.

– Si vraiment tu arrives à sortir du lit à quatre heures, je mange ma toile.

Pétra tira un sac de grosse toile d'un tiroir et y fourra une gourde d'huile de colza, la petite boîte qui contenait la cuiller d'Astrophile, un couteau, deux pantalons, trois chemises amples et une blouse de travail. Avec une grimace, elle ajouta une jupe marron encore raide de n'avoir jamais été portée. Après un instant de réflexion, elle prit aussi des vêtements d'hiver : un manteau de cuir épais et une écharpe en laine que Dita lui avait tricotée. Pavel et Lucie ne resteraient peut-être pas longtemps à Prague, mais rien ne disait qu'elle quitterait la ville avec eux.

Elle souffla la chandelle. Elle emballerait les dernières affaires dont elle avait besoin au petit matin, quand elle risquerait moins d'attirer l'attention de sa famille. David, elle en était sûre, était encore debout dans sa chambre au dernier étage, au-dessus de la sienne.

Pétra eut du mal à s'endormir. Elle pensait au bonheur de son père lorsqu'elle reviendrait avec ses yeux volés. Elle lui donnerait de nouvelles idées pour créer des animaux de fer-blanc. Une luciole, par exemple. Elle imagina une lumière verte qui clignotait, encore et encore, si bien qu'à la fin tout s'obscurcit et elle s'endormit.

Astrophile dut la pincer plusieurs fois avant qu'elle ne se redresse dans son lit.

– Aïe ! *Astro !* Tu avais vraiment besoin de faire ça ?

– Peut-être, peut-être pas. En tout cas, c'est amusant.

Pétra, encore ensommeillée, enfila mollement ses vêtements. Elle prit une feuille de papier sur une étagère, ainsi qu'une plume d'oie et un encrier. Elle rédigea la fausse lettre de Dita pour Lucie et Pavel. Elle souffla sur l'encre pour la faire sécher. Puis elle arracha une bande de papier vierge au bas de la page et fourra la lettre dans son sac. Trempant sa plume dans l'encrier, elle se pencha de nouveau sur son bureau. Sur la bandelette de papier, elle écrivit :

Chers Père, Dita, Josef et David,
Je serai bientôt de retour. Ne vous inquiétez pas pour moi.
Je vous embrasse,
Pétra.

Elle passa son sac sur son épaule. Puis elle longea le couloir sur la pointe des pieds, jusqu'à la bibliothèque de son père, et se mit à fouiller parmi les livres et les papiers.

– Qu'est-ce que tu fais, au juste ? lui demanda Astrophile.

– Je cherche des croquis ou des notes sur l'horloge.

La perte subie par son père était liée à cette machine, et il lui fallait le plus d'informations possible.

Lorsque les premières lueurs de l'aube commencèrent à éclairer la bibliothèque, l'emplissant de cette lumière grise qui s'élève juste avant le lever du soleil, Pétra renonça. Son père avait dû laisser tous les papiers concernant l'horloge à Prague, probablement entre les mains du prince.

Il ne lui restait plus qu'une chose à faire. Elle déverrouilla le coffre caché dans le sol et prit quelques couronnes, pas beaucoup. Puis elle referma le compartiment secret.

Elle était sur le point de quitter la pièce lorsqu'elle remarqua quelque chose par terre. La planche lisse qui cachait le coffre était criblée d'un réseau de trous absolument minuscules. Elle se demanda pourquoi elle ne les avait encore jamais repérés. Peut-être n'étaient-ils visibles que dans la lueur de l'aube. Assurément, elle n'avait jamais été debout à une heure pareille pour scruter le sol du bureau de son père – ni rien faire d'autre, d'ailleurs.

– Ahem.

Astrophile tambourinait d'une patte avec impatience.

Pétra ne lui prêta aucune attention. Elle inspecta le sol de plus près. Elle remarqua une carpette poussiéreuse au pied des rayonnages. En l'écartant elle trouva, surexcitée, une autre constellation de trous plus petits qu'une tête d'épingle creusés dans le bois luisant.

Elle gravit pour la seconde fois l'échelle jusqu'au pissenlit, le cœur battant. Poussant sur le côté un livre sur les fontaines, elle souffla de nouveau sur la fleur. Les graines ne bougèrent pas d'un pouce. Elle secoua la tige, mais celle-ci ploya simplement d'avant en arrière sans répandre une seule de ses graines. Rien ne fonctionnait.

– Je me vois forcée de te le redemander : qu'est-ce que tu fabriques ?

– Je ne sais pas trop, avoua Pétra.

Elle darda un regard noir sur le pissenlit. Elle avait envie de le secouer de nouveau, juste pour soulager sa contrariété, mais choisit plutôt de remettre le livre en place.

En faisant ce geste, elle eut une idée. Niché à côté du livre sur les fontaines, il y en avait un autre sur les pierres précieuses. Elle se mordilla la lèvre tout en réfléchissant intensément, puis elle découvrit une nouvelle fois le pissenlit et observa sa forme ronde et argentée.

– Pétra, tu viens, ou quoi ? Parce qu'il faut y aller *tout de suite*.

Elle se pencha vers la fleur. Puis elle dit : « Marjeta ». Ce mot signifiait « perle ». C'était aussi le prénom de sa mère.

La sphère de la fleur se désagrégea. Les graines descendirent en tourbillonnant jusqu'à l'endroit au sol

107

qui avait été caché par la carpette. Astrophile couina lorsqu'un panneau glissa pour révéler une cachette dont elle n'avait jamais soupçonné l'existence.

Ç'avait été trop facile. Pétra sourit largement et secoua la tête. Il faudrait qu'elle dise à son père de changer de mot de passe lorsqu'elle reviendrait.

Agenouillée à côté du trou dans le sol, elle glissa la main à l'intérieur et réprima un cri en heurtant quelque chose de dur. Elle sentit du tissu et tira dessus pour mieux voir. C'était très lourd. C'était un sac noué par une ficelle. Elle l'ouvrit à la hâte et vit... rien du tout. Perplexe, elle passa de nouveau la main à l'intérieur et poussa une exclamation en heurtant une fois de plus cette chose dure. Elle secoua la main pour apaiser sa douleur, puis reprit son exploration avec plus de prudence, suivant des doigts le contour d'un objet long et cylindrique, avec un bout mince et effilé. Soudain, elle comprit ce que c'était : un tournevis. C'était un des outils invisibles fabriqués par son père dans l'atelier ! Sa main passa rapidement sur les objets et en identifia plusieurs au toucher. Que faisaient-ils donc là ?

Elle n'avait pas le temps de réfléchir à la réponse. Elle renoua grossièrement le sac et le remit en place. Puis elle continua à tâtonner à la recherche de tout ce qui pouvait ressembler à des papiers ou à un cahier. Lorsque le bout de ses doigts rencontra une reliure en parchemin lisse, elle l'attira vers elle. Elle ne s'arrêta pas pour regarder à l'intérieur du livre et le fourra directement dans son sac. Tandis qu'Astrophile la tirait par la manche, elle tâtonna à la recherche de la fleur de cuivre cachée, appuya dessus, et elle sortait déjà en courant le plus silencieusement possible lorsque le panneau dans le sol se referma en glissant.

Tomik l'attendait sur le bord de la route d'Okno à Prague.

– Où étais-tu passée, Pétra ? Le jour se lève déjà ! Lucie et Pavel vont arriver d'une minute à l'autre. Tiens. (Il lui tendit un sachet de toile.) Un petit cadeau de départ. Fais-en bon usage. En fait, ne t'en sers pas à moins d'y être obligée, vu que les effets sont... spectaculaires.

Pétra ouvrit le sachet et regarda à l'intérieur. Trois billes de verre attirèrent son regard.

– Tu n'as pas fait ça.

– Oh que si ! Madame la guêpe est à ton service.

– Et dans la troisième, qu'y a-t-il ?

Elle glissa la main dans le petit sac, farfouilla, et en sortit une bille qui ne contenait ni insecte furieux ni éclair miniature. Elle leva la sphère à hauteur de ses yeux et une petite vaguelette clapota à l'intérieur.

– Une Merveille réalisée sur commande. C'est toi qui as eu l'idée de mettre de l'eau dedans, tu te rappelles ?

– En fait, c'est Astro.

Elle secoua la bille et observa la jolie danse de l'eau.

– Absolument, l'idée est de moi, confirma Astrophile en se haussant au maximum sur ses pattes.

– Mais Pétra a fait des suggestions très importantes, répondit Tomik à l'araignée. Sérieusement, Pétra : essaie de ne pas les casser, sauf si tu en as besoin pour te protéger d'un danger. Tu sais que je n'ai pas testé la Ruche. (Il tapota la sphère qui contenait l'insecte.) Eh bien je n'ai pas essayé la Bulle non plus. Alors ne les brise pas, sauf s'il n'y a pas moyen de faire autrement.

– Et celle avec l'éclair, elle s'appelle comment ?

– Je ne sais pas trop. Tu as une idée ?

Pétra se remémora ce à quoi elle avait pensé avant de s'endormir la veille au soir : un insecte qui lançait des éclairs.

– Que penses-tu de « la Luciole » ?

Avant que Tomik ait pu réagir, ils entendirent un claquement de sabots de cheval et les grincements d'un chariot. Il serra fortement Pétra dans ses bras.

– À dans deux ou trois semaines !

Il la lâcha et commença à s'éloigner prestement entre les arbres.

– Tu ne restes pas pour voir Lucie et Pavel ? lui cria Pétra.

Il se retourna.

– Je les vois déjà assez comme ça. Au fait, pense bien à cacher Astro quand tu seras en ville. Tu risques de te la faire voler. Et fais très attention à toi.

Jusque-là, tout allait bien. Lucie et Pavel ne tiquèrent pas en lisant la lettre, et la jeune femme blonde fut enchantée d'avoir Pétra comme compagne de voyage.

Celle-ci s'assit à l'arrière du chariot, dont le chargement de verre tintait à chaque cahot.

Lucie parlait sans interruption. Elle désigna un endroit, au bord du chemin, où des pavots avaient poussé plus tôt cet été-là.

– Mais ils sont tous fanés, maintenant, soupira-t-elle. Ils étaient si rouges, si jolis !

Pavel la couvait des yeux avec amour. Lorsqu'un serpent traversa la route de terre en ondulant, le cheval se cabra et Lucie poussa un cri strident. Pavel lui tapota le bras. Pétra, exaspérée, leva les yeux au ciel.

Lucie passa presque tout le voyage un bras sur le dossier, tournée vers l'arrière pour bavarder avec Pétra. Cette dernière approuvait du menton tout ce que disait son aînée, mais elle était impatiente de regarder le livre qu'elle avait pris dans la cachette secrète de la bibliothèque de son père. À la tombée du jour, elle jeta discrètement quelques coups d'œil à ses pages. Cela suffit à lui confirmer que les croquis représentaient bien une grande horloge.

– Je peux le lire ? lui demanda Astrophile.

Pétra l'ouvrit pour elle. Les yeux verts de l'araignée luisaient dans le crépuscule. Elle sillonnait le papier à petits pas rapides en enregistrant les notes griffonnées. Bientôt elle atteignit le bas de la page, puis se glissa dessous. Une bosse apparut à la surface. Astrophile poussa la page vers le haut et celle-ci se tourna, comme feuilletée par une main invisible.

– Je n'aime pas être dans le noir, dit Lucie.

– Ne t'inquiète pas, lui répondit Pavel. Nous serons sans doute à Prague avant la nuit tombée. Et de toute manière nous verrons clair, grâce à ma Petite Lanterne !

Pétra renifla de dégoût, puis toussa pour masquer le bruit. « Petite Lanterne » était le surnom que Pavel donnait à Lucie, dont le prénom signifiait « lumière ».

Le nom de Pétra était exactement à l'opposé. À la naissance de chacun de ses fils, Marjeta Kronos leur avait donné le même prénom, faisant preuve en cela d'une obstination tout à fait du goût de Pétra. Nés à plusieurs années d'intervalle, les garçons avaient été baptisés Petrak, qui signifie « pierre ». Les deux premiers n'avaient pas vécu plus longtemps qu'une branche de lilas dans un vase. L'espace d'une semaine, ils avaient respiré légèrement, à peine pleuré, et refusé de téter. Varenka leur massait les membres à l'huile et au vin, et frottait leurs gencives avec du miel. Elle avait proposé de concocter un breuvage à la momie, un sirop à base de morceaux de cadavres déterrés et bouillis. La momie est censée éloigner la mort. Mais Marjeta avait refusé chaque fois, disant que rien ne pouvait sauver ses bébés et qu'en aucun cas elle ne gâcherait leurs courtes vies, surtout pas en les forçant à boire un liquide ignoble qui ne leur ferait aucun bien. Varenka fut offensée, mais elle ne discuta pas. Car après tout, Marjeta Kronos savait prédire l'avenir.

Lorsqu'elle fut enceinte pour la troisième fois, son humeur s'alourdit au même rythme que son corps. Sa sœur aînée – la mère de Dita – et tous ses amis firent de leur mieux pour l'aider à traverser cette grossesse difficile. Mais Marjeta Kronos n'était plus la femme joyeuse qu'ils avaient connue. La perte de ses deux premiers fils avait plongé son époux dans la détresse, mais il refusait d'abandonner tout espoir pour ce troisième enfant. Il pressait sa femme de lui dire ce qui n'allait pas. Marjeta se montrait de plus en plus distante et fatiguée lorsqu'il lui posait la question, et secouait la tête avec la détermination de celle qui sait qu'on ne la croira pas, ou que ce sera inutile.

Lorsqu'elle accoucha, ce fut de jumeaux. Le premier enfant était un fils. Il était mort-né, mais Marjeta déclara qu'il fallait tout de même le baptiser Petrak. Le second était une fille, rose, pleine de santé et qui donnait de la voix. Elle fut enveloppée dans un lange propre et présentée à sa mère, mais Marjeta était déjà trop faible ne fût-ce que pour la tenir. Mikal berça donc l'enfant dans ses bras à lui. Marjeta ouvrit les yeux et s'adressa à la nouveau-née.

– Je suis inquiète pour toi. Le futur n'est pas clair, mon trésor.

Et curieusement, elle ajouta ceci :

– Le fer à cheval fabrique sa chance.

À la mort de Marjeta, Mikal voulut donner son nom au bébé. Mais sa belle-sœur Judita lui suggéra le nom de Pétra, arguant qu'à son avis c'était ce qu'aurait choisi Marjeta. Et c'est ainsi que Pétra devint celle qu'elle était.

– Pétra, dit Lucie en s'inclinant par-dessus le dossier. À Prague, tu ne pourras pas te promener attifée comme tu l'es, moitié fille moitié garçon. Les gens d'Okno se fichent peut-être de ta manière de t'habiller, mais à Prague on te regarderait de travers. Tu devrais te coiffer et mettre quelque chose de plus convenable, plus féminin.

Pétra y réfléchit un instant.

– Bon, alors je peux t'emprunter un peigne ?

Lucie lui en tendit un. Puis elle se retourna face à la route en se carrant dans son siège avec la satisfaction de celle dont les paroles, après des années, ont finalement été entendues.

Dès que Lucie eut le dos tourné, Pétra sortit le couteau de son bagage. Elle l'ouvrit et entreprit de tailler dans ses cheveux emmêlés en les coupant à hauteur des épaules, comme ceux de Tomik. Puis elle passa le peigne dans sa nouvelle tignasse raccourcie en serrant les paupières de douleur. Mais lorsqu'elle eut démêlé la plupart des nœuds, elle apprécia la manière dont ses cheveux se balançaient autour de son cou. Elle se sentait plus légère, plus libre.

– Merci, Lucie, dit-elle dans le dos de la jeune femme en lui rendant le peigne.

Lucie pivota avec un sourire qui resta coincé en chemin. Elle eut un haut-le-corps.

– *Pétra*, souffla-t-elle, horrifiée. Tu as l'air d'un *garçon* !

Pavel, qui, en homme responsable, gardait les yeux

114

fixés sur la route, jeta un regard par-dessus son épaule. Il poussa un long sifflement.

– Dita va te *tuer*, dit Lucie.

– C'est pas nouveau ! fit Pétra en haussant les épaules.

Et elle jeta ses cheveux coupés par-dessus bord pour que les oiseaux s'en fassent des nids.

9

La spirale dorée

C'était donc *ça*, Prague !

Sa première vision de la cité l'avait émerveillée. Lorsque Lucie, Pavel et Pétra avaient atteint les faubourgs, la nuit était noire et les lumières de la ville étincelaient. Le fleuve Vltava s'écoulait comme du vif-argent sous le clair de lune. Des bateaux se balançaient doucement sur les flots. Les flèches du château perché au sommet d'une haute colline transperçaient les nuages noirs.

Lucie s'était endormie, la tête posée sur l'épaule de Pavel. En arrivant à l'auberge, Pétra aida ce dernier à tenter de la réveiller. Lucie papillota de ses longs cils blonds et posa longuement les yeux sur Pétra.

– Qui êtes-vous ? bredouilla-t-elle confusément avant de se rendormir sans refermer ses lèvres délicatement ourlées.

Pavel et Pétra la montèrent tant bien que mal dans sa chambre. L'aubergiste apporta une paillasse supplémentaire pour Pétra. La jeune fille s'y laissa tomber et s'efforça d'ignorer les puces. Au début, elle se sentit trop excitée pour dormir. Le réseau des lumières de la ville, ni tout à fait chaotique ni tout à fait ordonné, brûlait derrière ses paupières closes. Elle se dit qu'elle n'avait jamais rien vu d'aussi beau.

Mais la lumière du matin peut s'avérer impitoyable. À l'aube dans la salle commune du rez-de-chaussée, plusieurs clients de l'auberge engloutissaient à grand bruit des bols de bouillie grumeleuse. Pétra décida de sauter le petit déjeuner. Elle se dépêcha de sortir, non sans dire à Pavel et à une Lucie aux yeux encore ensommeillés qu'elle était déjà venue à Prague et connaissait le chemin pour se rendre chez sa tante Anezka. Pavel, préoccupé par tout ce qu'ils auraient à faire dans la journée, lui dit simplement de les retrouver à l'auberge avant la nuit et de leur faire savoir si elle comptait dormir chez sa tante ou avec eux. Lucie, à demi éveillée, opina sans vraiment comprendre en tournant sa cuiller dans sa bouillie. Pétra prit son sac, qui contenait tout ce qu'elle ne pouvait pas supporter de se faire voler : le livre de son père et les Merveilles de Tomik. Elle accrocha sa bourse à sa taille, sous sa chemise.

La première chose qui lui arriva, en ce premier jour à Prague, fut de marcher dans une substance à la consistance fort déplaisante. Baissant les yeux, elle fit la grimace.

– Beurk !

Astrophile se pencha pour regarder par-dessus son oreille.

– On dirait que quelqu'un vient de vider un pot de chambre dans la rue ! fit-elle, incrédule.

De l'autre côté de la rue, deux mains apparurent à une fenêtre de l'étage et confirmèrent sa théorie. L'araignée et la jeune fille partagèrent un instant de silence outré.

– Eh bien ce n'est pas ce que j'appelle une hygiène irréprochable, déclara Astrophile.

Pétra se mit en route, en s'efforçant de ne pas entendre le bruit mouillé de sa chaussure droite. Elle chemina au milieu de la rue, où elle risquait moins de recevoir les immondices que les gens jetaient par leurs fenêtres. Des restes de nourriture et des bouteilles vides pleuvaient régulièrement.

Il n'y avait pas d'arbres dans la ville, et pas d'espace entre les bâtiments. Les maisons et les boutiques étaient collées entre elles. Beaucoup d'édifices paraissaient très décrépits. Ils se penchaient, s'affaissaient, s'empilaient, s'inclinaient.

Ayant repéré un abreuvoir, Pétra poussa quelques chevaux pour l'atteindre. Des amas de matière verte et un grand nombre d'insectes (vivants et morts) flottaient à la surface, mais elle n'en avait cure. Elle plongea son pied droit dans l'abreuvoir.

– Tu es obligée de te cramponner à mon oreille, Astrophile ? Ça chatouille.

– Tes cheveux sont devenus trop glissants pour que je m'y accroche. Ça aiderait peut-être si tu ne les lavais pas pendant un moment.

– Crois-moi, ça ne choquerait personne, répondit Pétra en observant un jeune garçon qui avait l'air de ne s'être jamais lavé de sa vie.

Et là, l'imprévu se produisit. Pétra sentit une odeur délicieuse. Elle la suivit jusqu'à tourner dans une rue bourrée d'échoppes. Des dizaines d'enseignes en bois se balançaient : bœufs, chandelles, colliers, dragons, chevaux ailés, et une multitude d'autres choses. Pétra avait du mal à deviner précisément ce que l'on trouvait dans certaines des boutiques. On ne pouvait quand même pas acheter un dragon ?

Pétra aurait pu découvrir la réponse à cette question si elle avait jeté un regard dans la boutique à l'enseigne du *Dragon à la Langue de Feu*. Mais elle n'avait qu'un achat en tête à ce moment-là, qui avait tout à voir avec la senteur sucrée qui l'attirait dans la rue. Elle tourna encore et se retrouva devant une vaste place couverte de petits étals alignés. À la grande joie d'Astrophile, beaucoup disparaissaient sous des livres de toutes formes, tailles et couleurs.

– Oooh, dit l'araignée. Approchons.

Elle agrippa le lobe d'oreille de Pétra avec excitation.

– Astrophile ! siffla Pétra en s'efforçant de ne pas se faire remarquer, car à présent plusieurs personnes rôdaient autour d'elles, pour la plupart des érudits dont la longue robe noire indiquait qu'ils étaient étudiants à l'université Charles. Si je voulais me faire percer les oreilles, il y a longtemps que j'aurais demandé à Dita d'y passer une aiguille !

Un libraire à la longue barbe hirsute la regarda avec des yeux ronds. Pour la millionième fois, elle regretta de ne pas savoir communiquer mentalement avec Astrophile. Si elle poursuivait la conversation, tout le monde autour d'elle allait croire qu'elle parlait toute seule.

– Pardon, dit l'araignée. Mais on ne pourrait pas se rapprocher ?

– Quand on aura acheté un petit déjeuner.

Elle avait identifié la source de l'odeur sucrée : c'était un stand de pâtisseries. Plusieurs personnes faisaient la queue. Pétra se plaça derrière un jeune homme en robe de l'université Charles. La file d'attente avançait lentement. Pétra gratta avec impatience des piqûres d'insectes sur son bras.

Alors que seul l'étudiant la séparait encore de son petit déjeuner, une fille et un garçon s'approchèrent d'eux. Ils portaient des robes de l'Académie en velours vert foncé, avec une spirale dorée brodée sur l'épaule droite. Ils s'immobilisèrent juste à côté du garçon en robe universitaire, et Pétra constata avec stupeur qu'ils s'attendaient à ce qu'il les laisse passer devant. Elle fut encore plus surprise lorsque l'étudiant recula et leur fit signe d'avancer.

– Oh, je n'arrive pas à choisir, fit la fille en observant les rangées de gâteaux, biscuits et brioches. Des *kolachki*, peut-être ? J'adore la confiture d'abricot à l'intérieur. Ou bien du pain d'épices ?

– Allez, choisis, Annie. Il faut qu'on aille en cours.

Puis le garçon s'adressa à la femme derrière le comptoir.

– Un *Apfelstrudel*. Un gros.

– *Anna*, reprit la fille en le fusillant du regard.

N'oublie pas de m'appeler Anna. Nous sommes adultes, maintenant, alors comporte-toi comme tel.

Il leva les yeux au ciel.

– N'est-ce pas merveilleux que nous soyons dans la même classe ? poursuivit-elle. Cela fait tellement plaisir à Père et à Mère. Quand je pense que nous savons allumer un feu en claquant des doigts ! J'ai hâte de commencer sérieusement l'entraînement.

– Faut croire.

– Tu parles comme un roturier, Gregor.

– Écoute, si tu ne choisis pas une pâtisserie tout de suite, je vais en cours sans toi. Si tu es tellement fichtrement contente d'être à l'Académie, tu pourrais essayer de ne pas nous faire virer au bout d'une semaine.

Elle soupira.

– Je vais prendre deux *kolachki*. (Elle donna un coup de coude à son frère, qui sortit une grosse bourse de sous sa robe.) Je me demande quel est le talent du prince. Il paraît qu'il a pris des cours particuliers pendant ses quatre années d'Académie. Son talent est un secret d'État, bien sûr, car nos ennemis exploiteraient son point faible s'ils connaissaient sa magie.

– Tu dis n'importe quoi, fit son frère en payant. La Bohême n'a pas d'ennemis. Nous faisons partie de l'Empire.

– Alors pourquoi cacher son talent ?

Gregor haussa les épaules et commença à s'éloigner.

– Peut-être qu'il n'en a pas et ne voulait pas que ça se sache. C'est peut-être pour ça qu'il n'allait pas en cours avec les autres.

Pétra entendit quelqu'un s'offusquer derrière elle. La marchande de pâtisseries prit un air épouvanté.

– Ou bien peut-être, ajouta la fille en attrapant son frère par le bras et en le fusillant du regard, qu'il a plusieurs talents de magicien et requérait donc une attention particulière.

Il secoua le bras pour se débarrasser d'elle.

– Ne sois pas bête, Annie. Personne n'a plus d'un talent de magicien.

Il s'éloigna avec une raideur hautaine, sa sœur protestant sur ses talons.

L'étudiant qui était devant Pétra secoua la tête.

– Inconscient. Il faut être inconscient pour dire une chose pareille.

Pétra acheta un *hoska*, un petit pain tressé aux amandes et aux raisins secs. Elle rentra sa bourse sous sa chemise, mais mit la monnaie dans sa poche pour pouvoir atteindre facilement les pièces. Puis elle s'éloigna lentement en ruminant les propos du frère et de la sœur. La fille avait raison sur un point : si seulement elle pouvait connaître le talent du prince, cela l'aiderait à obtenir ce qu'elle voulait. Et elle se dit qu'elle était décidément son ennemie.

Écouter leur conversation l'avait confortée dans sa mauvaise opinion sur le genre d'étudiants qui fréquentaient l'Académie. Cette institution était, avant tout, exclusive. Son père lui avait expliqué la signification de la spirale brodée sur leurs robes. Si on se tient au-dessus ou au-dessous d'une spirale, on la voit se dérouler depuis

123

le centre. Mais si on se tient à l'intérieur de la spirale et qu'on regarde tout droit autour de soi, on ne voit qu'une ligne semblable à l'horizon. Faire appel à la magie, lui avait-il fait comprendre, c'était comme contempler une spirale sous tous les angles. La plupart des gens ne voient que le résultat, ce qui revient à observer la spirale par-dessus ou par-dessous. Mais être capable de faire de la magie, c'était non seulement percevoir ses effets, mais aussi être à l'intérieur, et voir une ligne infinie de possibilités.

Les pièces de monnaie qui tintaient dans la poche de Pétra au rythme de ses pas lui remirent en tête des idées plus terre à terre.

– La vie est plus chère ici, dit-elle.

– Peut-être, répliqua Astrophile. Mais je crois surtout que la marchande de pâtisseries t'a tout bonnement escroquée.

Agacée, elle s'arrêta, les mains sur les hanches.

– Astro ! Pourquoi tu ne me l'as pas dit ?

– Je voulais voir si tu t'en apercevrais toute seule.

Pétra geignait d'exaspération lorsqu'une voix aiguë l'interrompit.

– L'oncle a volé vot'chiffon, m'dame. J'l'ai vu. L'a la main sur les cordons.

Tout d'abord, Pétra fut incapable de comprendre d'où venait cette voix, mais elle toucha instinctivement l'endroit où elle cachait sa bourse. Puis elle se rappela les conseils de Tomik sur les voleurs à la tire et s'en voulut de son étourderie. Mais en jetant un regard circulaire,

124

elle constata que personne ne faisait attention à elle. Tout le monde dans la rue avait les yeux rivés sur la fille à la voix haut perchée.

– L'oncle a volé vot'chiffon ! répétait-elle.

– La pauvre petite, murmura quelqu'un à côté de Pétra en lui jetant une piécette.

La fille avait à peu près l'âge de Pétra. Vêtue de haillons, elle avait de grands yeux cernés qui regardaient fixement droit devant elle.

– J'l'ai vu, dit-elle encore en découvrant une dent cassée. L'a la main sur les cordons.

Il était clair pour tout le monde dans la petite foule que la fille avait l'esprit en ruine... brisé, sans doute, par un divinateur. Les personnes dotées de Double Vue, comme la mère de Pétra, peuvent voir dans l'avenir sans aide extérieure, mais dans l'avenir seulement. Les divinateurs, au contraire, ne peuvent scruter que le passé ou le présent. Un autre détail les distingue des personnes dotées de Double Vue : un divinateur ne peut jamais avoir une vision tout seul. Le pouvoir doit toujours être canalisé par une tierce personne, et les enfants sont les meilleurs intermédiaires. Le divinateur demande à un enfant de regarder une surface réfléchissante, par exemple un miroir, et de lui dire ce qu'il voit. Plus jeune est l'intermédiaire, mieux c'est. Le problème, c'est que le rôle d'intermédiaire fragilise beaucoup l'esprit tant qu'il est sous le contrôle d'un divinateur. Et la divination n'est pas une science exacte, mais une pratique qui apporte des images contradictoires et des fausses pistes entremêlées de grains de vérité. On entendait beaucoup d'histoires de divinateurs qui, impatientés par des résultats qu'ils étaient incapables de comprendre, forçaient des enfants à regarder dans un miroir jusqu'à ce que leur esprit s'effondre.

– Je me demande qui elle était avant, chuchota Pétra.

– Une personne qui pouvait être utilisée et jetée, dit Astrophile avec pitié. J'ai lu qu'il y avait des milliers d'orphelins à Prague. C'était sans doute quelqu'un qui ne manquerait à personne.

– Même si personne ne la regrette, je parie qu'elle manque à celle qu'elle était.

Pétra posa son *hoska* devant les pieds nus et sales de la fille.

Et c'est à ce moment qu'elle sentit des doigts invisibles plonger sous sa chemise et s'emparer de sa bourse.

10

Le voleur aux longs doigts

Pétra fit volte-face et aperçut une tache sombre qui disparaissait à un coin de rue devant elle.

– Accroche-toi, dit-elle à l'araignée.

Elle fonça dans la rue. Elle était vive et agile. Elle se serait félicitée de sa rapidité à franchir les obstacles et à prendre les virages si elle n'avait été si inquiète de perdre de vue le garçon qui courait devant elle. Il lui avait volé pratiquement toutes les couronnes qu'elle possédait.

Le gitan se faufilait dans les ruelles étroites dans l'espoir de la semer. Mais, manque de chance pour lui, Pétra avait déjà parcouru ces rues dans la matinée et se rappelait très bien le plan du quartier. Soudain, il prit à droite. Pétra eut un demi-sourire satisfait. Il venait de s'engouffrer dans un cul-de-sac. Sa seule issue serait d'entrer au culot dans l'une des boutiques ou des maisons. Pétra accéléra pour l'en empêcher.

Lorsqu'elle pénétra dans l'impasse, il lui jeta un regard d'animal traqué. Elle l'attrapa par le bras.

– Rends-moi ça !

– J'ai rien à toi ! cria-t-il. Lâche-moi !

Il lui envoya un coup de pied, mais elle tenait bon.

– Que se passe-t-il, par ici ?

La bedaine d'un policier tourna le coin de l'allée, suivie de son propriétaire. Ce dernier s'approcha d'eux d'un pas lourd.

– Ce sont bien des cris que j'ai entendus ? Ce petit gitan vous a-t-il volé quelque chose ?

Il regarda le prisonnier de Pétra avec dégoût.

Le garçon qui se tortillait se figea et fixa sur Pétra un regard de terreur absolue. Pour la première fois, elle vit clairement son visage. Sa peau basanée était grêlée par la vérole. La balafre de sa joue gauche avait sans doute été creusée par un couteau. Sous des sourcils qui ressemblaient à deux traits dessinés par une large plume d'oie trempée dans l'encre, ses yeux fauves la dévoraient. La première impression de Pétra fut qu'ils étaient fêlés, tant leur teinte jaune était constellée de taches vertes.

Que fait-on aux voleurs à Prague ? se demanda-t-elle. À Okno, hommes et femmes étaient jetés dans la prison locale pour des durées variables, mais les enfants pris à voler étaient généralement laissés à la merci de leurs parents ; parfois, ils devaient travailler pour ceux qu'ils avaient lésés. À voir l'expression du garçon, toutefois, elle comprit que la justice, ici, n'envoyait pas les jeunes voleurs cueillir des fruits dans les vergers pour les maraîchers. C'est pourquoi elle dit :

– Oh non, monsieur. Non, nous étions simplement en train de jouer.

– C'est vrai ? Ça vous amuse de faire perdre leur temps

128

aux forces de l'ordre ? De faire des histoires pour rien ?
D'énerver tout le monde ?

– Je suis absolument navrée, monsieur. Vous avez raison. Nous n'avons pas réfléchi. Nous jouions à chat.

Elle fusilla du regard le garçon qui gardait le silence.
Pourquoi fallait-il qu'elle trouve toutes les excuses elle-même ? Elle continuait à le tenir fermement de la main droite, persuadée qu'il n'hésiterait pas à prendre la poudre d'escampette à la première occasion... et avec sa bourse, bien sûr, qu'il devait avoir cachée quelque part dans les plis de ses vêtements.

– Ces bouseux et leurs jeux idiots ! J'ai bien envie de vous coffrer tous les deux pour m'avoir contrarié, dit le policier, les sourcils froncés, frémissant de toute sa barbe rousse. Sauf si vous me donnez une bonne raison de ne pas le faire.

Il posa sur Pétra un regard lourd de sous-entendus. À sa grande surprise, le garçon fit de même. Tous deux semblaient s'attendre à ce qu'elle fasse quelque chose.

– Eh bien, euh... Hum, je suis vraiment, vraiment navrée. Nous le sommes tous les deux. Nous sommes... bafouilla-t-elle.

– Pétra. (La voix sourde d'Astrophile dans son oreille était lasse, comme si elle trouvait incroyable de devoir s'expliquer.) Il veut de l'argent.

– Oh ! Où avais-je la tête ?

Le policier et le garçon se détendirent tandis qu'elle plongeait la main gauche dans sa poche et en sortait deux piécettes. Elle les laissa tomber dans la main tendue de l'agent.

– C'est tout ? demanda-t-il en se renfrognant.

– C'est que je suis d'une famille de pauvres cultivateurs de colza.

Elle décocha au garçon un regard qui, du moins elle l'espérait, disait clairement « je peux te rattraper », et le lâcha lentement. Elle remit les mains dans ses poches et les retourna pour montrer qu'elles étaient bien vides. Le garçon fit de même.

– Ah, les garnements des rues, grommela le policier avant de tourner les talons et de sortir de la ruelle d'un pas lourd.

Dès qu'il eut disparu, Pétra se jeta sur le garçon et plongea les deux mains sous sa chemise.

– Dis donc ! cria-t-il. Espèce de harpie aux doigts crochus !

Elle arracha sa bourse de sous son bras.

– J'allais te la rendre ! Si tu m'avais laissé le temps !

Il s'éloigna d'elle et trébucha en arrière, avec sa chemise crasseuse et tachée tout en désordre. Elle lui jeta un regard noir, puis regarda dans sa bourse pour vérifier que tout y était.

Le garçon se remit sur pied et lissa sa chemise.

– Après ça, en principe tu devrais me payer le petit déjeuner, vu la manière dont tu as failli m'envoyer au bagne. Mais, ajouta-t-il avec un grand sourire en voyant son air enragé, puisque tu es une dame et que je suis un gentleman, je crois que ce sera ma tournée.

– C'est tellement évident ? demanda-t-elle au garçon alors qu'ils erraient au hasard dans les rues bondées.

130

– Quoi, que tu descends tout droit des collines, comme le disait le flic ? Sûr que c'est évident !

Il parlait d'une manière étrange, avec un accent qu'elle n'avait jamais entendu. Sa voix avait quelque chose de dansant, comme la démarche d'un flâneur en promenade.

– Non. Je voulais dire : est-ce tellement évident que je ne suis pas un garçon ?

– Bah... fit-il d'une voix traînante. C'est que tu n'es pas la seule à avoir eu l'idée. Quand on est arrivés à Prague, ma frangine s'est dit que pour se déplacer seule en ville, ce serait plus simple d'être en garçon qu'en fille. Son déguisement a fait illusion à peu près cinq secondes. Mais il faut dire qu'elle est magnifique, vraiment belle à tomber. Elle tient de moi. Mais ne t'en fais pas. Tu t'en sors bien en pantalon, c'est juste que j'ai de bons yeux.

Ils arrivèrent à la porte d'une taverne appelée *Le Mouton tondu*, et le garçon la guida dans un labyrinthe de salles mal aérées. Il l'amena jusqu'à une table d'angle et commanda deux grands bols de ragoût à une femme qui avait plus de tatouages bleus sur le bras que de dents dans la bouche.

Lorsqu'elle fut partie, le garçon tendit la main et serra celle de Pétra avec effusion.

– Je m'appelle Neel, dit-il.

– Moi, c'est Pétra.

Cependant, elle avait encore des doutes à propos de Neel, et décida donc de mettre Astrophile en garde. Elle allait tenter de communiquer silencieusement avec elle.

131

Mais oui, bien sûr, se dit-elle, *comme si ça avait marché les mille dernières fois où tu as essayé.* Elle se concentra tout de même. Elle sentit quelque chose la chatouiller au fond de ses pensées. L'avait-elle imaginé ? Elle suivit cette légère sensation de bourdonnement et se concentra dessus. Cela ressemblait à la vibration presque silencieuse des rouages internes d'Astrophile, un bruit entendu si souvent au creux de son oreille qu'elle n'y faisait plus attention. Mais elle *ressentait* à présent le bourdonnement dans sa tête, comme si Astrophile s'était logée sous son crâne. Certaine de ne pas être entendue, elle rassembla ses pensées. *Profil bas. S'il te découvre et se saisit de toi, il pourrait te vendre pour bien plus de couronnes qu'il ne l'imagine.*

Le bourdonnement cessa net. Mais Astrophile, avec son sérieux habituel, contrôla sa surprise et envoya à Pétra ses pensées : *Inutile de t'inquiéter pour moi. Tiens-le à l'œil. Garder un profil bas, c'est ce que je fais depuis le début, au cas où tu n'aurais pas remarqué.*

Une stupéfaction euphorique envahit Pétra. *Astro ! Astro ?*

Quoi ?

Tu m'entends ! Je t'entends ! J'ai réussi ! J'ai réussi !

Oui, oui. Tu as réussi. Mais on fêtera ça plus tard. Pour l'instant, je t'en supplie, sois raisonnable et méfie-toi de ce voleur avec qui tu as décidé, pour une raison inexplicable, de sympathiser.

Neel l'observait attentivement. Son visage était tout illuminé de plaisir.

– Tu es lunatique, dit-il. Boudeuse un instant, radieuse

l'instant suivant. (Un silence.) Et tu es rapide, pour une *kitchin*.

– Une quoi ?

– Une *kitchin morte*.

– Euh...

– Une *fille*. Une kitchin, c'est une fille.

– Ah, bon ! Alors... alors c'est un mot de ta langue ? Tu as une drôle de façon de parler. Bien sûr, personne ici ne parle comme à Okno, mais tu es... différent, conclut-elle piteusement.

– *Kitchin morte*, c'est du cant. J'ai ma propre langue.

– Qu'est-ce que c'est, le cant ?

– Le cant, c'est l'argot secret de la Compagnie des Voyous. La Compagnie est une sorte de... de guilde. Un groupe de vauriens qui travaillent ensemble.

– Tu veux dire des voleurs.

– Voleurs, bien sûr. Et aussi jongleurs, rétameurs, comédiens, bonimenteurs, forains, charlatans, braconniers, tricheurs, escrocs, diseuses de bonne aventure et autres arnaqueurs. Et leurs enfants.

– Et toi, tu fais partie de la Compagnie des Voyous.

– Bah, non. Je suis avec les miens.

– Tu es un gitan.

– Le mot *gitan*... ce n'est pas vraiment redemandé.

Pétra hésita un instant.

– Tu veux dire « recommandé » ?

Il avala une bouchée de ragoût avant de pointer sa cuiller sur elle.

– C'est pas le bon mot, vu ? *Gitan*, ça veut dire « égyptien ». Je ne viens pas d'Égypte. Nous, on s'appelle les Roms, et on parle le rom. C'est marrant...

Il se perdit quelques secondes dans ses pensées en la regardant.

– C'est marrant que tu m'aies surpris à voler ta bourse. Les Roms sont des détrousseurs hors pair. Et je ne me suis *jamais* fait attraper.

Il garda le silence un moment. Puis, levant la main droite, il joignit le pouce et l'index.

Pétra poussa un petit cri et lâcha sa cuiller. Elle frotta son bras gauche, qui était posé sur la table à plusieurs coudées de Neel.

– Intéressant, dit-il en levant de nouveau la main.

Pétra se retint de la repousser brutalement.

– Pas si intéressant quand c'est toi qui te fais pincer.

– Très intéressant, insista-t-il en baissant la main. Tu n'aurais pas dû sentir ça.

– Qu'est-ce que tu as fait ? *Comment* as-tu fait ?

Neel leva de nouveau la main. La cuiller de Pétra s'éleva en l'air et retomba dans son ragoût.

– Mange !

Elle le regarda de tous ses yeux.

– Tu sais déplacer les objets par la pensée ?

– Non, non. C'est plutôt... (Il fléchit la main.) Comme si j'avais des rallonges. Comme si mes doigts étaient très très longs, mais qu'on n'en voyait qu'un petit bout.

– Ça ne te gêne pas ? Quand tu manges avec une cuiller, tu la tiens par le bout de tes vrais doigts ? Et les

134

parties invisibles, elles pendouillent autour, tu te les prends dans la figure ?

Il éclata de rire.

– Ce serait un problème ! Non, les doigts fantômes vont et viennent. Si je sens que je veux quelque chose, par exemple un joli ruban pour ma frangine, ou si j'ai envie de jouer un bon tour à quelqu'un, mes doigts poussent, en quelque sorte. Ils disparaissent quand je n'en ai pas besoin. C'est très utile.

Il observa son expression captivée. Puis il s'inclina vers elle par-dessus la table.

– Sais-tu que les gens qui perdent une jambe ont parfois des sensations dans le membre manquant ? lui demanda-t-il. Qu'ils peuvent remuer leurs orteils fantômes et sentir une cheville qui n'est plus là ?

– Non. C'est vrai ?

– Bien sûr. Tiens, je connais un voyou qui a eu la jambe broyée par un cheval. La partie écrabouillée a été amputée au-dessous du genou, mais il jurait qu'il sentait encore des douleurs lancinantes dans son membre fantôme et qu'il rêvait qu'il marchait.

– Comment peux-tu croire qu'il sentait vraiment une jambe qui n'était pas là ? Je n'ai jamais entendu une chose pareille.

– Ce n'est pas parce que tu ignores quelque chose que ce n'est pas vrai.

– Je n'ai jamais dit que je ne te croyais pas.

L'idée que l'on puisse ressentir une partie de son corps inexistante mettait Pétra mal à l'aise. Son père sentait-il ses yeux absents ? Cela lui faisait-il mal ? Il n'en avait jamais parlé.

– Je me fiche que tu me croies ou pas. Tu n'as qu'à faire semblant, juste un petit moment. Bien sûr, si tu ne veux pas entendre mon histoire, une histoire rom qu'une personne non rom ne devrait jamais entendre...

– Raconte.

Neel sourit.

– Il y a des siècles et des siècles, notre peuple vivait dans le désert. C'étaient des dresseurs de chevaux et d'éléphants. Bon, les deux sont des bêtes faciles à dresser et à monter. Mais elles n'ont pas du tout la même façon de penser. Si un cheval t'aime, il est prêt à traverser des charbons ardents, des champs de bataille et des marécages infestés de vermine pour toi. Mais un éléphant a besoin de savoir *pourquoi* tu veux quelque chose. Il doit être d'accord et trouver que ce que tu fais est au moins un peu sensé.

» À l'époque, les Roms étaient divisés en trois tribus, et non quatre comme maintenant. Les Ursari, c'est la tribu la plus douée pour dresser les animaux. D'ailleurs, ils en vendent toujours aux *gadjé*.

– C'est quoi, les *gadjé* ?

– Les étrangers, tu sais. Comme toi. Bien, il y avait un Ursari appelé Danior qui était encore plus doué que les autres avec les chevaux et les éléphants. Il avait aussi une vision des choses plus claire que la plupart des Ursari. C'est dur d'aimer quelqu'un qui fait tout mieux que vous, et le chef des Ursari, notamment, n'aimait pas

Danior. Il s'est mis à le détester pour de bon. Alors un matin, Danior se réveilla seul dans le désert. Sa tribu l'avait abandonné à son sort. Il avait sa tente, mais pas d'eau, et rien pour chasser. Et ça, c'est une mort certaine dans le désert.

» Il se mit en marche dans le sable brûlant pour chercher de l'eau. On ne tient pas longtemps à ce régime. Au bout d'un moment, il se coucha pour attendre la mort. Puis il entendit quelque chose. C'était un bruit de sabots en grand nombre. Il pensa que sa tribu était peut-être revenue le chercher, alors il se redressa.

» Mais ce n'étaient pas les Ursari. C'était une troupe de *gadjé*, et de haut rang, en plus. Sept guerriers aux yeux cruels ouvraient la marche sur leurs chevaux. Derrière eux avançait un éléphant, avec sur son dos un homme qui était le plus important de tous.

» Il faut savoir que Danior connaissait la plupart des chevaux ainsi que l'éléphant, car c'est lui qui les avait dressés. Et qui était le *gadjo* sur l'éléphant ? Nul autre que le roi du désert, avec sa femme couverte d'or et ses onze beaux enfants.

» Danior leva les mains et demanda de l'aide aux guerriers. Ils continuèrent à regarder droit devant eux, comme s'il n'existait pas. Puis Danior supplia les chevaux de l'aider. Mais les chevaux aimaient leurs maîtres, comme Danior le leur avait appris. Alors ils obéirent à leurs maîtres et le dédaignèrent.

» Puis vint l'éléphant. Le roi du désert se balançait dessus, dans une petite maison attachée sur son dos. Danior vit que l'une des sangles était desserrée et pendait, et il s'en saisit.

» Le roi du désert baissa les yeux, tira son épée, et d'un grand coup il coupa tous les doigts des deux mains de Danior.

Pétra eut un haut-le-corps.

– Et ensuite ?

– L'éléphant, qui connaissait la valeur de Danior, désapprouva l'attitude du roi du désert. Il se mit à lancer des ruades. Il fit tomber la maison de son dos et le roi cruel avec. Il tendit sa trompe et l'enroula autour de Danior. Il se sauva au galop, vite, plus vite que les chevaux et même plus vite que toi, Pétouille. Il l'emmena jusqu'à une oasis, où il le déposa dans l'eau. Il puisa de la boue et la tassa sur les mains de Danior pour arrêter le saignement.

» Le plus drôle, c'est qu'une fois ses mains cicatrisées, Danior s'aperçut que ses doigts fantômes fonctionnaient bien mieux que les vrais. Ils étaient plus longs et extra-ordinairement rapides. Ils pouvaient s'étirer en un éclair pour attraper un lièvre du désert par les oreilles. Danior chassa et apprit à se servir de ses nouveaux doigts.

» Mais il avait un compte à régler avec le roi cruel. Lorsqu'il sortit de l'oasis sur son éléphant, il se rendit droit à la capitale, où le palais blanc s'élevait telle une fleur pétrifiée.

» Cette nuit-là, il se dirigea en cachette vers le palais. Ses ongles invisibles ouvrirent les verrous. Bientôt il se trouva dans la chambre des enfants, face à une rangée de princes et de princesses bordés dans leurs lits.

» Danior était un homme juste. Il fit sortir seulement dix des enfants du roi cruel, un pour chaque doigt manquant, et ne laissa qu'un fils. Ce prince grandit dans la haine des Roms parce qu'ils lui avaient volé sa famille, mais il les haïssait aussi de ne pas avoir voulu de lui.

» Arrivé aux portes de la ville, Danior fit monter ses nouveaux enfants dans un grand chariot en leur promettant qu'ils seraient choyés et libres. Il attela le chariot à l'éléphant, et la grosse bête grise se mit en route à travers les étendues de sable.

» C'est ainsi que Danior fonda une nouvelle tribu de Roms appelés les Kalderash. Ce sont des gens réservés. Et aussi trop snobs à mon goût. Mais c'est ce qui arrive quand on pense que son arrière-arrière-arrière-arrière-je ne sais combien d'arrière-grand-père était Danior l'Ursari, et que l'on vient d'une famille princière.

– Qu'a fait Danior aux Ursari ?

– Fait ?

– Eh bien ils l'avaient abandonné à une mort certaine. Il s'est vengé du roi cruel. Ne s'est-il pas vengé de sa tribu ?

Neel la regarda comme si elle avait déclaré que le ciel était orange.

– On ne peut pas se venger de son propre peuple.

Pétra comprit ce qu'il voulait dire. Il était difficile de dire qui, du roi cruel ou des Ursari, avait été le plus méchant avec Danior. Mais la famille, c'est la famille, même quand elle vous abandonne en plein désert.

– Et toi, tu es de la tribu kalderash ? lui demanda-t-elle.

– Ah non. Je suis lovari. Nous sommes des saltim-
banques... On fait du théâtre, on chante, on jongle, on
joue du violon, tout ça, tu vois ? En tout cas, ça ne rapporte pas grand-chose.

– Tu as des talents magiques, dit-elle en le considérant
avec respect. Et si jeune...

– Mais non. Je suis plus vieux que toi.

Pétra en doutait. Il était un peu plus petit qu'elle.

– Quel âge as-tu ?

– Bah... Je ne sais pas.

– Comment ça, tu ne sais pas ?

Il se tortilla, gêné, et se remit à manger.

– À vrai dire, ce n'est pas si rare d'avoir de longs doigts
comme moi.

Pétra fut un instant tentée de le presser d'expliquer
pourquoi il ne connaissait pas son âge, mais elle réalisa
qu'elle aussi, il y avait des choses qu'elle ne voulait pas
partager. Elle se ravisa.

– Ah bon ? dit-elle. Beaucoup de gitans savent faire ce
que tu fais ?

– De Roms.

– Pardon. De *Roms*. Ils ont tous les doigts longs ?

– Non, quand même pas. Mais beaucoup d'entre eux.
Le Don des Doigts de Danior est fréquent chez les Kalderash, mais on le rencontre un peu partout chez les Roms,
à cause des mariages entre tribus. C'est très utile pour
nous, les Lovari : ça me permet de fouiller quelques
poches pendant que mes cousins donnent un spectacle
de marionnettes. Sauf que les gens ne sont pas censés le

sentir quand on s'en sert. Ce qui fait de toi – conclut-il en plissant ses yeux jaunes – quelqu'un de vraiment pas ordinaire.

Tous deux gardèrent le silence un moment. Neel baissa la tête et continua de manger sans dire un mot.

Peut-être, suggéra Astrophile, *qu'il se demande dans quoi il a mis les pieds. Ne ferais-tu pas de même à sa place ?*

Neel se renversa en arrière sur sa chaise en bois et se tapota le ventre. Il restait une toute petite portion de ragoût dans son bol.

– C'était bon. Bien, il faut que j'aille aux toilettes. Je finirai en revenant.

Il fit un clin d'œil.

Pétra regarda le bol et se rappela soudain, tandis que Neel se levait, les poches vides qu'il avait montrées au policier. Le garçon commença à tourner les talons.

Ses mains surgirent pour agripper l'un des poignets de Neel.

– T'as qu'à faire dans ton froc, dit-elle avec colère.

Elle était sûre qu'il était sur le point de disparaître. Il allait se sauver par l'arrière et elle ne le reverrait plus jamais. Il ne lui resterait qu'à payer l'addition, sortir seule du *Mouton tondu* et arpenter toute seule cette ville puante et surpeuplée.

Stupéfait, Neel se rassit sur sa chaise et s'arracha à sa poigne.

– Qu'est-ce que t'as ? cracha-t-il entre ses dents. Faut toujours que tu fasses des histoires. Tu attires l'attention sur nous, à sauter partout comme si tu avais des puces.

Eh bien – il lui agita l'index sous le nez –, c'est comme ça qu'on se fait repérer. Toujours.

Pétra le fusilla du regard. Elle n'était pas d'humeur à prendre des leçons d'escroquerie.

– Excuse-moi, s'adoucit Neel. Je te laisse sortir de l'auberge en premier. C'est plus dur de partir en deuxième, parce qu'on laisse une table vide et qu'il y a toujours quelqu'un pour le remarquer. C'est vrai que ce n'était pas correct de ma part de te laisser sortir en dernier, car j'ai plus d'expérience. Alors pars devant, je te suis.

Il fit un geste que l'on pourrait qualifier de chevaleresque pour indiquer la sortie.

Pétra fut un peu rassérénée de savoir qu'il n'avait pas eu l'intention de l'arnaquer *elle*, mais tout de même, elle était encore troublée.

– Et les gens qui travaillent ici ? Ils ne méritent pas d'être payés ?

Il soupira.

– Peut-être que ceux qui ne savent pas surveiller ce qu'ils ont ne méritent pas de le garder.

Ses paroles rappelèrent instantanément à Pétra son père et ses yeux volés. Si l'on suivait la logique de Neel, sa cécité n'était pas une torture cruelle. C'était bien fait pour lui.

Pétra n'avait pas pleuré une seule fois depuis le jour où il avait été ramené à la maison dans le chariot, et elle refusait de le faire devant ce voleur retors et indigne de confiance. Il fallait qu'elle sorte de la taverne. À cet instant, elle se sentait comme une feuille de papier fin trempée d'eau sale : elle avait l'impression qu'une seule goutte de plus suffirait à la faire tomber en lambeaux.

Pétra sortit sa bourse et fit signe à la femme tatouée.

– Je vais payer. Sors.

Il la regarda fixement. Puis, à sa grande surprise, il plongea sous la table et se mit à farfouiller, apparemment à la recherche de quelque chose. Au moment où la femme arrivait à leur hauteur, il se redressa en tendant une pièce crasseuse.

– On fait moitié moitié. (Il sourit en voyant son expression.) Garde toujours ton argent dans tes chaussures, Pétouille. C'est absolument impossible de le piquer là.

Lorsqu'ils eurent payé, Pétra retraversa en toute hâte les salles confinées, impatiente de retrouver l'air du dehors et la chaleur du soleil. Neel était sur ses talons. Lorsque la lourde porte de la taverne se referma en claquant derrière eux, il continua de la suivre. Elle ne savait pas bien où aller, mais elle s'en moquait.

– Qu'est-ce qui t'a mise en boule ? lui cria-t-il alors qu'ils passaient devant une petite foule agglutinée.

Il était midi, et les rues de la ville étaient envahies par le bruit et les corps qui se pressaient.

– J'ai payé, non ?

Comme Pétra ne répondait pas, Neel, agacé, éleva la voix.

– D'accord, j'ai compris. Tu as de grandes idées sur ce qui est bien. C'est parce que tu en as les moyens. Moi j'ai une famille de violonistes et de marionnettistes, et il n'y

143

a que ma sœur qui puisse avoir un vrai travail parce qu'elle a la peau assez claire pour ça. Alors moi, je prends ce que je peux et si c'est du ragoût, eh bien tant mieux. Je suis content que tu aies dit au flic ce que tu lui as dit et que tu m'aies sauvé de la pendaison, mais rien ne m'oblige à tenir compagnie à une petite bêcheuse.

Pétra s'arrêta net.

– Alors pourquoi tu me suis ?

Neel écarta les mains.

– Il se trouve que je vais dans la même direction que toi. Je n'ai pas le droit d'aller retrouver ma frangine ? Parce qu'elle va me faire la peau si je n'y suis pas.

Pétra ne voulait pas révéler qu'elle ne savait pas où elle allait.

– Et où la retrouves-tu, ta sœur ? demanda-t-elle.

– Au château, bien sûr. C'est là qu'elle travaille.

Pétra marqua un silence.

– Ta sœur travaille au château ?

– C'est ce que je viens de dire, non ?

Ils s'étaient arrêtés au milieu de la rue. La foule grouillait autour d'eux, les bousculait.

– Avancez ! piailla une femme aux joues rougeaudes.

Neel tira Pétra sur le côté de la rue et ils se pressèrent contre un mur qui sentait le bois pourri.

– C'est ton vrai nom, Neel ? lui demanda-t-elle.

– En fait, non.

Il enfonça les mains dans ses poches et détourna les yeux.

144

C'était bien ce que pensait Pétra. On ne pouvait même pas lui faire confiance sur les détails les plus ordinaires.

– Indraneel, continua-t-il. Ça veut dire « bleu ». Mais je ne suis pas bleu, et « Indraneel », ce n'est pas facile à prononcer. Alors je dis juste « Neel ».

Pétra reprit la parole.

– Tu pourrais me présenter à ta sœur ?

11

De l'autre côté du pont Charles

Ils atteignirent bientôt le fleuve Vltava. Là, ils traversèrent le pont Charles, un ouvrage majestueux bordé sur toute sa longueur de statues des héros de Bohême. Le pont était tout récent. Le prince Rodolphe l'avait fait édifier en l'honneur de son diplôme de l'Académie, et lui avait donné le nom de son père. On aurait pu objecter que c'était superflu. Car après tout, il avait déjà fait rebaptiser l'université Argos, devenue l'université Charles lorsqu'il avait treize ans environ. Mais on ne va jamais trop loin dans la flatterie avec un empereur.

Neel ignorait complètement qui étaient les gens représentés par les statues. Il avoua que, comme beaucoup de Roms, il ne savait pas lire et ne connaissait pas grand-chose à l'histoire de la Bohême.

– De toute manière, quel intérêt, les histoires des *gadjé* ? Mon peuple en a de bien plus belles.

Pétra dut admettre que c'était sans doute vrai. Mais elle lui parla volontiers des sculptures. Elle avait rarement l'occasion d'enseigner quoi que ce fût à quelqu'un.

– Et cette fille qui a l'air dans la lune, qui est-ce ?

Il désignait une statue de femme portant un seau d'eau.

– C'est dame Portia. Il y a huit cents ans, on brûlait sur le bûcher toute personne douée de pouvoirs magiques. Elle a convaincu le tribunal de la Patte de Lion qu'il fallait interdire ce genre de pratiques.

– Qu'est-ce que c'est, le tribunal de la Patte de Lion ?

– C'est la plus haute cour de justice de Bohême. Elle se compose de sept juges, nommés par le prince. Ils ont presque le dernier mot sur toutes les questions légales dans le pays.

– Et qui a vraiment le dernier mot ?

Mon Dieu, il vit dans une caverne ou quoi ? Les paroles d'Astrophile bourdonnaient dans la tête de Pétra.

Ne te moque pas de lui.

– Le prince, dit-elle à Neel. La Patte de Lion lui propose des lois, et il décide si elles lui plaisent ou non. Une fois la loi passée, dame Portia révéla qu'elle-même avait des talents magiques. Au début, les gens ont cru qu'elle avait milité en faveur de cette loi uniquement pour se protéger, mais il s'avéra que son talent était justement la capacité à supporter n'importe quel degré de chaleur. Elle pouvait sucer des charbons ardents comme si c'étaient des bonbons. Jamais on n'aurait pu la brûler sur le bûcher : il est donc clair que si elle s'était battue pour cette loi, ce n'était que par bonté de cœur.

Neel haussa les épaules.

– Ils auraient pu la noyer.

148

La statue suivante était celle de Florian, duc de Carls-bad.

– C'est lui qui a fondé l'Académie, expliqua Pétra. Puis il a laissé des tonnes d'argent après sa mort pour agrandir les bâtiments. On a ajouté l'eau courante, le bain turc, un théâtre, trois ballons dirigeables, et bien d'autres choses qui sont gardées secrètes.

Ils avisèrent l'empereur Vaclav le Malin, qui semblait plus petit que Pétra ne l'avait toujours imaginé.

– C'est à cause de lui qu'on ne peut pas aller à l'Académie si on n'appartient pas à la noblesse. Son tribunal a imposé ces lois il y a presque deux cents ans, alors qu'il était le seul prince de Bohême. Cela a mené à la rébellion paysanne, un véritable suicide pour les gens des collines. Vaclav a écrasé les forces rebelles. Leur capitulation n'a été acceptée que parce qu'ils se sont soumis à la condition la plus importante de l'accord : les insurgés ont dénoncé tous les individus dotés de pouvoirs magiques qu'ils connaissaient. Ces gens ont été arrêtés et on ne les a jamais revus.

– C'est pour ça que nous, les Roms, nous vivons dans des roulottes. C'est bien pratique pour s'éloigner quand ça commence à sentir le roussi.

Ils atteignirent la dernière statue, qui représentait l'empereur Charles, particulièrement élégant.

– Qu'est-ce qu'il a fait ? demanda Neel.

– Je crois qu'il est célèbre surtout pour la manière dont il est devenu empereur. Du vivant de l'empereur son père, Charles avait un frère, le prince de Hongrie.

Charles, lui, était prince d'Autriche. Le prince de Hongrie et son père adoraient la friture de cuisses de grenouilles. Un soir, ils avalèrent soixante cuisses de grenouilles et burent un demi-tonneau de bière. Ils étaient morts le lendemain. Le cuisinier, accusé de les avoir empoisonnés, fut exécuté. Alors, Charles fut sacré empereur. Je suppose que nous ne sommes pas censés penser à cette histoire en regardant cette statue. Mais c'est la seule chose dont je me souvienne à son sujet.

Une fois arrivés de l'autre côté de la Vltava, ils commencèrent à gravir la colline. Neel dit que ce quartier de Prague s'appelait Mala Strana. L'air y était plus frais. Les enseignes des boutiques étaient uniquement écrites, sans images. Les commerçants considéraient apparemment que tous leurs clients savaient lire. Ou alors, ils ne voulaient pas de chalands analphabètes chez eux.

Un jeune garçon balayait la rue. Les maisons avaient des toits de tuiles rouges, et non de chaume. Les murs étaient tous peints dans des couleurs pastel : vert pâle, jaune beurre frais, rose, bleu ciel. Des anges de pierre décoraient les angles des bâtiments, dont toutes les ouvertures étaient vitrées.

Pétra était émerveillée, mais lorsqu'elle s'exclama que tout était magnifique, Neel se contenta de répondre :

– Je ne détesterais pas m'introduire dans une de ces maisons. Je te parie qu'il y a des tas de choses brillantes à voler.

Je ne me sens pas très bien, murmura tout à coup Astrophile.

150

Qu'est-ce qu'il y a ? Tu as faim ? Tu veux de l'huile ? lui demanda Pétra en se concentrant sur le vrombissement mental qui lui indiquait la présence de l'araignée. Elle se rendit compte avec angoisse qu'il s'était affaibli. Qu'est-ce qui n'allait pas ? Elle lui avait donné sa dose habituelle d'huile de colza au réveil.

Non, je n'ai pas faim. Je me sens... Je ne sais pas. Prise de vertiges, peut-être ? J'ai du mal à rester accrochée à ton oreille.

Pétra ne savait que faire. Cela n'était jamais arrivé. Elle aurait voulu attraper l'araignée et la prendre dans sa main, mais Neel était très observateur. Elle préférait éviter le risque qu'il repère Astrophile.

Essaie de tenir encore un peu, lui dit-elle.

– On peut accélérer ? demanda-t-elle à Neel.

– Pourquoi, tu es pressée ?

Il lui jeta un regard inquisiteur. Puis il remarqua avec quelle angoisse elle se mordait la lèvre.

– Bon d'accord, on doit pouvoir aller un peu plus vite.

Ils allongèrent le pas.

Astrophile ne disait rien.

Lorsqu'ils atteignirent les dépendances du château, Neel lui montra la Ruelle d'Or, une rangée de maisons minuscules. Il lui expliqua que c'était là que vivaient les fantassins du prince. En temps normal, Pétra aurait pouffé de rire à l'idée que des gens vivent dans des maisons qui ressemblaient à des clapiers peints. Mais c'est à peine si elle entendit ce que disait Neel.

Enfin ils se retrouvèrent au pied d'une construction intimidante, avec trois larges portails et de hautes fenêtres.

– C'est le château ? demanda Pétra.

Neel pouffa de rire.

– Ce sont les écuries. L'un de nos cousins ursari travaille ici. Ma frangine et moi, c'est là qu'on se retrouve en général, comme ça si l'un de nous arrive avant l'autre, on peut bavarder avec Tabor.

Ils entrèrent par l'une des plus petites portes. Pétra entendit des chevaux bien nourris qui soufflaient par les naseaux. Comme ses yeux s'habituaient à la pénombre, elle aperçut une jeune femme en robe gris-bleu qui s'entretenait avec un homme large d'épaules. Neel leur fit signe et se précipita vers eux en s'écriant : « *Sar san, Pena ?* » Pétra, qui ne voulait pas secouer Astrophile, s'avança derrière lui à pas plus lents. L'homme à la peau sombre donna une tape sur l'épaule de Neel avant de s'éloigner, sa pelle à la main.

À mesure qu'elle approchait, Pétra constata que la sœur de Neel ressemblait à un rêve qui se précisait peu à peu. Ses cheveux noirs, tressés et remontés en couronne, révélaient les lignes douces d'un cou gracile. Sa peau était claire : pas aussi pâle que celle de Pétra, mais d'une exquise teinte crémeuse. Ses yeux en amande avaient l'éclat d'une laque noire.

Neel s'exprima rapidement en rom tout en faisant des gestes vers Pétra. Un mot revenait sans cesse dans ses propos : *Pena*. C'était apparemment ainsi qu'il appelait sa sœur, et Pétra en déduisit que c'était son nom. Lorsque Neel, s'interrompant, dit en tchèque : « Je te présente Pétra », elle tendit la main. Toute fière d'avoir compris une fraction de leur conversation, ne fût-ce qu'un tout petit peu, elle déclara : « Bonjour, Pena. »

Le frère et la sœur se tordirent de rire. La jeune fille fut la première à se ressaisir et serra la main de Pétra. « Bonjour, Pena », reprit-elle en écho.

– *Pena* veut dire « sœur », dit Neel, gloussant toujours de rire.

– Ne t'en fais pas, Pétra, dit la fille d'une voix chantante sans une pointe d'accent. C'est un salut très agréable. Si tout le monde me considérait comme une sœur, ma vie serait décidément très heureuse. Mon nom est Sadira, mais tu peux m'appeler Sadie. Après tout, maintenant tu fais partie de la famille. Neel m'a dit qu'il t'avait volé ta bourse, mais que tu ne l'avais pas dénoncé à la police. Je ne sais pas ce que j'ai le plus de mal à croire : que tu l'aies attrapé ou qu'il ne soit pas en train de moisir dans un cachot à l'heure qu'il est. (Elle regarda son frère en fronçant les sourcils.) Tu as tort de prendre de tels risques, Neel.

– Mais je n'en ai pas pris ! protesta-t-il. C'était une proie facile ! Elle montrait à tout le monde où elle avait caché sa bourse et elle ne faisait attention à rien, à part une petite mendiante ! Si je ne l'avais pas volée, c'est quelqu'un d'autre qui l'aurait fait.

– Il faut croire que ce n'est pas une proie si facile, puisqu'elle a réussi à t'attraper.

– Mais comment aurais-je pu le savoir ? insista-t-il en écartant les mains. Elle avait l'air d'une vraie péquenaude, on aurait cru que c'était son premier jour à Prague.

153

– Eh bien c'est le cas, avoua Pétra. J'espère trouver du travail ici.

– Oui, Neel m'a dit que tu souhaitais me rencontrer. D'après lui, tu as eu l'air intéressée en apprenant que je travaillais au château. Je peux faire quelque chose pour toi ? J'aimerais te remercier d'avoir sauvé mon petit frère de la potence.

Et sur ces mots, Sadie pinça durement la joue de Neel, qui fit la grimace.

– Pourrais-tu m'aider à trouver du travail au château ?

À ce moment précis, Pétra sentit Astrophile s'agiter sur son oreille. *Pétra, je...* commença-t-elle. Puis elle lâcha prise et dégringola par-dessus son épaule telle une étoile filante. Pétra la rattrapa au vol et regarda fixement, paniquée, l'araignée dans sa paume.

Sadie et Neel l'observaient aussi, abasourdis.

– Qu'est-ce que c'est ? souffla Sadie.

– Qu'est-ce qu'elle fait ? demanda Neel.

Les pattes d'Astrophile étaient agitées de petits soubresauts.

– Je crois... (Le soulagement submergea Pétra comme une eau fraîche lorsqu'elle comprit soudain le problème.) Je crois qu'elle dort.

12

La clairière dans la forêt

À l'évidence, une explication s'imposait. Astrophile était totalement inconsciente du problème qu'elle venait de provoquer. Ses pattes continuaient de tressaillir dans le vide comme si elle était plongée dans des rêves arachnéens. Neel tendit la main pour en toucher une avec ses doigts fantômes.

– Comment ça, elle dort ? J'ai plutôt l'impression qu'elle danse.

Sadie releva la tête pour regarder Pétra.

– Alors ? Vas-tu nous dire ce que c'est ? À moins que tu ne préfères garder tes secrets ?

Paradoxalement, le fait que Sadie lui propose de remettre Astrophile dans sa poche sans un mot de plus incita Pétra à tout leur raconter. Mais un garçon d'écurie regardait déjà dans leur direction avec beaucoup trop de curiosité.

– Pas ici, dit-elle. Pourrions-nous trouver un endroit plus tranquille ?

Neel s'adressa à Sadie en rom. Elle hocha la tête.

– Viens déjeuner avec nous, Pétra, si tu veux. C'est mon jour de congé. Neel est venu me rejoindre pour me raccompagner chez nous. En ce moment, nous vivons de l'autre côté de cette grosse colline, dans la forêt. Là, nous pourrons parler librement de ton araignée d'argent et du travail qu'on pourrait te trouver. Viens faire connaissance avec notre famille. Si tu veux, bien sûr, ajouta-t-elle (pour la première fois, elle avait l'air gênée).

Pétra fourra Astrophile dans sa poche.

– Allons-y.

La forêt profonde qui s'étendait de l'autre côté de la colline avait fourni un gibier abondant à bien des générations de princes de Bohême. Pétra vit plusieurs biches en traversant les bois. Les glands crissaient sous leurs pieds. Pétra n'avait pas l'impression qu'ils suivaient un sentier, mais Neel et Sadie avançaient d'un pas bien assuré.

Bientôt, une odeur de feu de bois et de viande rôtie vint lui chatouiller les narines. Elle entendit le tintement clair d'un marteau frappant une enclume. Lorsqu'ils eurent atteint une clairière, Pétra vit dix grosses roulottes disposées en rond autour d'un feu de camp. Un chien aux crocs impressionnants se précipita vers eux en aboyant. Il lécha les mains de Neel et de Sadie. Pétra resta pétrifiée pendant qu'il flairait les siennes.

Plusieurs enfants vêtus de couleurs vives, regroupés près du feu, s'activaient à construire une cabane à l'aide de pierres, de bâtons et d'écorces. Une femme en longue jupe orange faisait cuire un cuissot de chevreuil sur une broche au-dessus du feu. Elle les regarda d'un air surpris et posa, apparemment, une question à Neel et à Sadie.

Le battement sonore cessa et un homme musclé, avec une courte barbe et un anneau d'or dans l'oreille, sortit de derrière une roulotte. Il tenait le marteau à bout de bras dans sa main gauche. Son regard intense toisa Pétra de haut en bas. Puis, sans un mot pour elle ni pour Neel, il se tourna vers Sadie. Le sourire aux lèvres, il dit quelque chose qui crispa de colère le visage de la jeune fille. Cette dernière répliqua vertement et, furieuse, se dirigea vers la plus grande des roulottes. Elle ouvrit et entra en claquant la porte derrière elle.

L'homme regarda Pétra avec une expression ouvertement hostile. Neel lui parla sur un ton amusé mais pas du tout aimable. L'homme haussa les épaules comme pour dire : « Alors c'est ton problème » et s'éloigna d'un pas nonchalant. Ils ne tardèrent pas à entendre de nouveau le bruit clair du métal frappant le métal, mais cette fois les battements étaient plus rapides et plus violents.

– Que se passe-t-il ? demanda Pétra à Neel.

– Emil n'est pas enchanté que tu sois là.

– Ça, j'avais compris. Qu'a-t-il dit à Sadie pour la mettre tellement en colère ?

– Il l'a traitée de *rawnie*.

– Qu'est-ce que ça veut dire ?

– C'est une dame de la haute.

– Ça ne m'a pas l'air bien méchant.

– Non, mais on l'emploie pour parler des étrangers. Le

157

père de Sadie était un *gadjo*, tu comprends. En principe, ce serait très problématique qu'elle soit acceptée par une tribu, à part les Kalderash qui sont de toute manière de sang mêlé depuis le départ. Mais notre mère est le chef, si bien que tout le monde doit traiter Sadie comme une Rom à part entière.

– Ta mère est chef des Lovari ?

– Tu plaisantes ? Regarde autour de toi : on est trente-neuf ici. Enfin pas en ce moment. La plupart d'entre nous travaillent en ville. Certains sont partis chasser ou chercher des champignons, des noix, des baies. Trente-neuf, ce n'est pas toute la tribu lovari. Ma mère est juste le chef de notre groupe.

– Et Emil, qu'est-ce qu'il fait là, alors ? Pourquoi n'est-il pas parti chasser ou travailler ?

– Tu as peut-être remarqué que les Roms n'étaient pas vraiment les bienvenus par ici. Certains n'aiment pas notre couleur de peau, d'autres n'aiment pas notre façon de vivre, et d'autres encore... bref, nous avons besoin de suffisamment de guerriers avec nous à tout moment. Emil n'est pas le type le plus amical que l'on puisse rencontrer, mais il est malin et il sait manier la dague et l'épée. Cela dit, il a toujours eu un problème avec Sadie, et c'est difficile à comprendre. Tu l'as vue : elle est absolument adorable. Je me demande pourquoi il ne l'aime pas.

– Et si... suggéra Pétra en écoutant le marteau et l'enclume, s'il l'aimait un peu trop ?

Neel la dévisagea comme si elle venait de sauter sur un cheval partant au grand galop vers l'asile de fous. Il

158

commença à parler, s'interrompit, et finalement se
contenta de marmonner quelque chose en rom. Il
regarda la roulotte dans laquelle avait disparu sa sœur.

– Ça fait longtemps que Sadie parle avec notre mère.

– J'aurais peut-être dû rester en ville.

– Ne t'excuse pas d'être ici. C'est nous qui avons voulu
que tu viennes. Emil aime faire des histoires. Et ma mère
et ma sœur ont d'autres sujets de conversation que toi.
(Il enfonça son pied dans la terre.) On est un peu dans le
pétrin, là.

– Qu'est-ce qu'il y a ?

– Nos chevaux ont attrapé une maladie. La plupart en
sont morts. Et on ne peut pas déplacer les roulottes sans
chevaux.

– Alors vous êtes coincés ici ?

– Comme des mouches prises dans le miel. Sauf que
ce serait sans doute très agréable d'être coincé dans du
miel. Malheureusement, on est à Prague.

– Et alors, quel est le problème ?

Même si elle trouvait certains quartiers puants et
sales, Pétra avait apprécié sa première journée en ville.
Après tout, on y dénichait des pâtisseries délicieuses, on
y entendait des conversations fascinantes et on y rencon-
trait des gens intéressants.

– Primo, il n'y a apparemment pas d'autres Ursari
dans les parages, donc impossible de les persuader de
nous prêter des chevaux. Et nous n'avons plus les moyens
d'en acheter encore aux *gadjé*. Secundo (il énumérait les
raisons sur ses doigts), à l'heure qu'il est nous devrions

être en train de partir vers le sud pour échapper au plus froid de l'hiver. La neige tombe vite dans ce coin de Bohême, et les routes se retrouvent aussi bouchées que les narines d'un mioche enrhumé. Et tertio, il se trouve que nous sommes sur le domaine de chasse du prince. Ce qui ne s'appelle pas exactement être en règle. Cela veut dire que tout l'argent que nous gagnons sert à graisser la patte au garde-chasse princier pour qu'il n'aille pas raconter partout que nous sommes là. Nous le payons pour qu'il dise au prince, s'il veut abattre des cerfs, qu'ils sont partis très loin dans un autre secteur de la forêt, à des lieues d'ici. Donc non seulement nous n'avons pas de chevaux, mais en plus tout porte à croire que nous n'allons pas en racheter de sitôt. À moins d'un miracle – par exemple si des Ursari traversaient Prague en masse, alors que nous savons qu'ils sont déjà partis vers le sud, en route vers l'Espagne –, nous sommes bel et bien pris au piège.

Sadie ouvrit la porte de la roulotte familiale.

– Neel ? Pétra ? Mère veut vous parler.

Neel et Pétra s'avancèrent jusqu'aux trois marches qui menaient à la porte de la roulotte. Une fois entré, Neel retira ses chaussures et les posa sur un petit tapis de paille. Pétra l'imita. La roulotte avait à peu près les proportions d'une grande pièce. Deux ouvertures rondes, sans vitre, laissaient entrer la lumière, qui vacillait au-dessus d'une estrade recouverte de tissus vivement colorés et de coussins de soie. Sous une lanterne de fer, une femme au visage grave était assise en tailleur.

160

Neel, Sadie et Pétra s'installèrent autour d'elle sur les étoffes. Sadie ressemblait à sa mère, mais cette dernière avait le visage plus étroit, le menton pointu, et la peau sombre et ridée.

– Pétra, commença Sadie, voici notre mère, Damara. Elle voudrait entendre ce que tu allais nous dire au sujet de l'araignée, si tu es d'accord.

Pétra sortit délicatement Astrophile de sa poche de chemise. Les trois autres se penchèrent pour mieux voir. *Astrophile*, pensa-t-elle. Le chatouillis au fond de son crâne était faible, mais bien présent.

L'araignée dormait toujours du sommeil du juste.

ASTROPHILE !

Ses yeux verts papillotèrent et se posèrent fixement sur Pétra. *Comme c'est étrange.* Elle ne semblait pas remarquer que Pétra et elle n'étaient pas seules. *J'étais en train d'achever un tableau. C'était un paysage, et j'utilisais de la peinture qui sortait du bout de mes pattes, une couleur pour chacune. Mais où est-il passé ? C'était un chef-d'œuvre.*

Astrophile, tu as rêvé.

C'est absurde, ça. Pour rêver, il faut dormir, et je ne dors jamais. À propos, où sommes-nous ? Et comment sommes-nous arrivées ici ? Et... Elle se retourna et découvrit enfin Neel, Sadie et leur mère. *Mais enfin que se passe-t-il, Pétra ?*

Alors voilà, nous étions en route avec Neel pour aller faire connaissance avec Sadie, et là tu t'es endormie. Tu es tombée de mes cheveux et ils t'ont vue. Ensuite ils nous ont invitées chez eux pour déjeuner et j'ai trouvé l'idée plutôt bonne.

Je commence à croire qu'effectivement je dormais. Car si

161

j'avais été consciente, jamais je ne t'aurais autorisée à faire une chose aussi extraordinairement idiote.

– Je vous présente Astrophile, dit Pétra. C'est mon père qui l'a fabriquée.

Puis elle prit sa respiration et entreprit de leur raconter pourquoi elle était venue à Prague.

13

Les coups de l'horloge

À mesure que Pétra parlait, Sadie traduisait. Damara ne posait pas de questions mais écoutait d'un air pensif. Dans la paume de Pétra, Astrophile était toute raide de réprobation. Neel n'intervint qu'une fois.

– C'est vrai ? C'est ton père qui a créé l'horloge de la place Staro ? demanda-t-il. La municipalité de Prague l'a inaugurée il y a un mois environ. C'est la chose la plus stupéfiante que j'aie jamais vue ! Et les gens étaient tellement fascinés qu'ils ne surveillaient pas leur bourse, tu peux me croire. La récolte a été excellente ce jour-là.

Pétra leur raconta presque tout, hormis les pouvoirs cachés de l'horloge. Elle avait juré le secret à son père sur ce point. Et Astrophile risquait l'équivalent arachnéen d'une crise cardiaque si elle rompait cette promesse.

– Maintenant, conclut-elle, vous comprenez pourquoi je veux me faire embaucher au château. Il faut que je trouve le moyen de récupérer les yeux de mon père. Ils n'appartiennent pas au prince. C'est du vol. Mon père adorait son travail, le prince lui a volé son bonheur.

Sadie traduisit pour sa mère.

– Ne t'en fais pas, Pétra, dit-elle ensuite. Je suis sûre de pouvoir te trouver du travail. Le château emploie des centaines de personnes, et l'intendant en chef recherche constamment quelqu'un pour faire un boulot ou un autre. Je suis bien notée là-bas. Je te recommanderai.

Puis Damara posa une question.

– Ma mère dit que tu vas risquer ta vie pour retrouver les yeux de ton père. Elle se demande s'il ne préférerait pas rester aveugle.

– Mon père a tout fait pour moi. À présent, c'est mon tour de faire quelque chose pour lui.

Après avoir écouté Sadie, Damara fronça les sourcils. Puis, avec la lenteur d'une personne qui choisit soigneusement ses mots, elle dit qu'elle comprenait Pétra, mais ne pouvait croire que son père soit d'accord.

– Pourquoi ? rétorqua Pétra. Neel risque la pendaison pour vol, mais vous le laissez faire pour qu'il rapporte de l'argent. Où est la différence ?

Neel se gratta la tête.

– Hum, Sadie, tu ferais peut-être mieux de ne pas traduire ça.

Sadie regarda Pétra.

– Dis-le-lui, insista cette dernière.

Sadie, haussant les épaules, s'exécuta.

Les yeux noirs de Damara s'embrasèrent et elle parla avec emportement en regardant Neel d'un air mauvais.

– Elle dit qu'une méchante fée a dû lui aspirer la cervelle par l'oreille quand il était bébé, car elle ne l'a certainement pas élevé pour en faire un idiot. (Neel leva les yeux au ciel.) Mais c'est vrai, Neel. Elle a raison. Tu prends le vol comme un jeu, mais...

– Non, je ne fais pas ça pour m'amuser ! On a besoin de cet argent ! Ne me dis pas qu'on n'en a pas besoin !

Sa sœur commença à répondre mais Damara la coupa, d'une voix plus douce cette fois. Ses enfants se turent. Sadie traduisit.

– Mère dit qu'elle sait que Neel essaie de se rendre utile. Et qu'elle ne peut rien pour l'arrêter.

– Tu l'as dit, grommela-t-il.

– Elle a toujours été sûre qu'il ne se ferait pas attraper. Ses doigts fantômes rendent cela impossible. Ou du moins, c'est ce que nous pensions. Mais elle fait remarquer que toi, Pétra, tu n'as pas le Don des Doigts de Danior. Comment peux-tu espérer réussir ?

Pétra eut une illumination soudaine.

– Et si Neel m'aidait ? Admettons que le prince ne tienne pas particulièrement aux yeux de mon père : dans ce cas il les aura rangés dans un endroit facile à dévaliser, et je peux me débrouiller seule. Mais à mon avis, il ne se serait pas donné la peine de les prendre s'il ne leur accordait pas une valeur particulière. Donc, il les conserve sans doute dans un endroit difficile d'accès. Et si c'est le cas, je suis sûre qu'il les a enfermés avec d'autres objets de valeur. Si Neel m'aidait, il pourrait en prendre pour les revendre. Vous auriez alors de quoi vous racheter des chevaux.

Sa proposition fut accueillie par un silence. Astrophile fixait sur elle des yeux verts incrédules. Sadie croisa les bras.

– Je ne traduis pas ça.

– Si tu ne veux pas, je le ferai, moi !

Neel se mit à parler fiévreusement à sa mère en rom. Elle leva les yeux vers le plafond comme pour y chercher de l'aide. Elle cria quelque chose, dont Pétra était prête à parier que cela signifiait : « Même si j'étais dans la tombe je me relèverais pour te dire non, jamais, jamais de la vie ! », ou quelque chose du même genre. Damara tapa du poing sur le sol couvert d'étoffes. Les voix s'échauffèrent, de plus en plus fort. Sadie finit par crier : « *Dosta !* »

Damara poussa un long soupir. Lorsqu'elle reprit la parole, sa voix était plus calme, mais plus ferme.

– Ma mère dit que si tu veux risquer ta peau, Pétra, cela te regarde, traduisit Sadie. Elle respecte ta décision, sinon ton imprudence. Mais son fils ne prendra aucune part à ton projet. Elle dit que tu es la bienvenue si tu veux rester déjeuner, et que tu peux revenir quand tu veux. Mais tu ne le seras plus si tu essaies d'entraîner Neel dans tes histoires. Et d'ailleurs, je suis d'accord, conclut-elle en fusillant son frère du regard.

– Et moi, je ne suis...

Neel s'interrompit. Il haussa les épaules.

– Bah, je ne peux pas me battre contre vous deux, hein ?

Sadie parut soulagée, quoiqu'un peu soupçonneuse.

– Bon, très bien. Allez, à table.

Au déjeuner, Pétra se retrouva au centre de l'attention générale. Emil et quelques autres lui lançaient des regards dégoûtés, mais la plupart des Lovari se montrèrent curieux et gentils. Ethelenda, la femme qui faisait rôtir la viande à leur arrivée, lui en servit une grosse tranche.

L'une des petites filles montra Pétra du doigt et posa une question à Neel en plissant le nez. Il s'esclaffa.

– Il veut savoir pourquoi tes habits sont si moches, lui expliqua-t-il.

– Ils sont moches ?

– Il faut dire que marron et marron, ce ne sont pas les couleurs les plus gaies. Ça me fait penser à des pommes de pin. À de la bouillie brûlée. À des chiffons qui auraient servi à nettoyer une roulotte sale. Et à du crottin de cheval.

– J'aime bien les pommes de pin, rétorqua Pétra, vexée.

Ethelenda lui proposa de lui percer les oreilles.

– Hum, non merci.

– Tu aurais intérêt à t'habiller plus comme une fille, dit Sadie.

Venant de Lucie, ce conseil la faisait toujours grincer des dents, mais comme c'était Sadie, elle l'écouta.

– Je comprends que tu aies voulu te promener dans Prague en pantalon. Personne ne fait attention à un garçon seul dans les rues. Mais ce serait peine perdue d'essayer de convaincre les gens au château que tu en es un. En fait, je te le déconseille. La place pour laquelle l'intendant cherche tout le temps quelqu'un est réservée aux garçons, et ce n'est pas ce que tu espères, crois-moi.

– Qu'est-ce que c'est ?

– Nettoyer les latrines.

– Ah. Je vois. Peut-être que les jupes ont du bon, en effet, soupira Pétra. Tant pis pour ma courte carrière en pantalon.

– De toute manière ça ne marchait pas si bien, intervint Neel.

Après le déjeuner, un jeune homme installa une planche de bois à cent pas du feu de camp. Un cercle peint en rouge, de la taille d'un melon, y figurait une cible dont le centre était marqué par un point noir gros comme une noix. Damara sortit une dague de sa grande botte et fut la première à tirer, plantant la pointe de la lame à la limite du point noir et du cercle rouge. Tout le monde applaudit. Puis les jeunes se succédèrent. Beaucoup rataient complètement la cible (le public poussait alors un grognement désapprobateur) ou atteignaient le bois non peint. Deux d'entre eux exécutèrent un tir passable dans le rouge. Une fille se plaignit de ne même pas voir le point noir à cette distance. À ces mots, Emil se leva et annonça qu'il allait leur montrer comment on pratiquait ce jeu. Avec la grâce d'un serpent reculant la tête pour mordre, Emil se pencha en arrière puis lança ; ses doigts lâchèrent la lame brillante qui s'envola en tournoyant. Il atteignit la cible en plein dans le mille, dans le point noir. Un sifflement admiratif s'éleva. Une femme agita la main comme si elle avait touché un objet brûlant. Emil sourit largement. Sadie roula des yeux en soupirant.

168

Puis Emil dit à Pétra quelque chose qu'elle ne comprit pas. Sa voix était aimable, mais il arborait un rictus moqueur.

– Tu veux tirer ? lui demanda Neel.

Bon, Pétra n'avait jamais utilisé de couteaux autrement que pour éplucher les légumes, trancher la viande, sculpter des chevaux dans des morceaux de bois et, très récemment, se couper les cheveux. Elle ne donnait donc pas bien cher de ses chances d'atteindre la cible à cent pas. Mais l'attitude d'Emil l'exaspérait. Si elle refusait, il serait content ; si elle ratait, il serait content ; si elle réussissait au moins à frapper dans la planche, elle pourrait quitter les Lovari la tête haute. Elle annonça qu'elle allait essayer.

– Tu as déjà fait ça ? lui demanda Neel.

– Non.

– Laisse-moi te montrer deux ou trois choses. (Il sortit son couteau.) Bien, si tu commences comme *ceci*, dit-il en relevant la main, tu as toutes les chances de taper dans la planche avec le manche, et non avec la lame. Regarde.

Il lança, et le couteau frappa bruyamment le bois avant de tomber par terre. Le groupe le hua.

Neel répliqua en rom, expliquant (supposait Pétra) qu'il avait fait exprès. Les spectateurs se mirent à rire en secouant la tête, incrédules. Ils agitèrent dédaigneusement les mains dans sa direction. Neel haussa les épaules et sembla leur dire qu'ils pouvaient bien croire ce qu'ils voulaient. Il alla ramasser le couteau tombé et revint près du feu. La dague flottait au-dessous de sa main. Il la tenait par la lame avec ses Doigts de Danior.

169

– Je peux aussi le tenir comme *ceci*.

Le couteau s'éleva, flottant à environ un pied au-dessus de sa main, la pointe métallique dirigée vers la planche. Neel lança la dague. Elle vibra en l'air et se planta pile dans le rond noir.

Les Roms étaient loin d'être aussi impressionnés que Pétra. Ils avaient déjà vu cela bien souvent. L'un des amis d'Emil argua que Neel avait utilisé un avantage déloyal.

– Déloyal ! grommela Neel à Pétra. Même quand on a les doigts fantômes, encore faut-il apprendre à s'en servir. Comme l'a fait Danior. Il ne faut pas croire que je ne m'entraîne pas pour savoir faire ça.

Avec humeur, il récupéra le couteau pour un troisième lancer.

– Il faut le tenir comme *ceci*.

Il le saisit normalement et inclina le poignet. Il jeta un œil à Pétra pour voir si elle comprenait la différence entre cette prise et celle du premier lancer. Elle fut elle-même surprise de constater que c'était le cas. Elle hocha la tête. Il lança, et la lame alla se planter dans le rouge.

Le tour de Pétra était venu. En se saisissant du couteau, elle constata non sans curiosité que le geste lui semblait très naturel. Elle avait l'impression de sentir l'objet dans son esprit, comme si une minuscule aiguille se redressait doucement. Elle savait comment placer ses doigts, à quel angle incliner son bras, son poignet et la lame métallique. Cela lui paraissait aussi simple que d'ajouter des poids sur une balance jusqu'à voir l'aiguille s'immobiliser exactement là où on le souhaitait. Pétra

170

plissa les paupières. À cette distance, le centre noir n'était pas plus gros qu'un grain de beauté. Mais en lançant, elle sut que la lame irait s'y planter. Et c'est ce qu'elle fit.

Neel siffla et donna à Pétra une grande claque dans le dos. Les autres Lovari eurent des réactions diverses. Tout le monde avait l'air plus ou moins interloqué. Sadie et quelques autres applaudirent, et beaucoup se mirent à parler entre eux. Pétra entendit un mot qui revenait souvent : *petali*.

– Qu'est-ce que c'est, *petali* ? demanda-t-elle à Neel.

– Ça veut dire « chanceux ». Ils disent que tu as eu la chance du débutant.

– Ah vraiment ? répliqua Pétra d'un air hautain avant d'aller retirer la dague d'acier de la planche.

Ce jeu lui plaisait. Cette fois, elle mit moins longtemps à trouver la bonne position pour lancer. Sûre d'elle, elle lâcha la lame tournoyante, qui alla de nouveau se ficher dans la marque noire.

Elle se tourna vers Neel avec un grand sourire.

– C'est de famille, on est doués avec les métaux.

Deux ou trois heures plus tard, Pétra annonça qu'elle devait rentrer à son auberge. Sadie et elle convinrent de se retrouver le lendemain matin à huit heures aux écuries du château. Pétra prit son sac sur son épaule.

– Je te raccompagne chez toi, lui dit Neel.

Ils se mirent en route entre les arbres, coupant droit vers le centre-ville. Ils bavardèrent pendant tout le trajet.

Pétra lui expliqua les différences entre Okno et Prague. Elle décrivit sa famille et Tomik. La voix de Neel esquissa un portrait vivant des différents endroits où il avait vécu, comme l'Espagne, le Portugal, la Hongrie et l'Afrique du Nord.

Une fois qu'ils eurent traversé le pont Charles et rejoint la vieille ville, Pétra crut qu'ils reviendraient sur leurs pas jusqu'au *Mouton tondu* et au marché, mais Neel l'entraîna dans une autre direction.

– Je veux te montrer quelque chose.

Il la guida jusqu'à une place flanquée de deux fines tours hérissées de clochetons qui s'élevaient vers le ciel. Au centre de la place, les gens se massaient autour d'une construction élancée surmontée d'un toit pointu. Visiblement, ils attendaient quelque chose. Pétra ne distinguait que l'arrière de l'édifice, mais elle devina tout de suite ce que c'était.

– Dépêche-toi ! lui cria Neel. L'heure va bientôt sonner !

Ils traversèrent la place en courant et jouèrent des coudes pour avoir une bonne vue.

Pétra, émerveillée, regarda de tous ses yeux. L'horloge était encore plus belle qu'elle ne l'avait imaginé. Comme le lui avait dit son père, le cadran représentait un champ de colza agité par le vent. Des chiffres romains dorés l'encerclaient. Les signes du zodiaque, également en or, se succédaient en cercle sur une plaque bleue en lapis-lazuli qui tournait sous le cadran. De minuscules dragons de cuivre regardaient la place depuis le toit pointu, au-dessus du cadran. Leurs queues enroulées étaient zébrées d'or.

Puis l'aiguille argentée des minutes atteignit le XII tandis que celle, dorée, des heures, se positionnait sur le VI. Des jets d'eau surgirent de chaque côté de l'horloge, retombant telles des clochettes de muguet. Des enfants au-dessous jouèrent à s'éclabousser. Un carillon mélodieux retentit. Au-dessus du cadran, des portes bleues à double vantail s'ouvrirent. De petites statues apparurent à l'une des ouvertures. Elles se tournaient face au public avant de disparaître par l'autre porte. C'était la parade du bien et du mal. Le diable se montra en premier, puis un ange, puis un avare cramponné à son sac d'or, puis une femme semant des graines de colza, et ensuite la Mort sous la forme d'un squelette. Enfin apparut la Vie, une jeune fille qui ressemblait à Pétra. Elle disparut à son tour. Les portes bleues se refermèrent. Les ailes des dragons de cuivre palpitèrent comme des feuilles d'arbre, et au sommet, un coq rouge chanta.

Pétra resta sans voix. L'horloge était d'une beauté saisissante, elle avait dû être formidablement difficile à fabriquer.

– Tu sais, on se croisera peut-être au château, dit Neel en arrivant aux portes de l'auberge.

– Ah bon ?

– Bah, oui. J'ai réfléchi à ce qu'a dit Sadie. Je me suis dit qu'il était temps que j'arrête de faire les poches des autres et que je m'essaie à un vrai métier. Je pensais aller voir si Tabor me trouverait du travail aux écuries.

Sa voix était sérieuse, mais ses yeux jaunes étincelaient.

– Mais évidemment, tu ne serais pas obligé de passer *tout ton temps* aux écuries, répondit Pétra avec malice. Je suis sûre qu'une fois embauché au château, tu trouveras du temps libre pour en explorer les différentes parties.

– Eh oui. Va savoir, j'aurai peut-être une idée de l'endroit où le prince cache ses trésors.

– Ça ne plaira pas à Sadie, ni à ta mère.

– Sans doute que non. Mais il n'y a pas de raison qu'elles le sacher.t, pas vrai ?

– Il me semble que cela leur donnerait des angoisses inutiles, intervint Astrophile.

– Tout à fait inutiles, soupira Neel en secouant la tête. Parfois, les adultes ne savent simplement pas ce qui est bon pour eux.

Il commença à s'éloigner, mais tourna la tête pour lui faire un clin d'œil par-dessus son épaule.

– À plus tard, Petali.

14

Ragoût à la génoise

Tu te rends compte, j'espère, dit silencieusement Astrophile, *qu'en te faisant embaucher au château tu vas rater la rentrée des classes à Okno.*

Et tu vois comme cela me désole, répondit Pétra. Elle traversa d'un pas décidé la salle commune de l'auberge, s'assit à table en face de Lucie et de Pavel, et annonça que la tante Anezka voulait qu'elle reste avec elle tout le mois.

– J'emporterai mes affaires chez elle demain. Elle me ramènera à Okno.

– Bon, si c'est vraiment la volonté de ta tante... dit Lucie. De toute manière, nous n'aurions pas fait de très agréables compagnons. Nous sommes complètement débordés par la vente de nos articles !

Et Lucie se lança dans une longue complainte que Pétra n'écouta pas. Elle avala son dîner en vitesse, puis monta l'escalier quatre à quatre pour retrouver sa chambre.

Depuis tout à l'heure elle attendait d'être seule pour essayer quelque chose.

Elle vida ses poches, déposa une couronne de cuivre sur sa paume et la fixa du regard. Elle était traversée de frissons d'impatience. Saurait-elle déplacer du métal par la pensée, comme son père ?

La couronne resta immobile dans sa main.

– Décolle, paresseuse ! ordonna-t-elle.

La couronne ne broncha pas.

Après avoir regardé fixement, pendant plusieurs minutes, la pièce obstinée, elle la remit dans sa bourse et soupira. Dans sa tête, la déception le disputait à un soulagement insidieux. Avec tout ce qu'elle traversait – une nouvelle ville, un nouvel allié et un projet dangereux –, elle n'était pas sûre d'être prête à employer les aspects les plus extravagants de la magie de son père. Elle n'était pas sûre de ce que cela signifierait... surtout par rapport à ce qu'elle était.

– Tu es jeune, Pétra, dit Astrophile à voix haute. Ne t'attends pas à ce que tout arrive d'un coup.

– C'est juste que... J'ai cru pendant des années que je me fichais d'être douée ou non pour la magie. Je ne m'étais jamais vraiment attendue à l'être.

– Je n'ai jamais douté que tu le sois.

– Et maintenant que j'ai un don, je ne sais plus quoi en faire.

– Il faut toujours faire ce que tu peux. Et je ne parle pas de magie, là.

Pétra sortit le carnet de notes de son sac. Après l'avoir regardé pendant une heure, elle n'y comprenait toujours rien. Les croquis étaient intrigants, mais dans l'ensemble ils montraient soit des choses qu'elle avait déjà vues (par exemple les fontaines et les statues de l'horloge), soit des choses dont elle ne saisissait pas l'importance. Elle s'immobilisa en reconnaissant son propre visage et passa un doigt sur ses traits dessinés au crayon. Elle se remémora la statue de la Vie s'avançant derrière l'Avarice et la Mort. Mais la plupart des croquis semblaient sans rapport avec l'horloge de la place Staro. Pétra vit des fleurs printanières (des crocus) et des baies hivernales (du houx, du gui). Il y avait un dessin de leur maison d'Okno, une fine épée, un navire dont les rouages faisaient tourner des aubes dans l'eau, une maison avec des pattes de poulet comme dans le conte de fées de Baba Yaga, un cœur humain apparemment découpé en segments, et un lézard à face humaine.

Certains des dessins ressemblaient à des plans de l'horloge. Ils paraissaient plutôt concrets. Pétra ne remarqua rien de particulier dans les mesures des cadrans. Mais ce qui la laissait complètement perplexe, c'étaient les lignes infinies d'équations.

– Tu y comprends quelque chose, toi, Astro ? demanda-t-elle en désespoir de cause.

L'araignée prit un air chagrin.

– J'ai étudié ces équations pendant le voyage vers Prague. Mais il n'y a aucune explication sur les symboles. Comment pourrais-je résoudre une équation sans savoir à quoi ils correspondent ?

Pétra entendit les pas de Lucie et de Pavel dans l'escalier. Elle referma le livre et s'assit sur sa paillasse.

– Ça ne nous aide pas beaucoup.

Elle s'étira et poussa un petit cri lorsque la première puce la piqua.

– Astro, tu ne pourrais pas jouer à la vraie araignée et manger des insectes ?

– Quelle idée déplaisante, répondit Astrophile, imperturbable.

Et, se roulant en une toute petite boule sur l'oreiller à côté de la tête de Pétra, elle s'endormit pour la deuxième fois de sa vie.

L'intendant du château de la Salamandre, Harold Listek, était un homme nerveux aux yeux chassieux. Pétra, debout devant lui qui était assis, s'efforçait de lisser les faux plis de sa jupe.

Maître Listek la regarda d'un air perplexe et se tourna vers Sadie.

– Eh bien, qu'est-ce ?

– Pardon ?

– Garçon ou fille ?

Il semblait penser qu'on se jouait de lui.

– C'est une fille, monsieur. Elle s'appelle...

– Viera, l'interrompit Pétra.

Son vrai prénom n'était pas extrêmement répandu, et elle ne pensait pas qu'il fût sage de révéler le moindre indice sur son identité.

– Alors si c'est une fille, qu'est-il donc arrivé à ses cheveux ? s'écria l'homme.

– La variole, répondit promptement Pétra.

La maladie rendait en principe complètement chauve, au moins le temps qu'elle ait achevé son cycle et que les cheveux aient pu repousser. Pétra imagina Neel sans un poil sur le caillou et se retint de rire.

Mais maître Listek surprit son expression.

– La variole n'est pas un sujet de plaisanterie, jeune fille ! Enfin quoi, à vous voir on croirait que c'est votre friandise préférée ! Comme les *kolachki* ! Point du tout, point du tout. Cela peut vous transformer la peau en râpe à fromage. Je pourrais vous raconter l'histoire de quelques beautés de la cour anéanties par un accès de variole. Des projets de mariage annulés. Des réputations détruites. Bien sûr, la maladie peut ne laisser que quelques cicatrices, tout à fait supportables. Cela arrive. Mais quel miracle que vous ayez échappé aux pires effets de la variole. Car enfin votre peau est fort lisse. (Il l'observa comme s'il allait acheter un cheval.) Il faut croire que c'est un signe de bonne santé, n'est-ce pas ? Et une bonne santé...

– Oui monsieur, le coupa Sadie avec douceur. C'est une bonne fille bien forte et saine. Je pense qu'elle serait tout indiquée pour travailler avec moi.

– C'est hors de question, ma chère, tout à fait hors de question ! Car enfin, les femmes de chambre sont très *visibles*. Et avec ses *cheveux*...

Apparemment, les cheveux sont une source de problèmes chez les humains, dit Astrophile à Pétra. *Je me réjouis de ne pas en avoir.*

– Peut-être une place aux cuisines ? insista Sadie.

Là-bas, elle devrait de toute manière se couvrir la tête d'un bonnet.

– Hmm. Hmm. (Les doigts de maître Listek s'agitèrent contre ses lèvres.) Oui. Oui. Je pense que cela conviendrait. Dame Hild a toujours besoin de bras. Bien, Sadie, veillez à ce que cette jeune fille reçoive son uniforme et arrive jusqu'aux cuisines sans tomber dans une oubliette ou se perdre dans un débarras, voulez-vous ? Car enfin, la dernière que nous avons engagée a réussi à se coincer dans une armure et nous n'avons retrouvé que son squelette ! (Il se frappa le genou de la main et s'esclaffa.) C'est une blague ! souffla-t-il d'une voix rauque. Une blague !

Sadie se força à sourire mais Pétra ne s'en donna même pas la peine.

– Merci, monsieur.

Sadie commença à emmener Pétra.

– Et le meilleur moyen de prévenir la variole, ce sont les vers, croyez-moi, les vers. Il faut les faire sécher et les réduire en poudre, et en délayer un peu dans son thé avant de dormir. Je n'ai jamais attrapé la variole, je suis heureux de le dire, et cela grâce aux vertus des vers...

La porte se ferma derrière elles.

– Si je travaille aux cuisines, je pourrai toujours te préparer un bon thé le soir, Sadie, plaisanta Pétra.

– Non merci, répondit Sadie avec une grimace.

Elle l'entraîna dans un couloir sombre. Pétra n'avait pas l'impression de se trouver dans un château. On aurait plutôt dit un dédale de caves percé d'une multitude de portes. Lorsqu'elle avait retrouvé Sadie aux écuries, la jeune femme l'avait guidée jusqu'à l'entrée du personnel, qui était étroite et basse. À partir de ce point, Pétra n'avait plus vu qu'une succession de sous-sols. Même le bureau de maître Listek, bien qu'il fût décoré d'une triste carpette rouge et de quelques bibelots sans intérêt, était décevant. Pétra avait espéré découvrir plus de faste dans le château, surtout après tout ce que lui avait raconté son père. Mais elle supposa que le prince ne perdait pas beaucoup d'énergie à décorer les quartiers des domestiques.

Si elle cherchait du faste, elle n'allait certainement pas en trouver dans le vestiaire, où Sadie l'aida à enfiler une robe gris-bleu à sa taille, avec un tablier assorti. Les murs étaient couverts d'étagères chargées des mêmes vêtements gris-bleu. Imaginez que chaque robe représente un jour de pluie : le vestiaire en abritait pour des années. Sadie aida Pétra à relever ses cheveux brillants sous le bonnet.

– Prends bien soin de tes vêtements, dit-elle. Ils font partie de ton salaire.

– Comment ? protesta Pétra. On ne me paie même pas des bottes fourrées ? Ni des bains chauds parfumés au safran ? Ni des pâtisseries ?

– Une fois par semaine, tu as droit à un bain.

– Chaud ?

– Euh... tiède. À peu près. Après que toutes les filles plus âgées – comme moi – ont pris leur tour dedans, dit Sadie sur un ton d'excuse.

Pétra grogna de dépit. Elle se tourna vers l'araignée et désigna son bonnet.

181

– Allez, monte.

– Certainement pas, dit Astrophile.

– Et où vas-tu te cacher ?

Astrophile se glissa sous le bonnet et s'aplatit contre sa tête.

– J'ai des crampes, râla-t-elle d'une voix étouffée.

Sadie l'entraîna dans un autre couloir sombre qui lui parut absolument identique au dernier. Sauf que celui-ci se terminait par une large porte. Une cacophonie de raclements et de chocs sonores, ainsi que des vapeurs odorantes, la traversaient.

– Et voilà, Pétra. À ce soir. Amuse-toi bien pour ton premier jour aux cuisines, dit Sadie en souriant. Et essaie de ne pas lancer de couteaux.

La cuisine était un tourbillon d'activité. Des hommes et des femmes secouaient des poêles sur un four en brique alimenté par des feux de bois. Plusieurs marmites assez grandes pour qu'on y prît un bain étaient suspendues dans les cheminées. Pétra sentit immédiatement la sueur lui perler au front. Les autres employés des cuisines ne semblaient pas remarquer les gouttes qui leur roulaient sur le visage tandis qu'ils s'affairaient autour d'une immense table en bois qui occupait presque toute la pièce et croulait sous les viandes, les légumes et les fromages.

Pétra demanda à une fille si elle pouvait parler à dame Hild. Elle fut entraînée vers une femme solide qui tenait à la main un hachoir à viande. Dame Hild avait en permanence une expression irritée sur le visage. Les rides se

182

déployaient en éventail autour de sa petite bouche. Lorsque la servante présenta Pétra comme la nouvelle fille de cuisine, celle-ci remarqua, mal à l'aise, que le bras droit de dame Hild était plus musclé que le gauche, en résultat de longues heures de hachage. Elle se sentit plus tranquille lorsque la femme posa le hachoir.

Dame Hild abattit ses mains humides sur les épaules de Pétra et la poussa vers un bout de la table, où se dressait une montagne d'oignons sales. Pétra trébucha. L'un des garçons de cuisine ricana.

– Pèle-moi ça, lui ordonna dame Hild.

– Tout ça ? Toute seule ?

– Bien sûr, bécasse. Tout le monde est occupé. Ce soir, on donne un grand banquet pour trente personnes, parmi lesquelles les ambassadeurs d'Italie, d'Angleterre et de l'Empire ottoman.

Pétra regarda avec envie les autres domestiques, qui farcissaient de petites cailles, débitaient du céleri, râpaient du fromage ou éminçaient de la viande. Une veinarde pétrissait du beurre, des œufs, du sucre et une épice de couleur foncée. Plusieurs employés de la cuisine lui envoyèrent des regards supérieurs, heureux d'échapper à la pire des corvées. Pétra étudia le visage de dame Hild à la recherche d'une trace de pitié. Elle n'en décela aucune.

– Où puis-je trouver un couteau ?

– Tu les pèleras avec tes doigts. Quand tu auras fini, tu auras droit à un couteau pour les hacher.

Pétra regarda avec désespoir le gigantesque tas de boules brun-jaune.

– Mais c'est pour *quoi*, tout ça ?

Elle était incapable d'imaginer quel plat pouvait exiger autant d'oignons.

– Pour le ragoût à la génoise.

– À la *quoi* ?

– À la gé-noise.

Elle détacha lentement les syllabes, comme si elle s'adressait à un individu tombé sur la tête lorsqu'il était bébé.

– C'est un plat à base d'oignons et de viande. Ça vient d'Italie. Tu as quand même entendu parler de l'Italie, non ?

Une fille maigrichonne fit entendre un ricanement narquois.

Pétra lui lança un regard menaçant avant de répondre.

– L'essentiel des richesses de l'Italie vient de la taxation des navires qui entrent dans ses ports. Les attaques de pirates y sont fréquentes. (Elle marqua une pause, et Astrophile l'aida silencieusement.) L'Italie se compose de cités-États. Elle est divisée en régions distinctes, dont chacune est gouvernée par un duc. (Pétra se rendit compte que les cognements et les raclements avaient cessé. Tout le monde dans la cuisine la regardait avec des yeux ronds.) L'Italie...

– Ça suffit !

Dame Hild la poussa sur une chaise et lui tendit un oignon.

– Pèle-moi ça !

184

Lorsqu'elle fut partie, une fille au visage constellé de taches de rousseur s'inclina vers elle avec un soupir compatissant.

– Au moins, toi, tu peux t'asseoir.

Au bout de deux heures d'épluchage, Pétra était couverte de pelures fines comme du papier de soie. Ses doigts étaient noirs de crasse. La table était jonchée d'oignons nus. Dame Hild, passant devant elle, lui tendit un couteau et une gigantesque marmite.

– Hache-moi ça.

Pétra hacha. Elle tranchait les oignons rapidement et avec une grâce qui fut remarquée par certaines des filles autour d'elle. Mais elle ne vit rien de leur admiration, car les larmes dues aux vapeurs d'oignon lui embuaient les yeux. Elle renifla pour soulager la brûlure de ses narines et se demanda si les geôliers avaient parfois recours à cette forme de torture sur les pauvres gens qu'ils gardaient derrière les barreaux. Elle jeta les oignons hachés dans la marmite.

En coupant un oignon en deux, elle trouva, au lieu des anneaux blancs, une flaque gluante, puante et noire. Son odeur la frappa comme une gifle. Pétra s'interrompit en plissant le nez. Puis, volontairement – méchamment, à vrai dire –, elle laissa tomber l'oignon pourri dans la marmite.

Le ragoût à la génoise, comme elle put le constater, nécessite des heures de cuisson. Lorsque Pétra eut enfin achevé sa tâche, dame Hild posa la marmite pleine sur l'un des feux de la cuisine et ajouta plusieurs morceaux

185

de viande. Puis elle dirigea Pétra vers un évier débordant de plats graisseux. Elle y versa une bouilloire d'eau bouillante.

– Lave-moi ça.

Pétra lava. C'est peu de dire qu'elle s'ennuyait. Mais au moins, elle était quelque peu distraite par Astrophile qui continuait son rapport détaillé sur tout ce qui concernait l'Italie, et par l'idée de ce qui arriverait à dame Hild lorsque l'ambassadeur italien aurait goûté son ragoût à la génoise.

Mais elle n'eut pas le plaisir de voir la dame se faire renvoyer ni rétrograder à la place de laveuse de vaisselle en chef ou nettoyeuse suprême des pots de chambre. Dame Hild, passant près de la marmite où le plat mijotait, y plongea une cuiller en bois. Elle aspira une cuillerée. Elle s'étrangla, cracha dans le feu et empoigna un pichet d'eau. Elle y but goulûment en renversant de l'eau sur son tablier taché. Elle toussa et cracha derechef. Puis elle fit brutalement volte-face et avisa la femme chargée de choisir et de débiter la viande. Dame Hild lui frappa violemment le bras avec sa cuiller en bois. La femme poussa un cri.

– C'est pas moi, maîtresse ! Cette viande était fraîche, je vous dis !

– C'est elle ! intervint la fille maigrichonne en pointant un long doigt vers Pétra. Elle a jeté un oignon noir dans la marmite ! Je l'ai vue !

Que se passe-t-il ?

Astrophile souleva le bord du bonnet pour jeter un coup d'œil à l'extérieur.

186

Dame Hild se tenait face à Pétra, la cuiller en bois toujours dans le poing.

Oh seigneur, dit Astrophile. *Je crois que tu es sur le point de te faire renvoyer.*

Pétra se saisit d'un grand verre d'eau chaude et sale et fit face à la cuisinière.

Pas sans me battre d'abord.

Mais la première assistante de dame Hild traversa toute la pièce pour aller chuchoter quelque chose à l'oreille de la cuisinière tout en jetant des regards dans sa direction. À mesure qu'elle parlait, la bouche de la cuisinière s'étira en un petit sourire. Décidément, cela ne disait rien qui vaille à Pétra.

– Toi, déclara dame Hild, tu vas à la teinturerie.

15

La teinturerie

– Je l'emmène !

La fille qui avait dénoncé Pétra leva son bras grêle.

– Moi ! Moi ! s'écria un garçon aux doigts luisants de graisse de porc.

Plusieurs domestiques réclamèrent le droit de l'emmener à l'endroit qu'ils appelaient la teinturerie. Pétra se demandait encore pourquoi soudain tout le monde l'aimait tant, lorsque la réaction de dame Hild clarifia les choses.

– Tout ce que vous voulez c'est tirer au flanc, tous autant que vous êtes, dit la femme d'un ton méprisant.

– J'ai terminé mon travail, dit timidement la fille aux taches de rousseur.

La crème qu'on lui avait ordonné de fouetter formait des monticules de chantilly blanche et onctueuse.

Dame Hild hocha la tête. Elle griffonna un mot, le passa à la fille et désigna la porte du menton. Pétra reposa le verre d'eau grasse, à regret. Elle suivit sa guide et sortit. Astrophile poussa un soupir de soulagement.

Au risque de paraître déloyale, je pense qu'un combat entre toi et dame Hild n'aurait pu se terminer que d'une manière : elle t'aurait hachée menu et servie pour le dîner.

Du moment qu'elle ne met pas d'oignons, je trouve que ce n'est pas le pire des sorts.

Une fois qu'elles furent dans le couloir, Pétra observa son accompagnatrice. Les yeux gris-vert et la peau tachetée de la fille lui donnaient l'air d'une créature des bois. La tête baissée, elle gardait les yeux fixés sur ses petits pieds. Elle semblait manquer un peu d'entrain et de vigueur, mais Pétra était enchantée d'échapper à la compagnie de dame Hild et de son acolyte, Mlle Bras-en-cure-dents.

– Je m'appelle Viera, dit-elle. Et toi ?

– Susana. Tu viens des collines, pas vrai ?

Son accent campagnard, proche de celui de Pétra, était épais comme de la résine.

– Je suis d'Okno.

Susana releva la tête pour l'observer avec ravissement.

– C'est vrai ? J'ai toujours voulu aller à Okno. Il paraît que c'est magnifique. Je viens de Morado, tu n'as sans doute jamais entendu parler de mon village.

– Mais si, bien sûr.

Morado n'était pas loin d'Okno. Pétra en avait toujours entendu parler comme d'un endroit où l'on n'avait pas envie de s'attarder plus que le temps de le traverser. Mais elle jugea qu'il serait impoli de le dire.

J'ai la patte qui fatigue.

190

Un petit coin du bonnet de Pétra était toujours relevé, tenu en l'air par l'une des pattes en fer-blanc d'Astrophile.

Je ne peux pas bouger.

L'araignée enfonça sa patte dans la tête de Pétra.

– Ouille !

– Quoi ? fit Susana, surprise.

– Rien.

On s'ennuie sous ton bonnet. Laisse-moi sortir. Si tu ne travailles plus aux cuisines, tu n'es plus obligée de porter cette coiffe ridicule.

Tout en incitant mentalement l'araignée à descendre de sa tête par le côté opposé à Susana, Pétra retira le bonnet et laissa retomber ses cheveux humides de sueur. Astrophile reprit avec joie son poste sur son oreille.

Elles gravirent un escalier. Des gardes leur firent signe de passer lorsque Susana leur montra le mot de dame Hild. Pétra remarqua que l'air était plus frais, et elles passèrent même devant une fenêtre, qui laissait voir un ciel gris. Elles étaient remontées au-dessus du niveau du sol.

– J'ai eu une promotion ? demanda-t-elle gaiement.

Susana lui lança un regard d'excuse.

– Tu ne vas pas te plaire là où tu vas, j'en ai peur.

– Et qu'est-ce que c'est ?

– La teinturerie.

– Ça, je le sais. Mais qu'est-ce que c'est, la teinturerie ?

– C'est dans l'aile des Savants.

– L'aile ? Nous allons voir un oiseau ?

Peut-être dame Hild prévoyait-elle de la donner en pâture à une gigantesque oie philosophe pour en faire du foie gras.

– L'aile des Savants est une section du premier étage. C'est un ensemble de laboratoires où les magiciens du prince... font des expériences. (Susana se mit à parler plus lentement.) La teinturerie, c'est l'endroit où le château produit toutes les couleurs utilisées pour les tissus, les cheveux, le bois et même la pierre. La femme qui la dirige a une peau qui sécrète de l'acide, et si elle te touche... (Susana frissonna.) Elle a un caractère épouvantable et elle est toujours à la recherche d'une assistante parce qu'elle renvoie toutes les nouvelles au bout de quelques heures. Dame Hild et elle se détestent. Hild s'est dit que soit tu serais brûlée à l'acide, soit tu rendrais folle la Sorcière des Teintures, soit tu serais virée en un clin d'œil. Ou les trois.

Elles bifurquèrent. Le couloir présentait de nombreuses portes alignées face à face comme deux rangées de dominos. Elles atteignirent une porte d'aspect parfaitement banal, à ceci près qu'elle avait deux poignées, une en fer ordinaire et l'autre peinte en rouge vif.

– Tu vois ? dit Susana en montrant la poignée rouge. Il lui faut sa poignée particulière. Celle en fer fondrait sous ses doigts.

Elle frappa à la porte. Silence. Elle frappa de nouveau et toutes deux entendirent une voix grinçante.

– Allez-vous-en !

Susana sembla regretter amèrement d'avoir voulu escorter Pétra. Cette dernière, toutefois, se sentait plus intriguée qu'effrayée. Elle empoigna la poignée de fer et poussa la porte.

La pièce ressemblait à la lune au milieu du mois. Elle avait un plafond voûté divisé en deux moitiés, l'une vivement éclairée et l'autre aussi sombre qu'une grotte. Un rideau de velours noir séparait presque entièrement les deux parties. Il n'était pas complètement tiré, et en plissant les yeux contre le soleil qui entrait à flots par les verrières découpées dans une moitié du plafond, Pétra crut détecter un mouvement dans l'ombre derrière le rideau.

Susana retint sa respiration lorsqu'une tête grise surgit par l'ouverture. Deux rondelles de verre épais mangeaient presque tout le petit visage pâle de la vieille femme.

– Quoi ? brailla cette dernière.

– Madame...

– Je suis très occupée ! C'est un moment crucial ! Si mon bleu lavande tourne au violet, tu me le paieras !

– Oui, mais... votre nouvelle assistante est ici, expliqua Susana.

– Ah, excellent. Tant pis pour le bleu lavande ! Je pourrai toujours en refaire plus tard. (Elle franchit le rideau et le referma derrière elle d'un coup sec.) Voyons cela.

Comme Pétra s'avançait, la femme pointa l'index sur Susana.

– Toi ! Va trouver autre chose à faire ! Allez, ouste ! Sors de mon laboratoire !

Susana envoya à Pétra un regard qui disait : « Désolée, mais qu'y puis-je ? » et se hâta de s'éclipser de la teinturerie.

– Bien bien bien. Qu'avons-nous ici ?

La femme se rapprocha de Pétra, mais laissa entre elles une distance de deux pieds.

– Les mains !

Hésitante, Pétra resta sans bouger.

– Les mains, j'ai dit ! Tends-les-moi.

Pétra leva les mains et commença à les tendre vers la femme au teint de perce-neige.

– Pas si près, petit rat de cave ! Là. Retourne-les, maintenant. Ah. De bonnes mains. Très bien, enfin je crois.

Puis elle s'intéressa au visage de Pétra.

– Couleur correcte. Le joli rose de la campagne. Tu as l'air en bonne santé.

– C'est ce qu'on m'a dit, répondit Pétra en repensant aux divagations d'Harold Listek. Que portez-vous sur votre visage ?

– Et polie, avec ça !

Les yeux de la femme étaient deux flaques brumeuses derrière le verre, mais Pétra crut voir un sourcil frétiller.

– Ce sont des lunettes. Il n'y a pas de lunettes dans ta cambrousse ?

– À quoi ça sert ?

194

– À quoi ça sert ? Elles m'aident à voir, évidemment. Mais celles-ci ne sont pas des lunettes ordinaires. Viens par ici.

Elle indiqua une table à Pétra et tapota un récipient métallique rempli de liquide à ras bord.

– De quelle couleur est cette teinture ?

– Bleue.

– « Bleue », dit-elle ! Essaie encore.

– Euh... bleu clair ?

La femme retira ses lunettes d'un geste vif et les jeta sur la table.

– Mets-les.

Elles étaient lourdes.

– Maintenant, regarde.

Pétra passa les branches en fil de fer par-dessus ses oreilles et plongea les yeux dans le récipient. Le liquide fourmillait de points colorés : des taches roses, des raies blanches, des confettis verts, et un beau gros globule violet.

– Tu vois ? croassa la femme. Tu as là les proportions exactes des différentes couleurs entrant dans la composition de cette teinte particulière de bleu. Tu peux très bien dire que le pot contient une teinture bleu clair, mais réfléchis au nombre de bleus clairs qui existent ! L'œuf de merle, le ciel printanier et l'aigue-marine sont tous bleu clair. Mais quelle différence de couleur entre les trois !

Pétra regardait les couleurs enfler et se mêler comme des poissons étranges.

195

– C'est incroyable.

Peut-être la femme entendit-elle dans la voix de Pétra la note juste de celle qui sait reconnaître le bon travail et la beauté, car elle hocha la tête. Pétra reposa les lunettes sur la table. La femme cligna des yeux, ses cils papillotant comme deux petits moutons de poussière. Puis elle rechaussa les lunettes, se tourna vers Pétra et se figea.

Elle scrutait son visage avec une telle intensité que la jeune fille se sentit mal à l'aise. Mais au bout de quelques secondes, la femme détourna le regard et sa bouche tressaillit. Si étrange que cela parût, Pétra eut l'impression d'avoir réussi à un examen sans même savoir sur quoi il portait.

– Je suppose que tu as entendu toutes sortes de racontars sur moi, on a dû te dire que je suis une vieille fée Carabosse qui mange ses servantes toutes crues et qui a la peau brûlante d'acide.

Pétra avait en effet été intimidée par les récits de Susana, mais elle ne ressentait plus une once de peur. Peut-être était-ce parce qu'en regardant à travers les lunettes de la femme, elle s'était sentie chez elle, comme si elle était en visite chez une collègue de son père. C'est pourquoi elle répondit en toute franchise.

– Oui, c'est juste.

– Eh bien tout est vrai. Sauf que je ne vais pas te manger toute crue. Je te promets de te renvoyer tout à fait normalement, et peut-être de te jeter à la tête un pot de quelque chose pendant que j'y suis. Il ne faut pas mal le prendre, tu comprends. C'est simplement ainsi que les choses se passeront.

– Tant que vous ne m'en voulez pas si je vous renvoie quelque chose, ça me va très bien.

– Insolente ! Quel toupet ! Tu as de la chance que ma main risque de te décoller la peau du visage si je te touche, sinon je te chaufferais les oreilles !

– Alors c'est vrai que votre peau sécrète de l'acide ?

Pétra était fascinée.

– Et à ton avis, pourquoi ai-je besoin d'une assistante ? Bien sûr, ce n'est pas le cas *en permanence*, sinon je ne porterais aucun vêtement et il n'y aurait peut-être pas de sol sous nos pieds, d'ailleurs. En ce moment, ma peau est dans une phase d'acidité basse. Mais il m'arrive d'avoir des attaques acides, difficiles à prévoir. Voilà pourquoi les branches et la monture de mes lunettes, certains récipients de cette pièce, une chaise derrière ce rideau et la poignée de porte sont en adamantin. (Elle remarqua l'expression stupéfaite de Pétra.) Oh, j'oublie toujours le nombre d'imbéciles qui rôdent dans ce tas de cailloux obscurantiste qu'on appelle un château. L'adamantin est...

– Le métal le plus solide de la terre, dit Pétra dans un souffle.

– Oui ! (La femme ne chercha pas à dissimuler sa surprise.) Mais qu'y connais-tu, toi ?

Comment as-tu pu ne pas voir que la poignée de porte était en adamantin ? la gourmanda Astrophile.

Pourquoi tu m'accuses ? Et toi, comment as-tu pu ne pas le voir ? *Non mais dis donc, Astro,* pensa-t-elle, sur la défensive, *la poignée de porte était recouverte de peinture émaillée.* Pourtant elle se sentait un peu bête, car si elle ne s'était pas tant laissé distraire par ce qu'elle voyait à travers les lunettes, elle aurait reconnu la couleur terne et triste des branches.

– L'adamantin est indestructible, dit-elle tout haut. On ne peut ni briser ni épointer les épées faites dans ce métal. Il ne peut être fondu. Il est très difficile à trouver et presque impossible à forger, ce qui fait...

– ... qu'il coûte plus de couronnes que tout ce que tu peux imaginer. Exactement. Et le prince a beau tenir à mes talents, il ne va quand même pas donner son feu vert pour que tous les outils et les meubles de mon laboratoire soient fabriqués en adamantin. Je pourrais me le payer moi-même, bien sûr, mais pourquoi le ferais-je ? Cela dit, tu n'imagines pas comme c'est exaspérant, et désolant, d'obtenir la teinte corail parfaite et de voir le bol te fondre soudain dans les mains. La teinture se renverse partout et elle est perdue, ou alors l'acide coule dedans et la fait virer au noir. C'est donc là que tu interviens. Tu suis mes instructions. Tu seras mes mains.

– Mais si la poignée de porte est en adamantin, pourquoi en avez-vous deux ? La poignée en fer est inutile, non ? Même si vous touchez la poignée rouge, puisque l'adamantin absorbe l'acide, tout le monde pourrait s'en servir.

La femme était scandalisée.

– Mais c'est ma poignée *à moi* ! Qu'est-ce qui te fait croire que j'aimerais que tout le monde s'en serve ? Tu sais combien de fois par jour vous vous lavez les mains, vous les petites souillons ? Je vais te le dire, moi : jamais ! Tu utiliseras la poignée en fer, non mais !

– Oui madame...

Pétra s'interrompit en constatant qu'elle ne savait pas du tout comment l'appeler.

– Iris.

– Madame Iris.

– Iris tout court, je t'en prie. Je n'ai pas de temps à perdre en minauderies et en chichis. Laisse ça à la cour.

– Est-ce votre prénom ou votre nom de famille ?

– Si tu tiens absolument à le savoir, je m'appelle Irenka Grisetta December, sixième comtesse de Krumlov. Mais cela fait vraiment un nombre de syllabes insensé à prononcer. Tu peux m'appeler Iris pour faire court.

Krumlov ! Les pattes d'Astrophile s'agitèrent d'excitation contre l'oreille de Pétra. *Elle appartient à l'une des familles les plus puissantes de Bohême ! Ce sont des cousins du prince. Krumlov est un domaine immense et splendide, on dit que sa capitale est une petite Prague. Que fait-elle donc ici ? Elle devrait donner des bals et comploter pour placer son neveu sur le trône, pas travailler comme teinturière.*

Pétra savait que quelques-unes des plus hautes charges du château revenaient à des membres de la noblesse qui avaient fait leurs études à l'Académie. Mais, comme Astrophile, elle s'étonna de trouver une personne de si haut rang travaillant telle une roturière dans un laboratoire, poignées de porte en adamantin ou non. *Peut-être qu'elle aime son travail*, suggéra-t-elle.

Avec toute la désinvolture de quelqu'un qui vous a dit son nom mais n'éprouve aucun besoin de connaître le vôtre, Iris ordonna à Pétra d'aller chercher un mortier, un pilon et un bocal sur l'étagère du haut, près de la verrière. Le bocal grouillait de petits insectes noirs. Pétra les apporta jusqu'à la table.

– Nous allons fabriquer une teinture rouge vif. Écarlate. Elle servira à teindre la ceinture de velours du prince en personne, elle doit donc être parfaite. Ça, dit Iris en désignant le bocal d'insectes, ce sont des cochenilles. Elles ont été récoltées sur des chênes verts. Tu vas les broyer.

– Mais elles ne sont pas rouges.

Iris eut l'air exaspéré, comme si elle se retenait à grand-peine de crier.

– Non, dit-elle, les dents serrées, elles ne sont pas rouges. Mais quand on les écrase vivantes, leur sang l'est, et d'un rouge très particulier de surcroît. Attention, quand tu les verseras dans le mortier, prends soin de les broyer bien vite. Elles sont d'une rapidité infernale.

Et c'est ainsi que Pétra débuta dans son second emploi de la journée au château, le cœur empli de joie. Vous vous dites peut-être qu'écrabouiller des bestioles n'est pas plus agréable que hacher des oignons, et vous avez peut-être raison. Mais Pétra était sûre que travailler pour Iris serait, au bas mot, tout sauf ennuyeux.

Pétra avait les paupières lourdes lorsqu'elle rejoignit, avec plusieurs autres filles, le dortoir des femmes. C'était une grande pièce tout en longueur, au sol couvert de nombreuses paillasses sur lesquelles certaines dormaient déjà. Elle fouilla la salle des yeux à la recherche d'un lit vide, espérant voir Sadie ou Susana. Elle finit par repérer cette dernière, mais roulée en boule et profondément endormie.

Pétra fut soulagée lorsque Sadie lui fit signe et tapota la paillasse à côté de la sienne. Elle se blottit sous une couverture en laine. La paillasse n'était pas la plus moelleuse du monde, mais elle était relativement propre et confortable. Quelqu'un souffla les bougies. Tandis qu'une odeur de cire et de fumée se répandait dans l'air, Pétra raconta à voix basse sa journée à Sadie. Cette dernière, pour sa part, avait passé le plus clair de l'après-midi à préparer les chambres des ambassadeurs invités, si bien que son récit ne fut pas aussi intéressant que le sien : ce n'était que corvées de draps à changer et de meubles à épousseter.

En écoutant la voix de Sadie qui s'élevait dans le noir, Pétra fut frappée par sa perfection. Elle parlait le tchèque comme si elle l'avait appris de naissance.

– Comment fais-tu pour parler tchèque aussi bien ? lui chuchota-t-elle. Neel a un drôle d'accent.

– Il pourrait parler comme moi s'il le voulait. Nous

sommes tous les deux très doués pour les langues. Nous avons vécu dans tellement de pays !

– Tu es née ici ?

– Non, en Espagne. Quand les gens me demandent pourquoi j'ai les yeux et les cheveux si noirs, je leur dis que mon père était espagnol. Et c'est vrai. Je ne dis rien sur ma mère. Ils supposent qu'elle est bohémienne.

– Et Neel, il est né en Espagne, lui aussi ?

Il y eut un bref silence.

– On pense qu'il est né en Bohême.

– Vous *pensez* ?

Sadie garda le silence et Pétra écouta les ronflements sonores d'une femme couchée non loin d'elle. Puis enfin, Sadie chuchota sa réponse.

– Neel a été abandonné quand il était bébé. On l'a laissé près du camp de notre clan. Personne ne voulait de lui au début, principalement parce qu'il n'avait pas d'amulette autour du cou.

– D'amulette ?

– Une cordelette. Ou un cordon de cuir avec un anneau ou une pierre. N'importe quoi, en fait, du moment que cela signifie qu'un père a reconnu l'enfant. Neel était simplement enveloppé dans une couverture bleue, sans vêtements ni rien. J'étais petite à l'époque. Je ne me souviens pas de grand-chose. Mais ma mère l'a pris avec elle.

– Une couverture bleue ? C'est pour ça qu'il s'appelle Neel ? Il m'a dit que cela voulait dire « bleu ».

– Eh bien, oui. Cela veut bien dire « bleu ». Mais son nom complet signifierait plutôt quelque chose comme « une pierre qui est bleue ». *Indraneel* veut dire « saphir ».

Sadie marqua un silence, puis reprit la parole.

– Pétra, ne lui parle pas de tout cela. Il n'aime pas y penser. Ni en parler. Je suis sa sœur. Notre mère est notre mère. Un point c'est tout. D'accord ?

– Oui.

Pétra soupirait. Les gens n'arrêtaient pas de lui dire des choses qu'elle devait garder pour elle. Parfois, elle avait l'impression d'être une Fiole de Souci ambulante.

16

L'invention d'Iris

Plus de deux semaines passèrent. Pétra se sentait comme transformée en chauve-souris. Elle n'avait pas encore eu un moment de liberté, ne fût-ce que pour faire quelques pas hors du château, et le seul soleil qu'elle vît entrait par les verrières de la teinturerie.

Sa vie était régie par une routine régulière. Elle se réveillait à l'aube. Elle pulvérisait des minéraux, faisait macérer des fleurs dans de l'eau ou raclait l'intérieur de coquillages importés. Les teintures lui tachaient les mains de couleurs intéressantes. Elle déjeunait avec Iris. Elle s'efforçait énergiquement d'oublier le traitement réservé à sa nourriture par les employés des cuisines. Elle dînait avec les autres domestiques dans leur réfectoire. Sadie restait à ses côtés, veillant sur elle comme une grande sœur. Elle lui apprit à coudre son argent dans ses jupons pour le mettre à l'abri. Une nuit, Pétra emporta aux latrines une aiguille, du fil et les Merveilles de Tomik. Là, elle dissimula les sphères dans l'ourlet de sa robe, en espérant qu'elles ne se briseraient pas. Même si elle avait toujours détesté porter des jupes, elle était bien obligée de leur reconnaître une certaine utilité.

Beaucoup de choses commençaient à assombrir ses pensées. Même si chaque servante disposait d'un petit coffre en bois pour y ranger ses biens les plus précieux, elle était ennuyée de laisser le carnet de notes de son père dans un lieu qui pouvait si facilement être fouillé. Et elle se demandait si Lucie et Pavel étaient repartis de Prague. Sa famille avait-elle déjà appris qu'elle se trouvait quelque part parmi les milliers d'habitants de la ville ? Elle aurait aimé pouvoir leur écrire qu'elle était en sécurité, mais elle n'aurait su comment envoyer le message. Tout ce qui était posté du château était susceptible d'être lu, et porterait un sceau en forme de salamandre qui trahirait le lieu où elle se trouvait.

Ce qui la tracassait le plus, néanmoins, était qu'elle ne s'était pas rapprochée de son but. Elle ne savait absolument pas où le prince cachait les yeux de son père. Elle n'avait même rien vu du château au-delà des quartiers des domestiques et de l'aile des Savants.

Un matin, Pétra parcourut toute l'aile en fredonnant, feignant l'insouciance. Les portes se dressaient autour d'elle tels des soldats silencieux. Elle saisit une poignée. Celle-ci bougea mais ne tourna pas. Pétra cessa de fredonner en reconnaissant soudain l'air qu'elle avait sur les lèvres. C'était « La Sauterelle », la mélodie sur laquelle son père et elle avaient dansé des années plus tôt.

Le mal du pays lui emplit le cœur. Elle s'efforça de le

surmonter, tout en observant attentivement l'aile des Savants.

Son père avait certainement travaillé dans l'un de ces laboratoires.

Pétra essaya toutes les portes jusqu'à en trouver une qui ne fût pas verrouillée. Elle l'ouvrit et entra. Une vague d'énergie la frappa de plein fouet. Astrophile couina et lui pinça l'oreille. Elle fut repoussée les quatre fers en l'air dans le couloir en claquant des dents. Elle se releva, s'épousseta. Les portes fermées semblaient la toiser.

– Je n'ai pas peur de vous, leur dit-elle.

Parle pour toi, dit Astrophile.

Après avoir secoué encore plusieurs poignées fermées, Pétra en sentit une tourner dans sa main. Elle risqua un orteil dans la pièce comme si elle testait l'eau d'un lac glacé. Astrophile et elle poussèrent un soupir de soulagement en constatant qu'il ne se passait rien.

À l'intérieur de ce laboratoire se trouvait un homme aux vêtements maculés de peinture. Il observait fixement une toile qui occupait tout un mur. En remarquant la présence de Pétra, il se montra amical et se présenta : Kristof, artiste polonais. Mais il parlait à peine le tchèque. Il ne tarda pas à oublier Pétra et se remit à contempler la toile parfaitement blanche. Pétra le vit utiliser un pinceau pour y déposer de la peinture rose. La couleur disparut rapidement, laissant une surface aussi vide qu'avant. Kristof avait l'air satisfait, mais Pétra était perplexe. Elle ne voyait pas comment un artiste absent et son art absent pourraient l'aider dans sa quête, si bien qu'elle sortit de son atelier sans intention d'y revenir.

Chaque jour elle essayait les portes fermées, mais sans plus de chance. Elle tenta de prendre l'escalier pour monter à l'étage supérieur, mais fut arrêtée sans ménagement par les gardes. En tant qu'assistante d'Iris, elle avait un laissez-passer qui lui donnait accès à toute l'aile des Savants. Mais elle n'était pas autorisée à s'aventurer plus loin.

Elle commençait à se dire que son idée de chercher du travail au château pour sauver les yeux de son père était une erreur. Et le seul qui lui avait promis de l'aider demeurait introuvable, ce qui n'était pas pour la rassurer. Neel était aussi invisible qu'un portrait peint par Kristof. Elle supposait que, contrairement à sa promesse, il n'avait jamais pris la peine de trouver du travail aux écuries.

Pétra n'avait jamais un instant de repos à la teinturerie, mais à sa grande surprise elle s'aperçut que cela lui convenait. Travailler pour satisfaire les exigences d'Iris l'empêchait de penser à l'échec de son plan. Et en se perfectionnant peu à peu dans l'art de préparer et de mélanger les pigments, elle sentait qu'elle se rachetait de quelque chose : de ne pas avoir essayé plus fort d'apprendre le métier de son père. À la teinturerie, elle s'efforçait de faire de son mieux. Iris critiquait son travail, mais la jeune fille savait qu'elle exécutait adroitement ses instructions. Même si la femme se plaignait, Pétra commença à penser que ses paroles étaient en fait des compliments donnés d'un ton bourru, comme par exemple : « Tu as trop finement broyé cet ocre ! » Elle savait faire la différence entre ce genre de commentaires et les paroles exprimées avec une réelle irritation, comme quand Iris râlait en recevant des commandes de teintures capillaires.

– Comme si je n'avais que ça à faire ! Comme si ma première priorité était que les cheveux de dame Hortensia restent bien jaune soleil ! À mon avis, si elle tient tant à trouver un bon parti, elle aurait plus vite fait de s'acheter un nouveau cerveau. Mais non ! Tout le monde doit être le plus beau possible pour le bal du prince, et tout le monde se moque que je sois sur le point de faire une découverte importante.

Le prince, lui révéla Iris, allait avoir dix-neuf ans. Une réception fastueuse serait donnée en son honneur. Son cadeau à elle serait l'invention d'une nouvelle couleur primaire.

– À l'heure actuelle, il n'en existe que trois : le bleu, le jaune et le rouge. Toutes les autres couleurs résultent d'un mélange entre ces trois-là. Sauf le blanc, qui ne compte pas comme une couleur.

Le blanc, c'est l'absence de couleur, précisa Astrophile à Pétra.

Je sais, rétorqua-t-elle mentalement.

– Imagine, poursuivit Iris alors que la lumière venait frapper les verres de ses lunettes, imagine qu'il existe une autre couleur primaire. Cela ouvrirait tout un univers de possibilités. On peut mélanger du rouge et du jaune pour obtenir de l'orange. Le rouge et le bleu font du violet. Mais qu'arriverait-il si on mélangeait une nouvelle couleur primaire avec du rouge ? Que verrait-on ?

Pétra s'intéressait moins à l'invention d'une nouvelle couleur primaire qu'à la fête d'anniversaire. Peut-être, quand tout le monde serait occupé, pourrait-elle aller rôder dans le château.

– La réception aura-t-elle lieu ici ? demanda-t-elle.

Elle espérait que le prince déciderait de la donner dans un relais de chasse à des centaines de lieues de là.

– Bien sûr. Et tu pourras en partie y assister.

– C'est vrai ?

– Oh oui. Le prince Rodolphe est bon avec son peuple. Il tient à ce que tout le monde partage son bonheur.

Pétra fut étonnée qu'une femme aussi intelligente qu'Iris pût penser du bien de quelqu'un dont elle savait, elle, qu'il avait le cœur noir. Mais un jour, tout en râpant une racine de garance, elle posa la question suivante :

– Est-ce vous qui fabriquez les peintures de Kristof ?

– Kristof ? Tu parles du Polonais au bout du couloir, je suppose ?

– Oui. J'ai fait connaissance avec lui la semaine dernière.

– Ah oui ? Eh bien je te conseille de ne pas lui tenir compagnie. Tu es mon assistante. Si quelqu'un doit se débarrasser de toi, ce sera moi.

Pétra ne comprit pas ce qu'elle entendait par là, mais elle vit bien que Kristof ne figurait pas parmi les favoris d'Iris. Elle avait d'ailleurs du mal à imaginer qui pourrait bien en faire partie, hormis peut-être le prince.

– Alors ce n'est pas vous qui fabriquez ses peintures.

– Certainement pas. J'ai dit au prince Rodolphe que quelqu'un d'autre devrait se charger de ce travail désagréable.

Elle pinça les lèvres devant l'air stupéfait de Pétra. Puis elle reprit avec irritation :

– Kristof *fait disparaître les choses.* C'est ça, son talent. Bien sûr, ce talent a ses limites, comme tous les autres. Il ne peut faire disparaître que ce qui est vivant, et je t'assure que c'est bien suffisant. Imaginons qu'il veuille te faire disparaître, toi. Il devrait fabriquer un pinceau comprenant une mèche de tes cheveux, et une peinture mêlée de ton sang. Puis il ferait ton portrait. Comme les gens laissent rarement traîner leur sang, il ne peut peindre qu'un petit nombre de pauvres inconscients. Dieu merci.

Pétra pensa à Kristof, à sa porte ouverte et à ses manières affables. Elle repensa à la façon dont le prince avait trompé son père en se faisant passer pour son ami. Si vous aviez voulu savoir comme il est facile de ne pas voir le mal, de le prendre pour autre chose, Pétra aurait pu vous le dire : c'est la chose la plus facile du monde.

Au château de la Salamandre, les domestiques jouissaient d'un jour de repos par mois. Pétra attendait avec impatience sa première journée de liberté lorsque, contre toute attente, celle-ci arriva en avance. Elle

211

bénéficia d'un congé maladie, en quelque sorte. Mais ce n'était pas elle la malade. Iris eut une attaque acide.

Un matin, en ouvrant la porte de la teinturerie, elle découvrit une scène étrange. Des traces de pas avaient fait fondre le sol de pierre. Les flaques en creux partaient de la partie lumineuse de la pièce et disparaissaient dans la moitié sombre, où un pan du rideau de velours était brûlé.

– Iris ? appela Pétra. Vous êtes là ? Tout va bien ?

– Sûr que je vais bien !

Iris se cachait derrière le reste du rideau noir... nue, devina Pétra.

– Je me suis juste énervée.

– Mais vous vous énervez tout le temps.

– Ce n'est pas la même chose !

Pétra entendit le reniflement de quelqu'un dont le mouchoir s'est désintégré.

– Quand je me mets très, très en colère ou que je suis déprimée, ma peau crache de l'acide comme la meilleure vache de ta grand-mère fait du lait.

Pétra s'abstint de préciser qu'elle n'avait ni grand-mère ni vache. Elle était inquiète pour Iris, car ce n'était sans doute pas très amusant d'être coincée, toute nue, dans un fauteuil en adamantin derrière un rideau.

– Alors, êtes-vous fâchée ou triste ?

La réponse ne semblait pas bien difficile à trouver, puisque Pétra avait entendu plus d'un reniflement humide. Mais elle préférait poser la question.

– Les deux ! glapit Iris en tapant du poing sur l'accoudoir de son fauteuil. Dès l'instant où j'ai donné à ce hérisson d'Hortensia sa teinture pour cheveux, que s'est-il passé, à ton avis ? Je vais te le dire : vingt-six de ses meilleurs amis et ennemis se sont précipités ici pour exiger exactement la même couleur ! *Vingt-six !* Tu crois qu'ils s'arrêteraient un moment à l'idée qu'ils vont avoir l'air d'un parterre de jonquilles, tous pareils, ces imbéciles ? Non ! Pourquoi, mais pourquoi la cour devient-elle le rendez-vous des riches, des sans-magie et des écervelés ?

Pétra connaissait la réponse aussi bien qu'Iris : hormis la cour, ils n'avaient nulle part où aller. Quand les enfants de la noblesse échouaient aux examens de l'Académie, ils empaquetaient leurs frusques et se rendaient tout droit au château de la Salamandre. Ils s'efforçaient en général de se rendre mutuellement malheureux, de faire un mariage convenable, de s'amuser à boire ou à danser, ou tout cela à la fois. À en juger par l'attitude d'Iris, les jeunes courtisans exaspéraient les chercheurs académiciens de l'aile des Savants.

– Et je n'ai pas avancé sur ma nouvelle couleur primaire ! Il faut qu'elle soit au point bien avant les réjouissances, car nous l'utiliserons pour teindre l'habit du prince Rodolphe. Je lui ai promis qu'elle serait prête sous peu. Pourquoi ai-je été si sûre de moi ?

Ces derniers mots n'étaient qu'un gémissement de honte.

Astrophile ne compatissait pas. *Quelle comédie ! On croirait que le monde entier tourne autour de son invention.*

213

Pétra approuvait son point de vue, ce qui ne l'empêchait pas de plaindre la pauvre Iris. Elle comprenait que l'on pût placer tant d'émotion dans un projet.

– Iris, ne vous inquiétez pas. Il reste encore plusieurs semaines avant l'anniversaire du prince. Vous avez le temps.

Iris renifla.

– Ne pourriez-vous pas éteindre votre magie ? Prendre une sorte de retraite de l'acide, peut-être ?

– La retraite ! grogna Iris. On ne se débarrasse pas de sa magie comme ça. Enfin, mon don a ses compensations.

– Lesquelles ?

– Eh bien par exemple, si je suis assez bouleversée et que je touche du phosphore, je peux produire un vert tellement vif qu'il te mettrait les larmes aux yeux.

– Ça n'en vaut pas la peine. Quel est l'intérêt d'avoir un talent magique s'il vous fait sécréter de l'acide chaque fois que vous êtes triste ou en colère ?

Iris eut un petit rire. Lentement, au début. Puis elle s'esclaffa comme si Pétra venait de dire quelque chose de désopilant.

– Oh, mon petit agneau ! dit-elle d'une voix rauque. On voit bien que personne ne s'est encore attaqué à toi. Personne ne t'a jamais fait le moindre mal de ta vie. J'ai raison ?

Son rire s'évanouit et fut remplacé par une voix sérieuse.

– J'espère bien continuer à avoir raison. À présent, sors de mon laboratoire. Je te donne ta journée.

214

C'était Iris tout craché. Elle n'avait jamais pris la peine d'apprendre le nom de Pétra. Elle était bourrue, égocentrique et arrogante. Mais elle était aussi capable de vous surprendre. Pétra perçut une nuance protectrice dans la voix de la femme, et soudain elle comprit qu'Iris l'aimait bien.

17

La ménagerie

Pétra fit un saut jusqu'à son coffre en bois fermé à clé, puis se dirigea vers les écuries. Elle trouva Neel devant les bâtiments, occupé à pousser une brouette de fumier. Son expression était aussi aigre que l'odeur qui l'accompagnait.

– Qu'est-ce que tu fais ? lui demanda-t-elle en grimaçant.

– À ton avis ? Le seul boulot que j'aie trouvé, c'est nettoyer les écuries.

Il posa la brouette.

– Mais je ne t'ai vu nulle part au château. Je t'ai cherché au réfectoire.

– Avec Sadie dans les parages ? Ma frangine ? Qui n'est pas censée savoir que je suis ici ?

Neel lui décocha un regard dur et irrité.

Elle se mordit la lèvre. Bien sûr que Neel ne pouvait pas fréquenter le réfectoire. Elle se sentit gênée, ce qui la mit d'humeur belliqueuse.

– Eh bien que je sache, Sadie n'entre pas dans les

dortoirs des hommes, reprit-elle d'une voix plus forte. Je suis allée traîner par là-bas tous les soirs, et tu n'y étais jamais.

Neel eut un rire sans joie.

– Parce que tu crois que les autres domestiques laisseraient un gitan manger avec eux, dormir avec eux ? Tu rêves ! Tabor et moi, on n'est bons qu'à nettoyer les saletés des chevaux. Même si je n'évitais pas Sadie, je n'aurais pas la bonne couleur de peau pour rompre le pain à une table de *gadjé* ou dormir dans un lit de *gadjé*. Tabor et moi, on rentre chez nous après la journée de travail. Ne me dis pas que ça t'étonne, allez.

C'était la deuxième fois en une heure que l'on traitait Pétra comme si elle ne comprenait rien à la marche du monde. Contrariée, elle fronça les sourcils, et elle allait ajouter quelque chose lorsque Neel la coupa dans son élan.

– Je n'ai pas besoin de ta pitié.

– Je n'allais pas te la donner ! éclata-t-elle. De toute manière, tu préfères sans doute passer tes nuits en famille !

– Ouais, c'est ça ! Mais la question n'est pas là, hein ?

Il secoua la tête, reprit sa brouette et s'éloigna de Pétra. Pendant un instant, elle resta plantée là. Puis elle tourna les talons et commença à partir à grands pas.

Pétra, tu exagères, lui dit Astrophile.

Pas du tout ! J'en ai assez de n'arriver à rien. Je ne fais que travailler au fin fond du château à longueur de journée. Et quand enfin j'ai un peu de liberté, je vais voir quelqu'un qui est censé être mon ami. Et tout ce qu'il trouve à faire, c'est me crier après !

Es-tu sûre que ce n'est pas toi qui as commencé ?

Pétra ralentit le pas. Mais elle se récria.

Il est impossible ! Il disait qu'il m'aiderait, et il n'a même pas pris la peine d'essayer de me faire passer un message. Alors que pendant tout ce temps, il travaillait ici !

Précisément. Pendant tout ce temps, il travaillait ici.

Pétra s'arrêta net.

Crois-tu, poursuivit l'araignée, qu'il déplacerait des pelletées de crottin s'il ne voulait pas vraiment prendre part à ton plan ?

Pétra détestait quand Astrophile avait raison... ce qui était très fréquent. Mais elle fit volte-face et courut pour rattraper Neel. Il lui jeta un bref regard avant de détourner les yeux. Il continua de pousser la brouette jusqu'à un coin du domaine où l'on faisait sécher le crottin au soleil pour le revendre plus tard comme engrais.

– Au moins il ne fait pas chaud, hasarda Pétra.

Elle était restée si longtemps enfermée au château qu'elle ne s'était même pas rendu compte que le temps avait nettement changé. L'air était assez glacé pour lui refroidir le bout du nez. Un vent vif soufflait sur la cour poussiéreuse.

– En été, ça puerait vraiment. Et les mouches !

Neel déversa son chargement sur un gros tas de fumier.

– Je dois te remercier, maintenant ?

Tu pourrais peut-être trouver un sujet plus gai que le crottin, suggéra Astrophile à Pétra.

Celle-ci sortit le carnet de notes de son père de sous sa chemise, où elle l'avait coincé dans la ceinture de sa jupe.

– Neel, j'aimerais que tu fasses quelque chose pour moi. Voici l'une des choses les plus précieuses que je possède. Il ne faut pas qu'on le trouve, mais je n'ai pas d'endroit fiable où le garder. Pourrais-tu le cacher pour moi, s'il te plaît ? Je ne peux faire confiance à personne d'autre.

Elle lui tendit le livre.

Il s'essuya les mains sur son pantalon et le prit. Il le feuilleta.

– Ce n'est qu'un tas de signes et de dessins.

– C'est à mon père. Cela concerne l'horloge. Je ne comprends pas vraiment ce que tout cela veut dire, mais ça pourrait être important. Je ne crois pas que le prince en connaisse l'existence, mais si c'était le cas (elle inspira un grand coup), il serait sans doute prêt à donner tout ce qu'il possède pour l'avoir.

Pétra était consciente de prendre un risque. Si son père avait dit vrai, si le prince ne savait pas utiliser l'horloge, alors le livre pourrait en effet lui être très précieux. Il n'était pas question de le laisser sous clé dans son coffre. Elle était certaine que les casiers des domestiques étaient régulièrement fouillés. Si Harold Listek trouvait le carnet, il ne comprendrait pas forcément son importance. Mais dans le cas contraire...

Pétra espérait que Neel le cacherait. Le problème était que, maintenant qu'il savait que ce livre pouvait fortement intéresser le prince, il pouvait très bien le revendre pour le prix de plusieurs chevaux.

Neel la regarda. Elle lut les mêmes pensées dans ses yeux fauves. Elle faillit lui arracher le carnet des mains. Il détourna le regard, puis contempla de nouveau les pages. Il haussa les sourcils.

– Hmm.

– Quoi ? fit-elle sèchement.

Elle n'aurait jamais dû lui montrer ce carnet de notes. Pourquoi s'efforcer de gagner la confiance d'une personne sur qui on ne peut, de toute manière, absolument pas compter ?

– Ton père a saisi l'idée du zéro.

– *Quoi ?*

Elle regarda par-dessus son épaule pour voir quelles pages avaient retenu son attention. On y voyait de longues équations. *Ah, celles-là*, se dit-elle.

– Qu'est-ce que c'est, « zéro » ? C'est un mot en rom ?

– C'est *ça*, le zéro. (Il désigna un symbole en forme de O.) Tu connais les chiffres, non ? Un, deux, trois, quatre...

– Oui, dit-elle avec un regard furibond.

– Eh bien le zéro vient avant le un.

Il y avait forcément une erreur.

– Il n'y a rien avant le un.

– Justement, c'est un peu ça l'idée.

Il s'ébouriffa les cheveux et tourna une page. Pétra, exaspérée, serra les poings.

Astrophile prit la parole pour s'adresser à Neel.

– Serais-tu en train de nous dire que le zéro fonctionne comme un repère pour faire des calculs ? Qu'il représente le rien ?

Neel acquiesça.

– Mais les *gadjé* ne s'en servent pas. C'est idiot, d'ailleurs. On ne peut pas faire de mathématiques complexes sans le zéro.

– Comprends-tu le sens de l'équation ? lui demanda Astrophile.

– Non, mais je devine que le père de Pétra essayait de mesurer de l'énergie, pas des bouts de bois.

Pétra était sans voix. C'était une bonne chose qu'Astrophile ait justement envie de parler.

– Comment sais-tu tout cela ? demanda l'araignée à Neel.

Il haussa les épaules.

– Le zéro a les mêmes origines que mon peuple. Et même si ce n'était pas le cas, nous l'aurions adopté en chemin. C'est une chouette idée. L'intérêt de vadrouiller partout, c'est qu'on choisit ce qu'on aime là où on passe et qu'on l'emmène avec soi, comme on cueille des amandes dans un arbre.

– Comment se fait-il que les Roms s'intéressent aux calculs complexes alors que vous ne savez pas lire ?

– Ce n'est pas qu'on ne *sache* pas. Mais à quoi bon lire ?

– Eh bien, pour transmettre le savoir. Pour conserver votre histoire.

– Le savoir doit être partagé par les gens, pas par des choses. Ces pages ne sont que des arbres morts. (Il regarda l'araignée en fronçant le sourcil.) La seule histoire valable est celle qui est vivante.

Pétra, irritée, leva une main.

– Vous êtes en train de philosopher, vous deux ? Parce que si je voulais écouter ce genre de choses, je serais assise sur un vieux banc miteux à l'école d'Okno. Neel, tu vas cacher le carnet de mon père, oui ou non ?

Le garçon soupesa le livre dans sa main. Puis il le glissa sous sa chemise.

– Ouais, bien sûr. Je le garderai pour toi.

Puis il eut l'air de deviner son désir de changer de sujet.

– T'as vu la ménagerie ?

– Non. Qu'est-ce que c'est ?

– La collection d'animaux du prince. Viens, Petali, fit-il en la tirant par la manche.

Ils traversèrent la cour jusqu'à une porte fermée à clé. Neel leva la main à quelques centimètres du trou de la serrure et tordit les doigts. La porte cliqueta, et il la poussa.

Le jardin était un paradis de formes géométriques vertes. Il y avait un labyrinthe compliqué et des fleurs énormes que Pétra n'avait jamais vues de sa vie. Certaines corolles étaient grosses comme sa tête. Elle était éberluée de voir tant de fleurs épanouies. Surtout qu'on était déjà en octobre. Des papillons voletaient comme des morceaux de papier colorés. Un minuscule oiseau au bec aussi fin qu'une aiguille, et dont les ailes n'étaient qu'une tache floue, plongeait dans les fleurs pour en ressortir aussitôt.

– C'est un oiseau-mouche, dit Neel. On dirait un bijou volant bleu-vert, non ? Les oiseaux-mouches ne vivent pas en Bohême. Et c'est impossible de voir toutes ces fleurs épanouies au même endroit et en même temps. Le prince a dû les envoûter.

Il la guida jusqu'à une série de grandes cages. Des singes hurlaient et se balançaient la tête en bas au plafond de l'une d'elles. Dans une autre, ils virent une créature stupéfiante qui avait une fourrure brillante, des pattes palmées et un bec de canard.

– Ça pond des œufs, exactement comme les araignées, les informa Astrophile.

Ce qui ne faisait qu'ajouter à la bizarrerie de l'animal.

Ils virent une haute bête tachetée avec de grandes pattes, un cou d'une longueur impossible, et deux petites cornes sur la tête. Elle était occupée à mâchonner les feuilles d'arbre qui pendaient au-dessus d'elle.

– Regarde, dit Neel en montrant du doigt une autre cage. C'est un éléphant.

La créature grise avait d'énormes défenses incurvées. Ses yeux noirs étaient des perles minuscules noyées dans une masse de rides. Ils se fixèrent sur Pétra et sur Neel. Puis l'animal se désintéressa d'eux. Il enroula sa trompe puissante autour d'un paquet de feuillages, qu'il arracha avant de se les fourrer dans la bouche.

– N'est-ce pas qu'il est beau ?

« Beau » n'est pas le premier mot qui lui serait venu à l'esprit à la vue l'animal. Mais elle dut lui reconnaître une grâce puissante. Il avait de la noblesse. Pétra regarda les barreaux de sa cage avec compassion. Elle aussi se sentait prisonnière.

Elle raconta à Neel tout ce qui s'était passé depuis qu'elle avait commencé à travailler dans l'aile des Savants. Elle lui expliqua qu'elle avait tenté d'explorer d'autres étages du château, mais qu'elle se faisait toujours arrêter par les gardes. Elle lui décrivit Iris et son problème d'acidité. Elle lui parla de l'anniversaire du prince.

– Forcément, dit-elle, une personne comme lui fête son anniversaire à Halloween. Tu crois qu'il va se pointer à son bal costumé en diable ?

– On est censé se déguiser en ce qu'on n'est pas, donc je te parie une couronne qu'il viendra habillé normalement, dit Neel en contemplant l'animal gris d'un air pensif. Ce qu'il faut que tu fasses, Pétouille, c'est amener Iris à te donner une autorisation pour circuler partout dans le château. Elle ne peut pas se balader comme ça dans tous les couloirs, si ? Elle risquerait d'avoir une de ses – comment tu appelles ça ? – une de ses attaques acides. Puisqu'elle est tellement décidée à inventer une nouvelle couleur, très bien, dis-lui que tu dois aller lui chercher quelque chose qui se trouve ailleurs dans le château. Elle est assez haut placée, non ? Elle peut te donner un laissez-passer, ou un sceau ou je ne sais quoi, qui te permettra de franchir le barrage des gardes. Pour moi, ce n'est

225

pas facile de fouiner, même si j'ai mes méthodes. Le mieux, ce serait que tu trouves où le prince enferme ses biens de valeur. Ensuite, on y entre par effraction le soir de la fête.

Le plan de Neel était bon. Il était élégant. Il était absolument retors. Mais il lançait aussi un défi à Pétra. Trouverait-elle un moyen d'apporter sa pierre à l'édifice ? D'être à la hauteur de son ingéniosité ? Tout en se demandant confusément pourquoi elle aurait besoin du respect d'un voleur, elle cherchait un moyen de le gagner. Elle eut une idée.

– Le château doit être gigantesque. Je ne peux pas chercher les yeux de mon père dans toutes les pièces et dans tous les placards. Donc, tu sais ce qu'il faut faire ? Il faut que nous trouvions une personne *qui se sente coupable.*

Comme Neel la regardait sans comprendre, elle lui expliqua ce qu'elle avait en tête.

Une fois qu'il eut entendu son plan, il acquiesça.

– Ça ira. Ça ira très bien. Mais tu ne vas pas entrer toute seule dans une pièce. Inutile d'écraser la queue d'un serpent sous ta botte alors que mon pied nu peut très bien lui broyer la tête.

Elle le regarda sans comprendre.

– Traduction : laisse les effractions aux experts.

Ils rebroussèrent chemin pour sortir du jardin. La porte de fer pivota derrière eux et se referma à clé.

Un homme de haute taille jaillit de derrière une rangée d'arbres, à quelques pieds des cages. Il s'avança dans

226

l'allée et regarda fixement la porte fermée. Il reconnaissait le garçon : c'était l'un des gitans employés aux écuries. Quant à la fille, elle ressemblait à n'importe quelle servante avec sa robe gris-bleu, même si elle avait les cheveux plus courts que la normale. Il n'avait pas bien vu son visage. Mais quelque chose lui disait qu'il aurait *dû* savoir qui elle était.

Quoi qu'il en fût, le gitan et elle n'avaient pas le droit de se trouver dans le jardin. Alors qu'il les observait de derrière les arbres, leurs messes basses lui avaient paru suspectes. Mais il n'avait pas pu distinguer leurs paroles.

Il s'approcha de la cage. *De quoi parlaient-ils ?* demanda-t-il à l'éléphant.

Eh bien je suppose que je pourrais vous le dire. La bête grise ruminait ses feuillages et balança la trompe pour en attraper une autre bouchée. *Mais je ne compte pas le faire.*

Jarek eut un soupir exaspéré. Les éléphants sont vraiment des créatures difficiles.

18

Le lecteur et le rodolphinium

Pétra et Iris, derrière le rideau noir, travaillaient dans une obscurité presque totale. C'était là qu'elles manipulaient les matériaux photosensibles ou menaient des expériences sur des couleurs visibles uniquement dans le noir. Les étagères étaient couvertes de flacons de teintures délicates. Certains brillaient dans l'obscurité. De l'autre côté de la table où elles s'affairaient, dos au rideau, il y avait une porte. Une fois, Pétra avait tenté de l'ouvrir.

– Qui t'a transformée en *moi* d'un coup de baguette magique ? avait immédiatement craché Iris. Tu t'imagines peut-être que tu peux te promener partout où tu veux dans *mon* laboratoire ?

Pour l'heure, la comtesse de Krumlov, assise dans son fauteuil en adamantin, regardait son assistante mélanger des poudres et pousser les feux sous divers récipients de cuivre.

– J'ai remarqué que nous n'avions pas d'héliodore sur les étagères, dit Pétra d'un air détaché, comme pour alimenter simplement la conversation.

– Et que pourrions-nous bien faire avec de l'héliodore ?

Le père de Pétra travaillait principalement l'argent, le
cuivre, l'aluminium, le fer et parfois l'or. On les considère en général comme des catégories de métaux, et en
effet c'est ce qu'ils sont. Mais ils font aussi partie d'un
vaste système minéral qui comprend les pierres semi-pré-
cieuses et précieuses, comme l'améthyste, le jade, le diamant, ainsi que d'autres types de cristaux et de roches.
Les minéraux peuvent être décoratifs ou utilitaires, voire
dangereux. L'arsenic, par exemple, est un minéral autant
qu'un poison. Mikal Kronos s'était fait une habitude
d'interroger sa fille sur les nombreux types de minéraux,
et pas seulement les plus communs. Pétra décida de
mettre ce savoir en pratique.

– Eh bien, dit-elle l'air de rien tout en remuant une
mixture d'un rouge bordeaux, il paraît que l'héliodore
peut faire étinceler un liquide si on l'incorpore correctement.

Iris garda le silence.

– Nous n'avons pas beaucoup de minéraux sous la
main, poursuivit Pétra. Je n'ai pas vu de jordanite dans
nos magasins, ni d'hématite, de dravite, de xénotime...

– On ne peut pas avoir tous les cailloux jamais extraits
du sol ! Certains sont fort difficiles à trouver. Et leur utilité est loin d'être prouvée.

Pétra alluma une flamme sous la jatte de teinture
brun-rouge. Elle se mit à touiller tranquillement la substance.

230

– Bien, si vous ne voulez pas essayer...

– Je ne veux pas perdre mon temps !

Le liquide rouge brique s'épaissit. Iris jeta un coup d'œil dans le récipient.

– Ajoute de la craie.

Pétra versa une cuillerée de poudre blanche.

– Nous pourrions faire quelques recherches préliminaires, non ? dit-elle. N'y a-t-il pas une bibliothèque au château ?

Ah, la bibliothèque ! soupira rêveusement Astrophile dans la tête de Pétra.

Iris pinça les lèvres.

– Bah, je suppose que tu pourrais aller me chercher quelques livres sur les propriétés des minéraux. Quand nous aurons terminé cette dose de rouge maya.

Dès qu'elles eurent terminé, Pétra sortit de la teinturerie et resta derrière la porte fermée. Ne voulant surtout pas éveiller les soupçons d'Iris, elle avait décidé de faire comme si un laissez-passer pour les autres étages était le cadet de ses soucis. Après plusieurs bonnes minutes passées à attendre dans le couloir sombre, elle rouvrit la porte pour se plaindre.

– Les gardes ne veulent pas me laisser passer.

– Oh, la barbe !

Iris s'empara d'une feuille de parchemin et d'un encrier. « Autorisation troisième étage », écrivit-elle. Puis elle signa et apposa le sceau des Krumlov. Un motif d'hermine blanche marquait à présent le papier.

– Ils me laisseront sortir des livres, à la bibliothèque ?

– La barbe !

Iris griffonna un post-scriptum.

Pétra se dirigea vers la porte lentement, son mot à la main, comme si aller à la bibliothèque ne l'intéressait pas du tout.

– Dépêche-toi un peu, veux-tu ? Ne fais pas ta chiffe molle ! cria Iris au moment où Pétra fermait la porte derrière elle.

Tout était très différent au troisième étage. Le plafond du couloir était d'un rose doré, et au sol le tapis bleu était moelleux. Pétra mit un moment à comprendre qu'il ondulait sous ses pieds en douces vaguelettes. Le papier peint de chaque côté semblait d'un bleu uni, mais en avançant, Pétra vit un navire, toutes voiles dehors, qui voguait à sa droite. Elle entendit crier une mouette. Elle passa la main sur le marbre qui encadrait les portes. La pierre était criblée de trous. Certains étaient des bulles minuscules, d'autres étaient assez profonds pour que Pétra puisse remuer le doigt dedans.

C'est du marbre travertin, l'informa Astrophile. *C'est de l'eau qui a creusé les fissures.*

La plupart des portes qui rythmaient l'étendue de papier peint couleur de ciel étaient fermées, mais Pétra put jeter un œil au passage sur des pièces entrouvertes. Elle vit un salon meublé de longs divans soyeux. Elle s'arrêta pour contempler une immense salle de bal ornée de vitraux. De nombreux domestiques s'affairaient dans cette salle, et plusieurs hommes et femmes en bleu-gris,

232

à genoux sur le parquet, le polissaient pour le rendre étincelant.

Elle atteignit bientôt une large porte à deux battants en chêne. Le mot *Biblioteca* était gravé au-dessus en grosses lettres gothiques.

C'est ici ! s'écria Astrophile en sautillant sur son oreille.

Tu vas te calmer, oui ?

Sur les portes se déployait une grande scène sculptée : on voyait un vieil homme assis dans la poussière, un bâton à la main, en train de dessiner quelque chose. Loin derrière lui, des soldats s'affrontaient avec épées et boucliers. Et juste derrière l'homme, un soldat musclé brandissait son glaive.

De quoi s'agit-il ?

Pétra était curieuse. La scène n'avait rien à voir avec des livres.

C'est Archimède. Un savant et mathématicien grec. Tu vois : il est tellement absorbé par son idée qu'il prend des notes dans la poussière pendant que les Grecs et les Romains se font la guerre derrière lui. Il était tellement dévoué à son travail qu'il n'a même pas remarqué le Romain venu pour le tuer. Il est mort pour ses idées.

La scène constituait-elle une sorte d'avertissement ? Ou bien au contraire, Archimède était-il montré en exemple ? Quoi qu'il en fût, Pétra n'aimait pas ce bas-relief. Elle poussa une porte, qui pivota et s'ouvrit largement.

Elle se retrouva dans une pièce de la taille d'un grand placard. Juste devant elle, un homme était assis sur une

233

chaise à haut dossier garnie de brocart capitonné. Son bureau était bas, petit, et nu à l'exception d'une longue plaque indiquant son nom : SIR HUMFREY VITEK. L'homme, plutôt râblé, avait à peu près l'âge de son père. Il portait une perruque, des lunettes et une robe noire bordée d'un passepoil rouge. Il n'avait pas remarqué Pétra mais regardait dans le vide, les yeux oscillant sans cesse de gauche à droite, de gauche à droite.

La porte ouverte par Pétra avait commencé à se refermer en grinçant. Elle reprit sa place avec un choc sourd. Sir Humfrey sursauta.

– Quoi ? Quoi ?

Puis, remettant ses lunettes en place sur son nez, il se concentra sur Pétra.

– Eh bien, mademoiselle, qui êtes-vous donc ?

– Viera.

– Bon, mademoiselle Viera, je ne voudrais pas être grossier... mais êtes-vous bien sûre d'être à votre place ici ? Vous voyez, j'étais occupé à lire d'exquis sonnets persans au sujet d'une fleur du désert appelée la rose sélène. Je me sentais si reposé...

Il croisa les mains, les tordit, et soupira.

– Si vous n'avez pas un laissez-passer pour la bibliothèque, je vais devoir appeler la garde, ce qui perturberait ma tranquillité. Le règlement exige que j'alerte les gardes dans les cas comme celui-ci. Mais cette action me paraît superflue pour une petite chose comme vous.

– Je cherche bien la bibliothèque.

Elle parcourut la pièce des yeux, mais celle-ci était

absolument vide. Il n'y avait pas d'autre porte que celle qu'elle venait de passer.

– C'est ici ? Où sont les livres ?

Voilà qui est fort décevant, constata Astrophile, chagrinée.

– Tous les livres sont ici, pour ainsi dire, répliqua sir Humfrey.

Pétra regarda de nouveau les murs vides.

– Ah bon.

C'est ça, bien sûr.

– Ils sont ici. (L'homme se tapota le front.) Du moins une copie de chaque, à l'exception des ouvrages expressément interdits à tous par la Patte de Lion, sauf au prince Rodolphe. J'ai un travail délicieux, en vérité. Il me permet d'accueillir les amoureux de la littérature et de l'histoire. Et quand personne ne vient, je ne suis jamais seul. Je peux lire tant que je veux.

Son regard dériva loin de Pétra et il se remit à regarder fixement dans le vide comme si une page invisible se déployait devant lui. Puis il reposa les yeux sur elle.

– Mais vous ne m'obligerez pas à appeler la garde, j'espère ? Ce serait infiniment déplaisant.

– C'est ma maîtresse qui m'envoie, dit Pétra en lui tendant la lettre d'Iris. Ceci convient comme laissez-passer, n'est-ce pas ?

Sir Humfrey écarquilla les yeux à la vue du sceau à l'hermine.

– Ceci vient-il de la comtesse de Krumlov ?

Pétra acquiesça.

– Oh, seigneur.

Il regardait fixement la lettre dans la main de Pétra. Il en approcha un doigt, qu'il retira aussitôt.

Comprenant soudain ce qui le rendait si hésitant, Pétra le rassura.

– Si elle avait été acide en écrivant ceci, la lettre aurait été brûlée. C'est du papier normal.

Il prit un petit air penaud.

– Oui, bien sûr.

Il se saisit de la lettre et l'examina.

– Bien, d'accord. Oui, je vois que tout est en ordre. (Il lui rendit le papier.) Allez-y.

Il agita la main en direction du mur vide derrière lui.

– Sir ?

– Oh, *navré*. Je suis tellement distrait !

Il secoua la tête, puis se pencha sur son bureau et toucha la plaque qui indiquait son nom.

Le mur du fond disparut.

– Si vous avez besoin de quoi que ce soit, dites-le-moi, chuchota sir Humfrey. Et n'oubliez pas : parlez à voix basse, *pianissimo*.

Ah, voilà qui ressemblait plus à ce qu'avait décrit Mikal Kronos. Le plafond était rocheux. Des oiseaux silencieux voletaient en l'air. Des rayonnages plusieurs fois hauts comme Pétra s'étendaient des deux côtés. Une femme s'approcha d'une étagère proche et tira sur un levier. Les planches s'écartèrent en silence pour lui révéler le trésor caché qu'elle cherchait, quel qu'il fût. Une poignée de lecteurs étaient installés à des bureaux éclairés par la lueur verte des lampes à huile de colza.

Après avoir consulté au mur un plan du classement des livres, Pétra se rendit à la section d'histoire naturelle. S'aidant d'une échelle sur rails réduite au silence par un sortilège, Pétra grimpa pour atteindre quelques livres susceptibles de parler des minéraux et de leurs usages.

Reste sous mes cheveux, ordonna-t-elle sévèrement à Astrophile. *Ne pense même pas à aller batifoler dans toute la bibliothèque.*

Tu as perdu ta joie de vivre depuis que tu es ici, au château. Je préférais l'ancienne Pétra qui aimait s'amuser.

Elle descendit l'échelle et allait regagner l'entrée lorsqu'elle se rendit compte que quelqu'un l'observait.

C'était un lecteur. Son habit, comme celui de sir Humfrey, était noir. Ses cheveux et sa barbe châtains étaient longs et tombaient en cascade sur son dos et sa poitrine. Une vibration d'énergie émanait de lui, et il ne regardait pas Pétra comme le font habituellement les humains. Un humain détourne les yeux lorsqu'il est surpris à observer quelqu'un en secret. Lui la fixait de ses yeux marron, tel un renard, qui attend simplement de voir ce que fera la créature qui traverse son territoire.

Pétra lui tourna le dos, troublée. Elle se rapprocha de sir Humfrey d'un pas qu'elle espérait régulier. Lorsqu'elle fut tout près de son bureau, le mur vide apparut derrière elle, et ses épaules s'affaissèrent de soulagement.

Le bibliothécaire nota les livres qu'elle emportait.

– Et voilà, dit-il en lui tendant la petite pile d'ouvrages.

– Il y avait un homme... (Elle lui décrivit le lecteur qui l'avait regardée fixement.) Qui est-ce ?

– Ah, ce doit être maître John Dee. C'est l'ambassadeur d'Angleterre. Un grand érudit. Il parle de nombreuses langues, même des langues mortes.

En dépit de ses projets, Pétra n'avait aucune envie de revenir au troisième étage si maître Dee devait s'y trouver.

Pourtant elle y revint. Par chance, elle ne revit pas John Dee au cours de ses excursions au troisième. Par malchance, cet étage n'abritait apparemment pas ce qu'elle cherchait : des chambres.

– Ça, j'aurais pu te le dire, lui déclara Sadie. Les appartements privés de toutes les personnalités de haut rang se trouvent au quatrième. C'est là que je travaille.

Elles étaient au réfectoire et discutaient à voix basse dans le brouhaha des conversations de centaines d'hommes, de femmes, de garçons et de filles. Dana, une amie de Sadie, s'était enfin détournée d'elles pour aller raconter son dernier béguin à toute autre oreille bien disposée. Pétra sauta sur l'occasion pour demander un service à Sadie.

– Pourrais-tu découvrir quelque chose pour moi ? lui demanda-t-elle d'un air dégagé en tendant la main vers la grande gamelle de potée au chou.

Sadie se fit méfiante. Elle posa sa fourchette.

– Quoi donc ?

– As-tu déjà entendu parler de ce qu'on appelle une Fiole de Souci ?

Comme Sadie secouait la tête, Pétra lui expliqua ce que c'était et à quoi cela ressemblait.

– Plus elle est foncée, mieux c'est. Pourrais-tu me prévenir si tu en vois une bien violette, et me dire dans quelle chambre elle se trouve ?

– Pétra, tu vas t'attirer de gros ennuis. Tu ne comprends pas que cela risque de très mal finir pour toi ? Tu devrais rentrer dans ton village.

– Je ne volerai aucune fiole à personne. Promis juré. (Pétra mit la main sur son cœur d'un air faussement solennel.) De toute manière, poursuivit-elle d'un ton léger, le pire qui puisse arriver est qu'on me prenne à faire une chambre où je ne suis pas censée être. Je n'aurais qu'à dire que j'en ai assez de travailler pour Iris. C'est plausible. Je pourrais prétendre que j'espère faire mes preuves dans un nouvel emploi, comme femme de chambre. Je me ferai peut-être virer, mais je n'irai pas en prison. Tiens, passe-moi le sel.

Sadie secoua la tête.

– Arrête de faire comme si nous ne parlions pas d'une chose vraiment dangereuse, Pétra. Si la Fiole de Souci fonctionne comme tu le dis, tu crois peut-être que si on t'attrape à jouer avec celle d'un puissant seigneur, cela ne soulèvera pas quelques soupçons ?

Pétra haussa les épaules.

– À priori, tout le monde croit que les Fioles de Souci

239

sont parfaitement sûres. Et les hauts gradés ne s'attendent pas à ce qu'une roturière comme moi sache que le flacon est autre chose qu'un vase décoratif. Si on me trouve une fiole à la main, je n'aurai qu'à dire que je fais la poussière.

– De toute manière tu le feras, que je t'aide ou non, n'est-ce pas ?

– Oui. Mais ce sera beaucoup plus long sans toi. Il faudrait que je fouille des dizaines de chambres. Bien sûr, je risque plus de me faire prendre ainsi. Mais que puis-je faire d'autre ?

Cela fonctionna.

Quelques jours plus tard, alors qu'elles étaient blotties sous leurs couvertures de laine dans le noir, Sadie lui parla à voix basse.

– Essaie les appartements privés du capitaine des gardes. Quatrième étage, angle nord-ouest. La poignée de porte est en forme de tête de sanglier. Mais en général, c'est fermé à clé. Je ne vois pas comment tu pourrais entrer. Et je ne peux pas t'aider pour ça.

– La fiole est violet foncé ?

Sadie marqua un silence avant de répondre.

– Elle est noire.

– La poudre de béryl ne fait absolument rien !

Iris pressa son front contre son poing.

– La teinture est toujours jaune.

Le jour de la fête d'anniversaire approchait à grands pas, et plus elles travaillaient à la production d'une nouvelle couleur primaire, plus Iris paniquait.

240

– Elle n'est pas si jaune que ça, dit Pétra pour tenter de la réconforter.

– Je pourrais remplir mon pot de chambre avec cette teinture !

Je crois que vous vous y prenez mal, commenta Astrophile. *Vous mélangez sans cesse des substances dans l'espoir de produire une couleur, qui justement ne peut pas s'obtenir en mêlant d'autres couleurs. Ne crois-tu pas que vous devriez chercher une substance capable de produire une couleur ?*

Pétra répéta la suggestion d'Astrophile comme si c'était son idée.

Iris y réfléchit, puis murmura :

– L'arc-en-ciel.

– Quoi ?

– Un arc-en-ciel est un phénomène qui nous montre beaucoup de couleurs.

– Oui, mais nous les connaissons déjà. Il n'y a rien de nouveau là-dedans.

– Mais parfois, les pierres semblent receler des arcs-en-ciel. Comme le diamant, par exemple. Un diamant est transparent, mais en le regardant de près on y voit des éclairs d'arc-en-ciel : rouge, orange, jaune, vert, bleu, violet. Et s'il y avait une couleur que nous n'avons jamais remarquée, cachée parmi les autres ?

– Vous voulez fabriquer une teinture avec des diamants ?

Pétra était dubitative.

– Ne sois pas idiote ! Les diamants sont trop durs. On ne peut ni les broyer ni les faire fondre facilement. Peut-être une pierre de lune.

Pétra alla chercher une poignée de joyaux clairs et translucides et entreprit de les faire fondre dans un creuset posé sur une flamme verte alimentée à l'huile de colza. Les pierres de lune formèrent une flaque de gel bleuâtre.

Essaie avec une opale, suggéra Astrophile.

Ces pierres d'un blanc laiteux traversées d'étincelles de couleurs variées avaient la réputation de porter malheur. Mais Pétra n'était pas du genre superstitieux, aussi fit-elle un essai avec une opale.

Celle-ci forma un liquide brun et miroitant.

Iris y jeta un œil et fondit en larmes.

– Rien ne marche jamais pour moi !

La vieille femme se mit à s'enfoncer dans le sol et des trous apparurent dans ses vêtements, de plus en plus gros.

Cours, Pétra ! lui ordonna Astrophile d'une voix paniquée.

Mais Pétra avait remarqué qu'une des larmes d'Iris était tombée dans le récipient. Lorsque la larme acide pénétra dans l'opale fondue, la couleur du liquide se transforma. Pétra n'avait jamais rien vu de tel.

– Iris ! cria-t-elle tout en jetant des regards rapides vers le sol, qui se creusait de plus en plus et l'entraînait vers la femme blanche et presque nue.

– Iris ! Regardez dans le creuset !

Au grand soulagement de Pétra, c'est ce qu'elle fit. Ses larmes se tarirent. Ses vêtements pendaient en lambeaux. Le sol sous ses pieds formait une dépression, mais qui avait cessé de se creuser et de s'étendre.

– Le voilà ! souffla Iris. Le rodolphinium.

Pétra, vous l'imaginez bien, n'était pas enchantée par le nom qu'avait trouvé Iris pour la nouvelle couleur primaire. Elle s'efforça de masquer son dégoût, mais elle n'avait pas de souci à se faire. De toute manière, sa maîtresse ne risquait pas de remarquer son expression : elle était trop captivée par la nouvelle couleur dans le récipient.

Les couleurs ont tendance à susciter des émotions dans nos cœurs. Le bleu semble paisible mais traître. Le rouge attise la passion. Le jaune produit une sensation d'énergie et d'impatience. Quant au rodolphinium, la meilleure description qu'on puisse en faire, c'est qu'en regardant dans le creuset, Pétra ressentit un léger vertige.

Iris était en joie, au point qu'elle lui dit de prendre le reste de la journée.

– Allez ouste ! Débarrasse le plancher !

Réfléchissant à un moyen de profiter de sa bonne humeur, Pétra lui demanda si elle pouvait emporter une bouteille d'encre de Chine.

– Je veux noter dans mon journal tout ce qui s'est passé aujourd'hui.

– Bien sûr que tu peux ! Bonne idée ! Oui, oui, prends de l'encre. Du moment que tu ne pars pas avec des opales !

Iris rayonnait de bonheur.

Mais Pétra prit plus qu'une bouteille d'encre. On pourrait dire que sa maîtresse l'avait un peu trop bien initiée.

243

Elle savait exactement ce qu'il lui fallait. Pendant qu'Iris avait les yeux plongés dans le rodolphinium, elle prit les articles suivants, en plus de l'encre de Chine : des algues bleues en poudre, du vinaigre d'oseille, un flacon vide, des pincettes en fer, et son laissez-passer pour le troisième étage.

19

Les secrets du capitaine

Les deux gardes du quatrième étage regardèrent longuement le papier. Ils regardèrent longuement les pincettes qui le tenaient. Enfin, ils regardèrent longuement la fille qui tenait les pincettes.

– Hein ? fit l'un d'eux en se grattant le nez.

– C'est mon laissez-passer.

– Bon, donne, alors.

– D'accord. Mais je vous conseille de prendre les pincettes aussi.

Les deux hommes se regardèrent nerveusement. Qui donc était cette petite effrontée de bas étage ? Pourquoi tenait-elle son laissez-passer avec des pincettes, comme s'il était empoisonné ? Était-ce une folle, une expérience de l'aile des Savants qui aurait mal tourné ?

– Et pourquoi donc faudrait-il des pincettes ?

– Ma maîtresse est la comtesse Irenka December. C'est elle qui l'a rédigé.

Le visage du premier homme se crispa de perplexité,

mais le second lui chuchota quelque chose à l'oreille. Le premier fit la grimace.

– Bon. Passe les pincettes, alors.

Comme la fille tentait de les lui passer, le papier plié glissa au sol.

– C'est pas vrai ! gronda l'autre. Donne !

Il lui prit les pincettes, se baissa et s'efforça (sans succès) de ramasser le laissez-passer. Son collègue eut un sourire moqueur.

– Voilà !

Au quatrième ou cinquième essai, le garde brandit triomphalement le papier froissé, bien serré entre les pincettes. L'autre applaudit lentement, ironiquement.

Le garde qui avait la lettre cessa de sourire.

– Euh... comment on l'ouvre ?

L'un des deux tint la lettre avec les pincettes pendant que l'autre essayait de la déplier avec son couteau de poche, qu'il laissa tomber par terre. Comme ils juraient copieusement et bruyamment, ni l'un ni l'autre ne remarqua une silhouette sombre qui se faufilait et fonçait au bout du couloir se cacher derrière un énorme rideau. Les deux gardes continuèrent à s'escrimer sur le laissez-passer, de plus en plus énervés.

– Passe-moi les pincettes.

– Et pourquoi ? Pour que tu laisses encore tomber le papier ? Rends-moi mon couteau !

– C'est à moi que la fille a donné les pincettes, non ?

– C'est ça. Et elle est experte pour juger du caractère des gens. Propose son nom pour la Patte de Lion, pendant que tu y es.

Finalement, l'un d'entre eux réussit à ouvrir le mot en tenant un coin sous sa botte et en glissant les pincettes dans le pli de manière à déplier la première épaisseur. Il saisit le laissez-passer et le tint en l'air, à bonne distance de son visage. « Autorisation quatrième étage », lut-il, ceci suivi d'un post-scriptum précisant que l'assistante pouvait sortir des livres de la bibliothèque. C'était signé de la main d'Irenka December, sixième comtesse de Krumlov, et la lettre portait un sceau représentant une hermine blanche. Le garde poussa un profond soupir, et son souffle souleva le papier.

– Bon, vas-y.

Il tendit les pincettes et la lettre à la fille, qui les prit avec solennité. Elle s'engagea dans le couloir.

Pétra était très contente d'elle-même. Elle avait grandi dans un village peuplé d'adultes affairés et d'un maître d'école prolixe, ce qui lui avait donné de nombreuses occasions de s'entraîner à imiter l'écriture des autres. Mais son travail pour Iris lui avait permis de franchir un nouveau palier dans l'art du faux en écriture. Elle avait appris que le vinaigre d'oseille, mélangé avec du sel, pouvait effacer la plus noire des encres. Pour obtenir le laissez-passer qu'il lui fallait, Pétra n'avait eu qu'à appliquer de la mixture vinaigrée sur le mot « troisième » et écrire « quatrième » à la place. Le seul problème était que le vinaigre d'oseille décolore le papier en même temps qu'il fait disparaître l'encre, si bien qu'un regard attentif discerne facilement la falsification. Mais en se rappelant la réticence de sir Humfrey Vitek à toucher du papier manipulé par Iris, elle avait élaboré un plan pour franchir le barrage des gardes du quatrième étage, tout en les distrayant suffisamment pour que Neel puisse également se glisser dans la brèche.

Pétra s'engagea dans le couloir qui menait vers le nord. Ses pas résonnaient sur le sol de marbre veiné gris. Elle s'efforça de rester concentrée, même si la splendeur qui l'entourait – armures anciennes, vases chinois à large panse posés sur de jolies tables – dispersait son attention. Elle avait aussi du mal à ignorer Neel qui la suivait dans le couloir en plongeant de rideau en rideau. Ils avaient décidé de s'introduire dans la chambre du capitaine à l'heure du dîner, où il y avait des chances pour qu'il soit loin et que peu de gens passent dans les couloirs.

– Et ton boulot ? avait-elle demandé à Neel.

– *Pffft*, avait-il fait pour toute réponse. Je m'échappe tout le temps. C'est aussi facile que de respirer.

Un valet croisa Pétra dans le couloir et lui lança un regard soupçonneux. Neel resta derrière son rideau. Le domestique haussa les épaules et passa son chemin. À part cela, les couloirs s'étendaient devant eux, vides, dans leur progression vers l'ouest.

Une fois arrivés aux appartements de l'angle nord-ouest, ils repérèrent une chambre dont le bouton de porte était une tête de sanglier arborant un rictus menaçant. Neel colla un œil contre le trou de la serrure en fermant l'autre. Puis il sortit un petit verre de sa poche et en appliqua le bord contre la porte, le fond étant pressé contre son oreille. Il eut un bref mouvement du menton et passa les doigts sur la porte. Ils entendirent un *clic*.

Vérifiant qu'il n'y avait personne dans le couloir, Pétra entra discrètement derrière Neel. Elle retint sa respiration, espérant que le capitaine des gardes s'empiffrait joyeusement quelque part très loin de là.

Ils refermèrent doucement la porte. Le logement du capitaine comprenait plusieurs pièces. Ils avaient pénétré dans un petit salon désert. Une porte menant à la chambre s'ouvrait à l'autre bout.

– Sadie t'a dit où il la rangeait ? chuchota Neel.

– À côté de son lit.

– Pas très sûr, comme endroit, pour garder tous ses secrets.

– Personne n'est au courant qu'on peut extraire les secrets d'une Fiole de Souci. Tout le monde les croit fiables. Et tu n'as pas intérêt à aller raconter que c'est faux.

Neel déverrouilla la porte de la chambre.

– Pense à toutes les couronnes qu'on pourrait gagner en faisant du chantage... dit-il en écarquillant les yeux.

– Pas maintenant !

Elle ouvrit la porte. Et là, sur la table de chevet, il y avait une fiole noire et ventrue. Pétra tira de sa poche une petite flasque pleine d'eau. Elle déboucha la Fiole de Souci et y versa le liquide clair.

– Combien de temps à attendre ? demanda Neel en ramassant une pile de pièces sur la commode.

249

– *Neel !* siffla-t-elle entre ses dents. Repose ça.

– Et pourquoi ? Moi aussi je veux tirer quelque chose de cette histoire.

– Mais le capitaine va remarquer que l'argent manque.

– Et alors ? Il pensera qu'un des domestiques l'a pris.

– Exactement. Un des domestiques. Ça ne te fait rien qu'un domestique ait des ennuis ?

– Bah, non, pas vraiment.

– Même si c'est ta sœur qui fait le ménage dans cette chambre ?

– Ah oui, c'est vrai. (Il soupira et reposa l'argent sur la commode.) Je ne comprends pas pourquoi elle ne l'a pas pris elle-même.

– Tu n'as qu'à voler une chose dont le capitaine ne remarquera pas l'absence avant un moment, d'accord ?

Neel entreprit d'inspecter la chambre, ouvrant les tiroirs et regardant dans les coffres.

– Sans vouloir me répéter, tu en as pour combien de temps ?

– Aucune idée.

Pétra appliqua sa paume contre le goulot de la Fiole de Souci et la secoua, dans l'espoir d'accélérer le processus.

– C'est pas qu'on ait le temps de prendre le thé avec des petits gâteaux.

– Je suis d'accord, intervint Astrophile à voix haute. Pétra, nous devrions sortir d'ici le plus vite possible.

– Tu vois ? L'araignée pense comme moi.

250

– Bon, d'accord !

Elle reversa l'eau traitée dans la flasque d'où elle venait. Elle eut la joie de constater que le liquide était très sombre : pas tout à fait noir, mais il faudrait s'en contenter. La Fiole de Souci avait à présent une couleur grisâtre. Pétra sortit de sa poche le flacon d'encre de chine, qu'elle avait mélangée avec les algues plus tôt dans la journée afin que l'encre colle au verre. Elle versa le liquide noir dans le flacon. Comme elle ne tenait pas à se promener dans le château avec une main tachée, elle se baissa et souleva son jupon. Elle appuya le tissu beige contre le goulot de la fiole, qu'elle secoua afin que l'encre aille napper tout l'intérieur. Laissant retomber son jupon maculé, elle reversa le reste de l'encre dans son flacon d'origine. Elle reboucha la Fiole de Souci. Celle-ci avait retrouvé l'aspect exact qui était le sien lorsqu'ils avaient pénétré dans la pièce.

Ils sortirent en hâte des appartements du capitaine. Neel referma à clé en partant. Pétra attendit qu'ils soient en sécurité au sous-sol du château pour lui tendre le flacon d'eau sombre et lui demander :

– Alors, qu'est-ce que tu as volé ?

– Un cache-sexe en argent. Il en a des flopées. (Il surprit le regard consterné de Pétra.) Ce n'est pas pour le *garder* ! Je vais le vendre. On en tire un bon prix sur le marché. Ça donne tout de suite un petit air viril.

Mais Pétra avait des doutes.

Ils convinrent d'écouter les soucis du capitaine lors de leur prochain jour de congé, dans les bois, près du camp

251

des Lovari. Pétra eut du mal à s'y résoudre tant elle était impatiente d'entendre le contenu de la Fiole de Souci, que Neel avait mis à sécher dans la roulotte de sa famille.

– Le jardin a l'air d'être un lieu sûr, argua-t-elle. Pourquoi ne pas faire ça là ?

Mais Neel n'était pas à l'aise avec cette idée. Il lui raconta qu'il était retourné à la ménagerie depuis qu'ils l'avaient visitée ensemble, et avait senti que quelque chose n'allait pas.

– L'éléphant beuglait comme si le monde allait s'écrouler. Il m'a regardé droit dans les yeux en agitant les oreilles. Alors j'ai commencé à reculer. Et là, je te jure qu'il m'a fait un signe de tête, comme s'il me disait « sors d'ici », et j'ai fini par saisir le message.

Pétra le taquina d'avoir pris tellement au sérieux les états d'âme d'un éléphant, mais Neel refusa catégoriquement qu'ils retournent au jardin.

Au camp, les petits enfants se jetèrent sur Pétra en tirant sur ses jupons pour attirer son attention. Neel embrassa sa mère tout en glissant de l'argent dans la poche de sa jupe. Puis il fonça à la roulotte familiale pour aller chercher le flacon.

Ethelenda était là, et elle présenta Pétra à une vieille femme nommée Drabardi, qui paraissait étonnamment en forme pour son âge. Elle dit quelque chose à Pétra, qu'Ethelenda lui traduisit.

– Elle te propose de lire ton avenir.

Pétra se sentit gênée. Une fois de plus, elle se félicita d'avoir apparemment hérité du don de son père plutôt que de celui de sa mère. La magie de l'esprit était celle qu'elle appréciait le moins. Bien que sa mère ait su lire l'avenir – ou peut-être justement à cause de cela –, l'idée même de pratiques magiques comme la Double Vue, les activités des divinateurs ou la lecture dans les pensées lui donnait l'impression de peser sur elle, comme la fois où elle avait été malade et où Dita avait empilé les couvertures sur son corps jusqu'à ce qu'elle ne puisse plus bouger. Elle n'avait pu que rester couchée là, à haleter et à suer. Elle se creusa la cervelle pour trouver un moyen poli de décliner l'offre de Drabardi. La femme était peut-être un charlatan, mais même dans le cas contraire, Pétra ne voulait pas entendre ce qu'elle avait à dire. Pour autant qu'elle le sût, connaître l'avenir n'avait jamais fait de bien à quiconque.

Drabardi s'esclaffa et prononça quelques mots.

– Elle dit que tu as sans doute raison, lui traduisit Ethelenda d'un air perplexe.

C'est avec soulagement que Pétra vit Neel sortir de la roulotte et lui faire signe de le suivre. Ils s'éloignèrent parmi les pins et les fins bouleaux, qui se défaisaient en tremblant de leurs feuilles pâles.

Lorsqu'ils furent arrivés à bonne distance du campement, Neel sortit la flasque que lui avait confiée Pétra. Il n'y restait plus de liquide, rien que de la poussière. Pétra la versa dans sa paume et la remua du bout du doigt.

Tel un fantôme, une voix désincarnée se mit à parler. Le timbre du capitaine des gardes était grave et rauque.

« Et nous les avons menés aux oubliettes et nous avons commencé par les affamer... Ensuite, nous... »

La voix poursuivit en bourdonnant, racontant à Pétra et à Neel des horreurs : torture, meurtres, fosses communes, membres manquants. Pétra n'avait qu'une envie, secouer la poussière noire de sa main et tout nettoyer. Une nausée et une sensation de désespoir s'amoncelaient au fond de sa gorge. Ses yeux étaient piquants de larmes qui ne coulaient pas, et elle avait envie d'arrêter la voix. Mais elle ne bougea pas la main.

« ... *jusqu'à ce qu'ils arrêtent. Demain soir nous arrêterons l'horloger. Fiala Broshek lui retirera ses yeux et leur jettera un sort. Elle dit que le prince les veut pour sa collection, pour les enfermer dans son Cabinet des Merveilles...* »

Pétra lança violemment la poussière au sol. Elle se mit à la couvrir de terre. Neel la regarda faire, le visage indéchiffrable. Elle n'essaya pas de deviner ses pensées. Elle n'en avait pas envie. Une fois qu'elle eut amassé un petit monticule par-dessus la poussière, elle se frotta les mains avec de la terre. Elle resta assise sur place, encore secouée.

Neel se leva le premier. Il se détourna, fit quelques pas, puis s'arrêta. Il cracha. Puis il reprit sa marche.

Pétra le suivit, mais à distance. Elle le laissa disparaître entre les arbres devant elle. Sans prononcer un mot, ils avaient compris que chacun souhaitait être seul.

Pétra...

Elle ne dit rien à l'araignée. Elle ne voulait plus écouter aucune voix.

Tu ne peux rien changer à ce qui est arrivé. Mais à présent tu sais où sont les yeux de maître Kronos. Et ça, tu peux en faire quelque chose.

Pétra ignorait ce qu'elle aurait répondu à cela si elle s'était exprimée. Un bruit de feuilles froissées interrompit ce monologue. Elle fit volte-face.

– Tiens tiens, *gadji*, qu'est-ce qui te ramène par chez nous ?

C'était Emil. Il avait l'air à son aise, tenant d'un bras une paire de lapins sur son épaule, l'autre bras ballant.

– Vous parlez le tchèque, dit-elle, sur ses gardes.

– C'est vrai. Je le comprends aussi. Et d'après ce que je comprends, ce que tu viens de planter là-bas (il désigna du menton les arbres qui marquaient la tombe des secrets du capitaine), c'est une maladie. En ce moment même, les fourmis dans ce coin creusent des galeries pour s'en éloigner. Pas une herbe n'y repoussera. Et ce que je me demande, c'est qui est cette fille qui apporte son poison chez les miens et l'enfouit dans notre terre.

– Cette terre ne vous appartient pas, dit Pétra.

– Aucune importance.

Pétra commençait à se détourner lorsque Emil lui saisit le poignet de sa main libre. Les lapins pendaient toujours nonchalamment à son épaule. Hormis le fait que la main de Pétra était emprisonnée comme dans un étau, un témoin de la scène aurait cru Emil absolument détendu.

– Ce qui importe pour moi, dit-il, c'est Neel. Et sa mère. Et sa sœur. Alors je ne suis peut-être qu'un gitan ignorant (il sourit, et ses dents brillèrent comme une lame contre la noirceur de sa barbe), mais je crois que tu as invité Neel à jouer avec ton poison. Tu l'entraînes dans quelque chose. Je ne sais pas ce que c'est, mais ça ne me plaît pas.

Elle se tortilla sous son étreinte et sentit son poignet la brûler.

– Neel fait ce qu'il veut.

– Neel est un enfant ! Toi aussi, tu es une enfant. (Il la secoua.) Ce qui est drôle, c'est que même les enfants peuvent faire le mal.

– Je ne vais faire de mal à personne !

Mais ce qu'elle fit ensuite n'aida sans doute pas Emil à croire très fort à ce qu'elle venait de dire. Elle lui donna un grand coup de pied dans le tibia. Hoquetant de douleur, il relâcha sa prise et elle se libéra. Il avança sur elle en titubant. Elle ramassa une poignée de terre et la lui jeta dans les yeux. Elle partit en courant en le plantant là, boitant, jurant et se frottant la figure.

Elle quitta les Lovari presque immédiatement, dès qu'elle eut rejoint le campement. Elle ne révéla rien à Neel de sa rencontre avec Emil, mais elle ne voulait pas être là lorsque l'homme reviendrait. Puisque Neel devait dormir avec les Lovari et qu'elle devait rentrer au château à pied, elle déclara qu'elle voulait partir avant la tombée de la nuit.

Neel acquiesça.

– Sois aux écuries le matin de la fête, dit-il. Il faut élaborer un plan.

Mais en gravissant la colline, Pétra décida de ne pas retrouver Neel le jour de l'anniversaire. Elle chercherait le Cabinet des Merveilles toute seule. Pas parce que Emil lui avait fait peur, non. Mais parce qu'il avait raison.

20

L'anniversaire du prince

C'est le cœur battant que Pétra vit arriver Halloween. Ce jour-là, elle eut du mal à se concentrer à la teinturerie, où Iris et elle concoctaient des teintures comestibles pour permettre aux cuisiniers d'égayer les desserts du festin. Iris n'était pas enchantée de faire quoi que ce fût qui puisse mettre en valeur les efforts de dame Hild. Mais dans l'ensemble elle était gaie, car elle avait personnellement remis au prince son habit couleur rodolphinium quelques jours plus tôt, et n'en avait reçu que des louanges. Si bien que lorsque Pétra obtint une teinture d'un vert maladif au lieu de rose pivoine, Iris se contenta de pouffer de rire.

– Tu es surexcitée, n'est-ce pas, ma pauvre bichette ? Comme la moitié du château ! Les festivités ont déjà commencé, pendant que nous sommes là dans mon laboratoire. Et je suis prête à parier que tu n'as jamais vu un feu d'artifice, pas vrai ?

– Qu'est-ce que c'est, un feu d'artifice, Iris ?

– Oh, tu verras bien.

Pas un seul des domestiques ne serait libéré de ses tâches avant le soir. Toute la journée, le prince Rodolphe et ses invités seraient au jardin, baignés par sa chaleur artificielle parmi les fleurs colorées. Ils y seraient divertis par des pièces de théâtre, des numéros d'acrobates (Pétra avait entendu dire qu'on avait fixé un câble à cinquante pieds du sol) et des intermèdes musicaux. Puis ils seraient conviés à un dîner de gala de quatorze plats. Après le dessert, à minuit, les nobles retourneraient au jardin assister à ce spectacle qu'ils appelaient un feu d'artifice. Les domestiques étaient autorisés à contempler la procession des nobles et le feu d'artifice depuis la cour d'honneur. Lorsque la noblesse rentrerait au château pour un bal masqué qui devait durer jusqu'à l'aube, le personnel se régalerait d'un délicieux repas de cochon grillé, accompagné de plusieurs tonneaux de bière. C'était pendant le bal masqué et le dîner des domestiques que Pétra espérait trouver le Cabinet des Merveilles du prince.

Iris préférait travailler plutôt qu'assister aux festivités du jardin. Mais elle se joindrait aux courtisans plus tard pour le dîner, la procession et le bal.

– Ne craignez-vous pas d'avoir une attaque acide ? lui demanda Pétra.

– Je pense que je serai trop heureuse pour que cela m'arrive. Sauf, bien sûr, dit-elle en se renfrognant, si je suis placée à côté de casse-pieds au dîner. Ce qui est fort probable, vu qu'ils ne manquent pas à la cour. Et je suis assurée que personne ne m'invitera à danser. Je suis condamnée à boire du punch dans un coin en espérant qu'un jeune seigneur écervelé déclenchera une bagarre. Au moins cela m'empêcherait de devenir folle d'ennui. Mais allez, il n'y a rien à y faire. (Puis son visage s'éclaira.) J'ai reçu l'ordre d'être présente, poursuivit-elle fièrement. Le prince Rodolphe souhaite tout particulièrement que je voie les réactions à son nouvel habit.

Pétra ressentit une pique de culpabilité en pensant qu'elle n'était pas allée retrouver Neel ce matin-là, mais elle se dit qu'elle se sentirait encore plus mal si, à cause d'elle, il devait aller rejoindre les secrets chuchotés par le capitaine des gardes dans sa Fiole de Souci. Lorsque vint l'heure pour les serviteurs de se rassembler dans la cour, Pétra évita Sadie, de peur que Neel ne soit présent dans l'océan de silhouettes en bleu-gris et qu'il ne se mette à la recherche de sa sœur et d'elle-même. Elle choisit plutôt de se tenir près de Susana, tellement surexcitée qu'elle en était toute pâle et que ses taches de rousseur ressortaient comme des étoiles brunes. Pétra se laissa cerner avec elle par les domestiques plus âgés, plus grands, qui leur bouchaient la vue mais les cachaient aussi à la vue des autres.

La cour d'honneur était illuminée par des torches. La procession commença par les jeunes enfants des proches du prince. Costumés en fées avec des ailes de tulle, ils s'avancèrent d'un pas solennel. Pétra trouva que leur calme manquait de naturel. Si on avait affublé les petits villageois d'Okno de costumes de fées et si on leur avait demandé de parader dans la ville, ils n'auraient fait que des bêtises. Mais ces enfants-là, qui avaient l'âge de David et même moins, marchaient comme s'ils se rendaient à un enterrement dans des vêtements mal choisis. Ils avaient dû être menacés de fessées s'ils osaient mettre leurs parents dans l'embarras devant toute la cour.

– Oooh, souffla Susana. Regarde !

Les courtisans sortirent du château et se dirigèrent en procession vers le jardin, où ils attendirent près de la porte. Ils étincelaient sous les étoffes colorées et les bijoux, leurs visages cachés derrière des masques. Beaucoup de nobles étaient déguisés en personnages de contes de fées. Pétra repéra Iris costumée en Reine des Neiges, et regarda passer d'un pas glissant Rusalka, la fille du lutin des eaux. Il y avait Finist le Faucon, un homme-oiseau qui avait ravi le cœur d'une fille humaine. Puis s'avança Koshei le Non-Mort : vicieux, immortel, cavalier des chevaux sauvages.

Une fois que le dernier des courtisans eut pris place à l'autre bout de la cour, les trompettes résonnèrent. Le prince Rodolphe fit son apparition.

Pétra devait une couronne à Neel. Le prince n'était pas masqué. Il n'était costumé en rien hormis lui-même, mais cela suffisait. Sa peau était lisse et pâle, ses traits d'une précision séduisante. Ses lèvres étaient étonnamment pleines et apparemment douces, comme celles des anges de pierre que Pétra avait vus dans Mala Strana. Il était svelte et marchait avec hauteur. Son habit était de simple soie, sans un pli, ni une fronce, ni une fioriture. Mais sa couleur projeta une vague d'émerveillement déférent parmi les serviteurs.

Pétra s'était préparée aux effets du rodolphinium.

Mais il y a une différence entre voir la couleur dans un petit récipient et la contempler étalée sur des mètres de tissu ondoyant. Pour la première fois de sa vie, elle se dit qu'elle risquait de s'évanouir. Elle n'était pas la seule dans ce cas. Plusieurs domestiques se pâmèrent, y compris Susana. Occupée à soutenir la jeune fille et à lui tapoter la joue, Pétra ne vit pas la progression du prince Rodolphe vers le bout de la cour. Elle releva les yeux lorsqu'il commença à s'adresser à la foule.

– Mon peuple, clama-t-il. Je vous remercie de partager avec moi le premier jour d'une nouvelle année. Je suis certain que, grâce à votre amour et à votre soutien, ma vingtième année sera la plus heureuse que j'aie jamais vécue.

Le public applaudit. Le regard du prince Rodolphe balaya les nobles et les domestiques. Comme il se tournait vers le coin où se trouvait Pétra, celle-ci sursauta, si bien qu'elle faillit lâcher Susana. Les yeux qui étaient sur le point de se fixer sur son visage étaient argentés. Et ce n'étaient pas les siens.

Baisse la tête ! lui ordonna Astrophile.

Pétra se hâta d'obéir, tout en espérant que le prince ne l'avait pas remarquée.

Vain espoir. Il observa brièvement le visage baissé de la servante, dont les traits n'étaient pour lui qu'une tache floue. Sa manière de regarder si résolument le sol lui plaisait. Il ne supportait pas qu'un domestique soutienne son regard. Mais il ne tarda pas à comprendre que sa satisfaction avait une autre origine, qu'il n'identifia pas tout de suite. Inclinant la tête de côté comme pour écouter une mélodie lointaine, il s'avisa progressivement que la sensation qui l'échauffait à la vue de la fille n'était pas sans rapport avec les yeux du maître horloger. Ils ne se trompaient jamais. Chaque fois qu'il les portait, son jugement sur ce qui était bon et beau était aussi exact qu'une flèche parfaitement tirée. Cette fille très ordinaire devait avoir quelque chose d'extraordinaire, bien qu'il ne sût dire quoi ni pourquoi.

Mais ce n'était pas le moment d'y réfléchir. C'était le moment de célébrer sa fortune et sa vie.

Pétra ne releva pas les yeux avant d'avoir entendu la porte de fer se refermer sur le prince et sa cour. Eux seuls étaient autorisés à assister au feu d'artifice depuis le jardin luxuriant.

Susana revint à elle et parla d'une voix faible.

– C'était ravissant. Mais c'était affreux aussi, n'est-ce pas ?

Pétra n'eut pas le temps de lui répondre, car une boule de feu fusa soudain dans le ciel et explosa en un millier d'étoiles rouges. La foule eut un sursaut collectif et Astrophile trembla sur son oreille. Susana tourna les talons et courut au château, terrifiée. Des volées de feu éclataient dans le ciel au-dessus du jardin et retombaient en pluie sur les murailles tel un torrent de joyaux. Pétra contempla le ciel avec plaisir, tandis que le tonnerre des explosions résonnait dans son corps comme un second battement de cœur. Certaines fusées déversaient leurs couleurs en pluie drue, tandis que d'autres s'épanouissaient comme des tournesols. La dernière dessina une salamandre orange, qui traversa tout le ciel avant de se dissoudre en brandons rougeoyants.

Un silence abasourdi s'ensuivit. Puis des clameurs de joie emplirent la cour.

Pétra était émerveillée. Elle ne pouvait imaginer comment on fabriquait les feux d'artifice.

Il a dû falloir une magie puissante, murmura Astrophile, encore un peu tremblante.

– Vous avez aimé ? fit la voix d'un homme.

Pétra répondit sans regarder qui avait parlé.

– Oh oui. C'était incroyable. C'était... oui. Vraiment.

– Ah, fort bien. Provoquer une réaction aussi incohérente est déjà un réel succès pour mon travail.

Comme arrachée à un rêve, Pétra fronça les sourcils. Elle fit volte-face.

Là, debout devant elle en longue robe de velours vert, sans masque, se tenait l'homme de la bibliothèque, maître John Dee.

– C'est moi qui ai conçu le feu d'artifice, voyez-vous.

– Vous êtes magicien, devina-t-elle avec méfiance.

– Moi ? (Il s'esclaffa, mais son regard n'en était pas moins tranchant.) Je suis un savant.

– Alors le feu d'artifice n'est pas une œuvre de magie.

– Non. Il est issu d'un mélange assez complexe de poudre à canon et de minéraux. Je pourrais vous dire lesquels, mais je crains que cela ne nous entraîne dans une conversation sur laquelle vous auriez bien trop à dire. Et nous avons des sujets plus intéressants à traiter. N'est-ce pas, Pétra Kronos ?

21

Le magicien qui n'en était pas un

Maître Dee était debout à côté de la porte ouverte de ses appartements, les mains dissimulées dans son habit.

– Entrez donc, ma chère.

Sa voix était courtoise, mais Pétra était servante depuis assez longtemps pour reconnaître un ordre quand elle en entendait un.

Elle pénétra dans la pièce, éclairée en vert par une unique lampe à colza. Astrophile était parfaitement silencieuse et immobile. Pétra eut l'impression qu'elle n'osait pas lui parler en présence de John Dee. Elle aussi était désarçonnée par le fait que cet inconnu connût son nom, l'eût repérée parmi des centaines de domestiques, et l'eût entraînée par-delà le barrage des gardes, jusqu'au quatrième étage.

Il se déplaça dans l'ombre. Il alluma plusieurs chandelles à côté de deux fauteuils de velours.

– Voulez-vous bien vous asseoir ?

Pétra prit un siège. Lui aussi. Ses robes se fondirent dans le fauteuil. Pétra ne distinguait pas où s'arrêtait le siège et où commençait l'homme. Il attendit qu'elle prenne la parole.

Elle promena son regard dans la pièce. John Dee était amateur de jeux. Il y avait un échiquier, une boîte ouverte garnie de feutre rouge, deux jeux de dés et un curieux plateau couvert de disques blancs et noirs. Le seul jeu auquel elle sût jouer passablement était les cartes, et encore, Tomik la battait fréquemment. Malgré tout, elle décida de tenter un bluff. D'une voix forte de toute l'assurance qu'elle ne ressentait pas, elle parla.

– Que me voulez-vous ? Je n'ai rien fait de mal.

Elle ne savait pas bien à quel effet s'attendre, mais pas à de l'amusement. Comme Dee éclatait de rire, Pétra soupçonna qu'il l'avait vue observer ses jeux (et d'ailleurs, peut-être les avait-il disposés délibérément) et qu'il avait mis au jour sa faible tentative de stratégie. Il était même possible, se dit-elle avec une frayeur croissante, qu'il sût lire dans les pensées. Repensant au silence d'Astrophile, elle comprit que l'araignée avait eu la même idée.

– Ma chère, dit-il, la question que vous devriez me poser est la suivante : « Voulons-nous la même chose ? »

Pétra croisa les bras.

– Très bien. Alors ?

– Regardez dans la boîte sur mon écritoire.

– Quelle boîte ?

Car il y en avait plusieurs, de toutes les tailles et faites de toutes sortes de bois. L'homme était visiblement fasciné par les boîtes... ou du moins voulait-il en convaincre quiconque pénétrait dans la pièce.

– La longue et plate en acajou.

Pétra s'immobilisa.

– L'acajou est un bois rouge, que l'on récolte dans une contrée tropicale où tout pousse par deux, comme les jumeaux, lui expliqua-t-il.

Pétra lui jeta un regard de travers. Savait-il qu'elle était née jumelle ? Elle s'approcha de l'écritoire en prenant soin de ne jamais lui tourner le dos. Elle choisit la boîte et l'ouvrit. À l'intérieur se trouvait une petite peinture à l'huile représentant une femme aux cheveux roux, relevés sur sa tête en boucles compliquées. Elle portait une longue robe jaune incrustée de joyaux. Mais à y regarder de plus près, Pétra vit que ce n'étaient pas des pierres précieuses mais des dizaines d'yeux et d'oreilles. Elle referma brutalement le couvercle.

– C'est la souveraine de mon pays, dit Dee. Je suis les yeux et les oreilles les plus précieux de Sa Majesté. Je présume que l'on peut me qualifier d'« espion », bien qu'à mon avis le terme ne rende pas justice à mes talents. Votre prince pense peut-être que je ne suis ici que pour une simple visite diplomatique, pour l'amuser de mes feux d'artifice et de mes descriptions de lieux qu'il n'a jamais visités. J'espère toutefois qu'il n'en croit rien, car cela contredirait l'intelligence que je lui prête.

– Je ne vois pas le rapport entre moi et tout ce dont vous parlez. Je ne suis qu'une servante.

– Si vous êtes servante, alors vous obéirez à mes ordres. Vous m'obéirez lorsque je vous demanderai de ne pas faire l'ignorante. Ce n'est qu'un gaspillage de mon temps et du vôtre.

Pétra garda le silence.

– Jouons à un petit jeu. C'est un jeu de déduction. Si je sais qui vous êtes, n'est-il pas raisonnable de penser que j'en sais un peu plus sur vous ? Que peut bien faire Pétra Kronos, la fille de Mikal Kronos, à des lieues de chez elle, le paisible village d'Okno ?

– Comment savez-vous qui je suis ?

– J'ai mes méthodes. (L'expression frustrée de Pétra lui arracha un petit sourire.) Étant fille d'artisan, vous ne m'en voudrez pas de garder les secrets de mon métier, j'en suis sûr. Si vous souhaitez les connaître, eh bien il vous faudra venir travailler pour moi.

Pétra grogna d'indignation. Elle oublia tout de la nervosité qu'elle avait ressentie en entrant dans la pièce. Bizarrement, elle se sentait libérée par le fait que cet homme connût son identité. Quoi qu'elle dît, quoi qu'elle fît, son sort était à présent entre les mains de John Dee. Il ne lui restait qu'une chose à faire : le mépriser pour cela.

– Je souhaiterais partager *certaines* informations avec vous, poursuivit Dee. Je voudrais vous dire qu'il y a plus de choses en jeu que votre petit complot. L'Angleterre connaît l'existence de l'arme du prince. Je vous parle, bien sûr, de l'horloge construite par votre père. Nous savons que le prince ne comprend pas encore tout à fait comment l'utiliser. Mais ce n'est qu'une question de temps avant qu'il ne trouve, ou qu'il ne trouve une personne qui en soit capable. Il aurait mieux fait de garder votre père sous la main, derrière les barreaux, pour le consulter facilement. Mais le prince est jeune et il est fier de ses talents. Il souffre aussi d'un penchant fatal pour la beauté et pour ceux qui la produisent. À n'en pas douter, il a cru qu'en renvoyant votre père chez lui, il faisait honneur à ce dernier aussi bien qu'à sa propre capacité à maîtriser un jour ce que votre père avait créé. Mais si le prince renonçait à prouver qu'il est aussi doué que Mikal Kronos ? Il se pourrait qu'il ne tarde pas à reconnaître son erreur et à renvoyer à votre père une invitation au château. Mais sera-t-elle enveloppée d'étoffes soyeuses et de rubans, cette invitation ? Ou accompagnée d'une armure, d'épées et de lances ?

» Alors ? On reste muette, Pétra ? J'aurais cru ce sujet cher à votre cœur. Mais enfin, si vous ne trouvez pas que cela vaille la peine d'en parler, nous pouvons passer à autre chose. Je me pose une question : vous êtes-vous jamais demandé pourquoi le symbole de la famille royale de Bohême était une salamandre ?

Elle ne dit rien, mais le fusilla du regard.

– Les salamandres adorent le feu. Elles vivent dedans, elles le respirent, elles survivent malgré – ou peut-être grâce à – une chaleur qui nous tuerait, vous et moi. Le choix d'un symbole n'est jamais le fruit du hasard. Les princes de Bohême n'ont jamais reculé devant la discorde. Ils l'ont appelée de leurs vœux. Ils ont encouragé la rancœur entre les riches et les pauvres, pour diviser le peuple en classes qui se méprisent mutuellement. Ils ont poussé leur peuple au bord de la famine. Ils ont guerroyé. Le prince Rodolphe ne craint pas, dirons-nous, un peu de chaleur. Car c'est la chaleur qui lui donne son pouvoir.

» C'est une vision politique des choses. Il ne m'appartient pas de dire si c'est un bien ou un mal. C'est une stratégie, qui a sans nul doute réussi aux princes de Bohême. Toutefois, nous, les Anglais, sommes plutôt des animaux à sang froid. Notre climat est glacial. Il pleut suffisamment pour qu'on se sente toujours trempé. Notre saint patron est saint George, qui terrassa le dragon. Le symbole que nous nous sommes choisi décrit une bataille contre un monstre cracheur de feu. Il décrit la mort du feu.

» À l'évidence, la politique internationale vous intéresse très peu. Ces yeux... *inhabituels* qui sont les vôtres se détournent comme si vous assistiez à une leçon ennuyeuse à l'école. Vous ne voyez pas bien loin au-delà d'un horizon de collines jaunes et de vos petits soucis familiaux. Mais je peux vous assurer que l'Europe entière est en jeu. Et je vous forcerai à vous y intéresser.

» L'empereur est vieux et malade, et il a trop de fils, à qui il a donné trop de pouvoir. À sa mort, les princes de Habsbourg se contenteront-ils des petits pays qu'ils possèdent ? Reconnaîtront-ils comme empereur celui que leur père aura désigné ? Ou se feront-ils la guerre entre eux et entraîneront-ils toute l'Europe dans leur lutte pour l'empire des Habsbourg ? Je crois que nous connaissons tous deux la réponse à ces questions, et que nous la connaissons à cause de ce que le prince a commandé à

270

votre père. Il est clair que ses ambitions vont bien au-delà d'être simple prince de Bohême.

» L'Angleterre pourrait choisir de soutenir l'un des trois princes dès à présent, avant le déclenchement de la guerre. Et c'est en effet ce que Rodolphe espère de ma visite. Mais même choisir son camp n'assurerait pas la sécurité de mon pays. Sa Majesté préfère prolonger la neutralité de l'Angleterre. Elle préfère ne pas s'impliquer du tout dans ces problèmes propres à l'Europe centrale. Mais l'inaction soulève d'autres problèmes, surtout en regard des pouvoirs de l'horloge. S'il était capable de la faire fonctionner pour modifier le climat, Rodolphe n'aurait aucun mal à vaincre ses frères et à prendre le contrôle de l'Empire. Il lui suffirait d'assécher les terres de Hongrie et d'Allemagne à l'aide d'une forte sécheresse. Cela entraînerait une famine massive dans ces pays.

» Avec l'horloge, il lui serait tout aussi facile de forcer d'autres pays à faire ses quatre volontés. Et même, s'il le voulait, ce serait pour lui un jeu d'enfant de conquérir le reste de l'Europe. L'Angleterre, toutefois, n'a aucun désir de venir s'ajouter à la collection de Rodolphe. C'est pourquoi la faculté potentielle de l'horloge à contrôler les éléments doit être détruite. Et c'est pourquoi, ma chère Pétra, je suis fort heureux de vous avoir rencontrée. Votre père a, pour ainsi dire, laissé un génie s'échapper d'une lampe. Il vous appartiendra de l'y remettre.

– Moi ? Et pourquoi pas vous ?

Et elle ajouta une pique sarcastique.

– Visiblement, vous êtes bien plus talentueux et bien plus intelligent que moi.

– Très juste. (Il inclina la tête.) Mais pour jouer correctement à ce jeu, je dois le faire sans être vu. Je dois imiter votre père, déplacer les pièces sans avoir l'air responsable de leurs mouvements. Si le prince venait à soupçonner mes intentions, les conséquences seraient funestes pour moi. Mais (et pour la première fois, il eut l'air inquiet) les conséquences pour mon pays seraient encore bien plus terribles. C'est pourquoi je suis prêt à passer un marché avec vous, Pétra.

– Quel genre de marché ?

– Très facile. Vous n'avez qu'un petit service à me rendre. À la suite de quoi vous gagnerez peut-être mon aide dans votre quête.

Il décroisa les bras et ses manches de velours vert se relevèrent, révélant pour la première fois ses mains. Ses ongles étaient longs, recourbés et pointus, ce qui lui donnait l'air d'avoir des griffes. Il fouilla dans une de ses poches et en sortit une petite fiole de verre remplie d'un liquide vert. Il la déboucha, en préleva un peu du bout de l'index à la manière d'une femme mettant du parfum, puis frotta l'ongle de son pouce gauche contre le doigt huilé, ce qui fit briller l'ongle.

– Tout ce que vous avez à faire, c'est observer attentivement cet ongle et me dire ce que vous y voyez.

Pétra ne trouva vraiment pas l'idée séduisante. Son père ne s'était peut-être pas préoccupé de faire en sorte qu'elle sache quelles robes doit porter une fille de douze

272

ans, mais il avait veillé à ce que certaines parties de son éducation soient assurées, et notamment savoir garder ses distances avec la magie dangereuse. Elle était parfaitement consciente que ce que lui proposait Dee, la divination, pouvait briser son esprit. Or elle l'aimait tel qu'il était : sain et entier.

– Vous ne m'avez pas dit que vous n'étiez pas magicien ?

– J'espère que vous ne croyez pas tout ce qu'on vous raconte, ma chère.

– Et si je ne veux pas regarder dans votre vieil ongle graisseux ? Qu'est-ce qui peut m'empêcher d'aller directement trouver le prince pour lui raconter toutes vos manigances ? Vous et votre idiote de reine, vous seriez bien avancés.

– Je nierais tout ce que vous pourriez dire au prince. Qui pensez-vous qu'il croirait, vous ou moi ? Je lui révélerais votre identité à vous, vos propres manigances. Et *là* (il fit claquer ses doigts pointus), ce serait la fin de vos espoirs de rendre sa vue à votre père. Oh, et je pense que vous y perdriez la vie, aussi.

Elle était piégée, aussi sûrement que si elle s'était enfermée dans une de ses boîtes.

– Allons, Pétra. C'est un marché équilibré. Nous échangeons une vision contre une autre.

– Donc si je vous dis ce que je vois, vous m'aiderez à retrouver les yeux de mon père ?

– J'ai dit que je vous aiderais *peut-être*.

– Cela m'a tout l'air d'un marché de dupes.

– Malheureusement, c'est le seul qui vous sera proposé.

– Alors je refuse.

– Alors je devrai faire appeler le prince.

Elle eut envie de le frapper.

Au lieu de cela, elle s'avança à grands pas et jeta un œil à ses mains griffues.

– Je ne vois rien.

– Comment pourriez-vous voir si vous ne regardez pas ?

Il leva la main gauche et lui tendit son ongle.

– *Regardez.*

L'ongle lisse luisait comme une grosse perle verte. La lumière de la lampe miroitait sur sa surface. En y plongeant les yeux, Pétra constata qu'elle était incapable de détourner le regard. Elle eut un vertige, et la pièce s'assombrit autour d'elle. Mais tout aussi soudainement, sa vision se clarifia et elle releva la tête.

– Je n'ai rien vu, dit-elle, soulagée.

Dee retira sa main.

– C'est fort dommage. Toutefois, je compte honorer ma part du marché. Je vous aiderai tout d'abord en vous livrant des informations. Vous avez sûrement des questions à me poser ?

– Comment peut-on détruire l'horloge ?

Il eut un léger haussement d'épaules.

– Je l'ignore.

– Quel est le talent magique du prince ?

– Je n'ai pas le droit de le dire.

Elle lui jeta un regard d'acier.

– À quoi bon vous poser des questions si vous n'avez pas les réponses ?

– Essayez de poser les bonnes questions.

– Qu'est-ce que le Cabinet des Merveilles ?

– Ah !

Dee eut un sourire rayonnant.

– Donc vous connaissez déjà cela. Bravo ! Le Cabinet des Merveilles est la collection privée du prince. Il vénère les objets beaux, étranges et sans prix. Naturellement, les yeux de votre père entrent dans cette catégorie. Bien, j'ai appris pourquoi le prince avait des difficultés à utiliser l'horloge pour contrôler le climat. Il semble que votre père ait omis d'assembler une dernière pièce avant d'être aveuglé. Porter ses yeux aide le prince à assembler cette pièce – car je crois que cela lui permet de voir les composants métalliques comme les voyait votre père. Mais ses efforts n'ont pas encore été entièrement couronnés de succès.

» Je soupçonne le prince de conserver la pièce dans sa précieuse collection. Ce serait utile si vous pouviez accéder au Cabinet des Merveilles. Je suggérerai au prince de vous employer comme femme de chambre. Ou, plutôt, je ferai la suggestion à une personne en mesure de convaincre le prince.

– Et d'être désignée comme responsable si je réussis à reprendre les yeux de mon père.

– Je perçois de la désapprobation, dit-il avec un petit gloussement. Vous ne proposez tout de même pas que je

275

réponde de ce que vous commettez ? Pétra, la gronda-t-il, vous pouvez choisir d'ignorer ou non les conséquences de vos actes, cela ne changera rien au fait qu'il y en aura sans aucun doute plus d'une, et qu'elles seront déplaisantes.

Il marqua une pause, attendant de voir si elle répondrait. Comme elle n'en faisait rien, il poursuivit.

– Le prince aime avoir une personne responsable du ménage pour chacune des sept pièces de ses appartements. Sa collection compte tellement pour lui qu'il répugne à exposer son existence à trop de gens. Le problème est qu'il a tendance à se méfier de ses pages et de ses bonnes. Récemment, il en a, comment dire... renvoyé une, une fille appelée Eliska.

Pétra fut envahie par une sensation glacée et glaçante. Elle reconnaissait ce nom. Il s'était retrouvé dans la Fiole de Souci du capitaine des gardes.

– Je pense qu'il ne devrait pas être trop difficile de vous attribuer sa place. La comtesse de Krumlov est satisfaite de votre travail. Je vous ai observée avec attention pendant les festivités dans la cour d'honneur, et j'ai remarqué que le prince s'intéressait à vous. Vous avez attiré son regard. Ou, devrais-je dire, vous avez attiré le regard de votre père. Le prince est un homme qui se laisse guider par la curiosité. Vous avez stimulé la sienne.

» Et à présent, je vais vous aider d'une dernière manière.

Dee plongea la main dans sa poche et en sortit une petite fiole brune, qu'il lui donna. Pétra n'aimait pas sa manie de tirer sans cesse des flacons de ses poches. Cela lui fit comprendre qu'il avait planifié depuis longtemps cette conversation avec elle.

– Qu'est-ce que c'est ?

– De la belladone. Si vous en mettez une goutte dans chacun de vos yeux, ils paraîtront noirs. Vous tenez beaucoup de votre père. Je vous conseillerais de dissimuler autant que possible toute ressemblance familiale. Utilisez la belladone lorsque vous vous rendrez dans les appartements du prince. Ne vous en servez pas si vous comptez voir la comtesse de Krumlov. Elle remarquerait la différence.

– Évidemment. J'ai un cerveau, vous savez.

– Je le sais bien. J'ai confiance en vos capacités. De fait, je sais qu'en reprenant les yeux de votre père vous provoquerez aussi la destruction des pouvoirs spéciaux de l'horloge. Trouvez cette pièce et brisez-la. Sinon je veillerai à ce que votre famille et vous-même payiez le prix de la création de cette horloge.

– Ce n'était pas dans notre marché !

Dee eut un sourire narquois.

– Ah, mais c'était un terme *implicite* de l'accord. Vous êtes une jeune fille honorable. Je suis sûr que vous respecterez l'esprit de notre pacte, et non simplement la lettre. Et n'oubliez pas : il y a plus d'une manière d'exterminer les rats – ou, dans le cas qui nous occupe, de s'assurer que le prince ne puisse jamais utiliser l'horloge. Imaginons que votre père... disparaisse. Cela éliminerait le risque que le prince l'envoie chercher pour surmonter sa petite contrariété, à savoir son incapacité à faire fonctionner l'horloge de Mikal Kronos selon ses désirs.

– Mais je ne sais pas à quoi ressemble cette pièce ! Et je sais encore moins comment la détruire !

– Oh, ça ne doit pas être bien difficile. Les choses sont en général plus faciles à casser qu'à fabriquer.

Il pianota d'un doigt contre ses lèvres en réfléchissant. Lorsqu'il reprit la parole, c'était avec la voix d'une personne qui se trouve très généreuse.

– Je vais vous dire ce que nous allons faire, ma chère. Si je découvre de nouvelles informations sur l'horloge, je vous les transmettrai. Lorsque vous recevrez mon message, faites exactement ce que je vous dis. Alors, qu'en pensez-vous ?

Elle se retint de crier, mais ses paroles sortirent tout de même dans un grondement.

– Le jour où mes pouvoirs me seront révélés, vous aurez du souci à vous faire, Dee.

– Mais qui sait si vous en aurez ? répliqua-t-il d'un ton léger. Vous avez peut-être autant de talent qu'une bille de bois. Votre père a – ou plutôt avait – des talents redoutables, mais votre mère ? Elle n'avait rien de particulier.

Pétra faillit lui dire qu'il se trompait lourdement, mais arrêta les mots avant qu'ils ne passent ses lèvres. Il avait déjà rassemblé trop de savoir sur elle par des moyens inconnus. Elle n'allait pas lui servir les détails de sa vie sur un plateau. Elle ne devait certainement pas évoquer sa capacité toute neuve à converser secrètement avec l'araignée de fer-blanc cachée dans ses cheveux, ni son talent au lancer de couteaux.

– Avons-nous terminé ? Je veux partir.

– Laissez-moi vous raccompagner.

D'un mouvement de velours fluide, il se leva et marcha à ses côtés.

– Pétra, dit-il au moment où elle sortait dans le couloir, laissez-moi vous donner encore un conseil. Il est malavisé de faire des menaces. (Il sourit.) Quelqu'un risquerait de les prendre au sérieux.

Sur ce, il ferma la porte.

22

Neel parle d'or

Neel était furieux.

– Mais où étais-tu passée ? Je t'ai attendue toute la nuit !

Il surgit de l'ombre du cellier le soir du lendemain de la fête, pendant que les domestiques, les yeux encore rouges d'avoir trop bu et trop peu dormi, entraient en masse dans le réfectoire. Pétra n'eut même pas le temps de lui demander comment il s'était introduit dans le château. Il ouvrit brutalement une porte qu'elle n'avait jamais remarquée, la traîna dans un escalier qui menait au-dehors et l'attira derrière un énorme tas de bois.

– C'est que je... commença-t-elle.

– J'ai cru qu'il t'était arrivé quelque chose ! Ou alors tu t'es dégonflée ? C'est ça, hein ? C'est complètement idiot, Pétouille. On avait une occasion en or hier soir !

– Je ne me suis pas dégonflée ! Je...

Les yeux de Neel étincelaient d'un feu vert-jaune.

– Ne me dis pas que tu y es allée *toute seule*.

– Pas tout à fait.

– Alors tu l'as fait. Je vois. Comme les chats qui emportent leur souris dans leur petit coin secret, c'est ça ? Tu ne crois pas que je méritais ma part ?

– Tu n'y es pas. Pas du tout. J'ai essayé de... Neel, c'est dangereux pour toi.

Soudain Neel comprit, et son visage ne fut plus qu'un masque de bois. Pétra lui expliqua rapidement ce qui s'était passé dans la forêt lorsqu'ils étaient rentrés au camp des Lovari et qu'il marchait devant elle. Elle lui parla d'Emil et de sa volonté farouche de le protéger.

– Et tu l'as écouté ? explosa Neel. Emil est bien la dernière personne à avoir son mot à dire sur ce que je fais ! Ce n'est ni mon frère ni mon père !

– Mais il a raison, Neel. Tu as entendu ce que disait le capitaine des gardes. Tu sais ce qui est arrivé à ces gens. Je n'aurais pas dû t'impliquer là-dedans.

Le garçon était trop en colère pour répondre.

Puis un flocon de neige passa en flottant devant sa tête. Un autre apparut, descendu du ciel gris, se posa sur son nez, et disparut.

– Pétra, dit-il d'une voix dans laquelle il n'y avait plus de colère, mais seulement de la fatigue. Il faut que tu fasses quelque chose pour moi.

– Quoi ?

– Il faut que tu prennes une minute – juste une minute – pour arrêter d'être aussi... (Il chercha ses mots.) Aussi *sunora*.

Pétra n'avait pas l'habitude qu'on lui donne des noms d'oiseau qu'elle ne comprenait pas. Elle croisa les bras sur sa poitrine et fronça les sourcils.

– Qu'est-ce que ça veut dire ?

– Tu es tellement *naïve* ! Je sais que tu n'es pas au fait des usages par ici, mais réfléchis un peu. Si je risque la potence en piquant la bourse d'une petite péquenaude, à ton avis, qu'est-ce qui arrivera si le prince découvre qu'une bande de gitans a mangé son gibier, chassé ses lapins et vécu sur son domaine de chasse ? Il n'hésitera pas à nous transformer tous en poussière pour le flacon du capitaine. Combien de temps faudra-t-il pour que cela arrive ? (Il brandit la main vers le ciel et vers les flocons qui descendaient lentement.) Tu as tes raisons pour vouloir ce qui se trouve dans le Cabinet. J'ai les miennes. Au pire, je sais que si tout ne se passe pas comme prévu et que je me fais prendre, ce qui m'arrivera n'arrivera qu'à moi.

Astrophile se racla la gorge.

– Et à Pétra.

– Voilà. Alors tu arrêtes de raisonner dans ton coin.

Neel sortit un petit couteau de sa poche et se coupa la paume.

– Jure-le.

Il lui passa le couteau et leva la main gauche, où perlait une fine ligne de sang.

Pétra, tu connais les règles des serments par le sang, l'avertit Astrophile. *Tu ferais peut-être mieux de...*

– Je le jure.

Elle se coupa la paume. Indifférente à la douleur, elle agrippa la main sanglante et sale de Neel.

Astrophile soupira.

– Bien, dit Neel en lui serrant la main pour faire bonne mesure. Maintenant, parlons bien.

– Je vais te raconter ce qui s'est passé hier soir.

Pétra commença à lui relater sa conversation avec John Dee, en omettant tous les détails concernant l'horloge. Pendant qu'elle parlait, tous deux s'adossèrent au tas de bois, grelottants sous le ciel blanc.

– Il t'a forcée à faire de la divination ? lui demanda Neel en plissant le front.

– Oui.

– Qu'est-ce que tu as vu ?

– Rien. Du moins je ne crois pas.

– Possible. Ce n'était peut-être pas ce qu'il voulait.

Pétra posa sur lui un regard inquisiteur.

– Que sais-tu sur les divinateurs ?

– Rien. Enfin pas grand-chose. Mais les Roms sont doués pour la magie de l'esprit : les prédictions, la divination, tout ça. À ma connaissance, demander à quelqu'un de regarder quelque chose de brillant ne signifie pas toujours qu'on veut connaître la vérité sur le présent ou le passé. Il y a d'autres choses qu'un divinateur peut faire.

– Rendre quelqu'un fou, par exemple.

– Entre autres, oui. (Il la regarda attentivement et sourit.) En tout cas, tu n'as pas l'air d'avoir perdu toutes tes billes.

À ces mots, elle eut une bouffée de nostalgie. Tomik lui manquait. Okno lui manquait. Sa famille lui manquait.

Neel était pensif.

– Il faut que je pose des questions à Drabardi. Mais dis-moi : comment se fait-il que ce Dee en sache aussi long sur toi ? Est-ce qu'il a parlé de moi ? Ou d'Astro ?

– Non, intervint l'araignée. Mais c'est quelqu'un de difficile à cerner. Il se comportait comme s'il était honnête. Trop honnête, même. L'écouter parler, c'est comme voir les racines d'un arbre juste à la surface du sol. On n'en voit qu'un peu, et on ne peut pas imaginer à quoi ressemble le reste, jusqu'où cela s'enfonce, à quelle distance cela s'étend sous terre.

– C'est un ami de ton père ?

– Mais non ! éclata Pétra, blessée. C'est un *espion*.

– Pas la peine de monter sur tes ergots. C'était juste une question. Parce que c'est bizarre qu'un gentilhomme étranger te propose son aide. Passe-moi ce flacon de bellatruc, là.

Neel lui prit la fiole brune. Il l'ouvrit, renifla le liquide, et en goûta un peu du bout de la langue. Puis, avant que Pétra ait pu l'arrêter, il renversa la tête en arrière et s'en laissa tomber une goutte dans l'œil.

– Neel !

– Ça pourrait être empoisonné ! s'écria Astrophile en tortillant quatre de ses pattes.

– Bah... Pourquoi je n'en ai mis que dans un œil, à votre avis ?

Il cligna des yeux, et la belladone coula sur son visage comme une larme noire.

Pétra gémit.

– Si le poison est fort, ça ne changera rien ! Tu n'étais pas obligé de faire ça ! J'allais le tester au labo avant de m'en servir.

– Tu sais reconnaître si quelque chose est empoisonné ?

– Pas vraiment, mais si la belladone est bien d'origine minérale, je...

Elle s'arrêta, stupéfaite de voir que le cadeau de John Dee fonctionnait exactement comme il l'avait prédit. La pupille droite de Neel enflait comme un petit ballon noir. Bientôt, il eut un regard vraiment étrange, un œil noir et l'autre jaune. Pétra ne put retenir un gloussement de rire.

– Tu te paies ma tête alors que je risque de tomber raide mort ? Drôle de façon de me remercier. (Il continua de cligner des paupières.) Bon, je ne suis pas mort. Et je ne suis pas aveugle. Donc je suppose que ta potion n'est pas toxique.

Il lui rendit la fiole.

En la prenant, Pétra contempla ses yeux dépareillés. Elle passa le pouce sur la coupure peu profonde de sa paume, qui commençait à sécher. En prêtant serment par le sang, on promet de protéger la vie d'un ami autant que la sienne et de ne rien lui cacher. C'est une manière de faire entrer un ami dans sa famille.

– Neel, pourquoi est-ce que tu n'as parlé de nous à personne au château ? Ni du carnet de mon père ? Tu aurais sans doute pu en tirer une récompense. Je sais que tu y as pensé.

– Un garçon comme moi n'a pas tellement de chances d'obtenir une audience privée auprès du prince. Alors à qui aller raconter ça ? Au capitaine des gardes ? Quel type sympathique ! Tout ce qu'il ferait serait de jeter ma peau de gitan dans le premier cachot venu et de réclamer la récompense pour lui.

– Alors c'est vrai que tu y as pensé ! l'accusa-t-elle.

– Je ne peux pas m'empêcher de penser. Mais c'est pas mon genre de trahir les demoiselles. Ni les araignées, dit-il en désignant Astrophile du menton.

Pétra se renfrogna.

– Je n'arrive pas à croire que tu aies eu des idées pareilles. Je te faisais confiance.

– Je sais. (Il enfonça les mains dans ses poches et baissa la tête.) Je n'ai pas l'habitude. Le fait que tu me fasses confiance... eh bien ça me donne envie d'en être digne.

Ils se turent.

Je devrais lui parler de l'horloge, Astro.

Tu as promis à ton père de n'en parler à personne.

Je sais.

Ça ne te ressemble pas, Pétra. Tu n'as jamais manqué à ta parole.

Je sais. Mais j'ai juré par le sang, et...

J'ai essayé de t'arrêter, la coupa Astrophile. *Si tu fais trop de promesses, elles finiront forcément par se contredire, et l'une d'entre elles devra être rompue.*

Si Neel doit risquer sa vie, il faut qu'il connaisse toute la situation. Je dois réfléchir à ce que dirait Père maintenant s'il était là. Je crois qu'il voudrait que Neel soit au courant.

Astrophile secoua la tête. *Pétra, si ton père était là en ce moment, il voudrait que Neel et toi couriez de toutes vos jambes le plus loin possible du château de la Salamandre.*

Mais la décision de Pétra était prise.

– Neel, je sais pourquoi Dee veut m'aider.

La neige tombait en gros paquets à présent. Les flocons flottaient dans la brise comme du duvet d'oie tandis que Pétra lui parlait de l'horloge et de ses pouvoirs.

– Et maintenant, il m'ordonne de faire en sorte que l'horloge ne puisse jamais contrôler le climat. Il veut impressionner sa reine rouquine... et empêcher le prince Rodolphe d'envahir toute l'Europe, ajouta-t-elle, réticente à reconnaître qu'il y avait du bon dans le plan de Dee.

Neel siffla longuement.

– J'ai toujours su que l'horloge de la place Staro avait quelque chose de particulier. Mais à quoi pense Dee ? Comment peut-il s'imaginer que tu vas ouvrir le Cabinet des Merveilles et détruire l'horloge en plus, alors que le Cabinet est dans le château, et l'horloge, de l'autre côté des eaux du fleuve ? Ce n'est pas faisable.

– Il existe une pièce de l'horloge qui lui permettrait de contrôler les éléments, clarifia Pétra. Dee pense qu'elle est dans le Cabinet des Merveilles. Pour le moment, le prince ne comprend pas comment assembler cette dernière pièce. Il faut que nous la trouvions, quelle qu'elle soit, pour la détruire ou la voler. (Elle secoua la tête.) Mais ça aussi, c'est impossible. On ne sait même pas à quoi elle ressemble.

– Tu as pensé au carnet de ton père ? Il pourrait y avoir quelque chose dedans. Un indice sur cette pièce manquante que Dee veut que tu trouves.

– Je n'en sais trop rien. J'ai regardé, mais il n'y avait que des équations incompréhensibles, des plans ordinaires et quelques croquis sans aucun rapport avec l'horloge. Je ne crois pas qu'un dessin de bateau sans voiles puisse nous aider. Mais quand même, tu as raison. Nous devrions chercher encore.

Il hocha la tête.

– Je l'ai mis en sûreté dans le *vurdon*. Dans notre roulotte, je veux dire. On pourra étudier ça à notre prochain jour de congé.

– Je ne pense pas que nous puissions attendre jusquelà, dit Pétra d'un air sombre. Père était absolument certain que le prince ne saurait pas faire fonctionner l'horloge à sa guise. Il m'a dit que ce ne serait qu'une belle machine à compter le temps et rien de plus. Mais d'après ce que disait Dee, on dirait bien que le prince Rodolphe n'est plus qu'à un cheveu de découvrir le secret de mon père.

– Tu devrais peut-être croire ton père.

– Mais je le crois ! se récria-t-elle. Tu penses que j'ai envie de suivre les ordres de Dee ? J'aimerais bien mieux écouter papa. Il m'a dit que l'horloge ne me concernait pas. Et c'est vrai. Elle ne devrait pas. Je me fiche de ce qui peut lui arriver.

Mais ses dernières paroles sonnaient comme un mensonge auquel Pétra essayait désespérément de se raccrocher.

Neel inclina la tête et lui adressa un demi-sourire.

– Bon d'accord, avoua-t-elle. Peut-être que je ne m'en fiche pas.

– Je parie que le prince est incapable de faire fonctionner l'horloge, de toute manière. Ça me rappelle un conte lovari...

– Neel, tu ne trouves pas qu'il fait un peu froid pour les contes de fées ?

La nuit était tombée. Pétra claquait des dents, son estomac criait famine, et la neige s'amoncelait à leurs pieds.

– Oh, je ne sais pas, intervint Astrophile. Je n'ai pas si froid.

– Évidemment, tu es en métal !

– C'est une histoire très courte, promit Neel. Il était une fois un Lovari appelé Camlo, qui jouait du violon comme personne. Il se fabriqua un beau violon. Il était lisse, avec de belles courbes et des cordes sonores. Il jouait une musique sauvage et libre, et les gens venaient de loin pour l'écouter. Un jour qu'il jouait dans la forêt, le Diable se montra. Il était enchanté par la musique et se mit à penser que s'il avait le violon de Camlo, tout le monde sur terre voudrait l'entendre jouer. Alors, le Diable dit : « Donne-moi donc ce violon, bonhomme. » Et Camlo de répondre, calme comme tout : « Je n'ai pas l'habitude de donner ce que j'ai de meilleur. » Le Diable dit alors :

« Je te donnerai beaucoup d'or. » « Ah oui ? Combien ? »
demanda Camlo. « Autant qu'il y en a dans tout le
Gange », dit le Diable.

– Le Gange ?

– C'est un fleuve en Inde, dit Astrophile.

– Donc le Diable lui montra le Gange et ses eaux couvertes de paillettes dorées. Il scintillait comme mille
petits soleils. Et le Diable sortit cet or du Gange et en remplit les poches de Camlo. Puis il en remplit une grosse
brouette. « Monsieur le Diable, dit Camlo, marché
conclu. » Il lui donna le violon, ce violon qu'il aimait tant,
et s'éloigna tout heureux d'être riche.

» Le Diable était impatient d'impressionner les gens
avec sa musique, si bien qu'il accorda le violon et
commença à jouer. Mais imaginez sa surprise lorsque
personne ne lui prêta la moindre attention ! Il joua
encore et encore, mais personne ne l'écoutait. Il se mit
alors à la recherche de Camlo. « Ton fichu violon ne
marche pas ! » s'écria-t-il. « Il marche très bien », répondit
Camlo. « Mais je n'arrive pas à le faire jouer comme toi !
Tu m'as roulé je ne sais comment ! » enragea le Diable.
« Bien sûr, dit Camlo, je vous ai vendu mon violon, mais
je ne vous ai pas vendu mon âme avec. »

Pétra resta un moment silencieuse. La neige tour-
billonnait.

– Va raconter ça à John Dee, conclut-elle.

23

Le lion et la salamandre

– Impossible ! cracha Iris entre ses dents.

Elle approcha le parchemin de ses lunettes, puis le tint à bout de bras.

– Absurde !

Le papier commença à fumer entre ses doigts.

Un jeune garçon en habit de page rouge et jaune se dandinait nerveusement d'un pied sur l'autre. Il regarda Pétra. Il regarda la porte. Il toussa discrètement.

– Toi ! dit Iris avec un regard furibond. Que fais-tu encore ici ? Dehors !

Le page sursauta et fila sans demander son reste.

La lettre qu'Iris tenait à la main s'était désintégrée, mais pas avant que Pétra ait vu le sceau de cire appliqué dessus. C'était un blason représentant une salamandre, un lion rampant et une épée. Pétra se doutait bien de son contenu.

– Et *toi* ! dit Iris en se tournant vers Pétra. Tu t'appelles Viera ?

– Oui.

– Pourquoi ne me l'as-tu jamais dit ? Et ne va pas me raconter que tu étais trop timide. Je ne te croirais pas. Alors ? Pourquoi ?

– Vous ne me l'avez jamais demandé.

– Humpf.

Le coin de sa bouche sembla se relever, mais quand Iris reprit la parole, Pétra douta immédiatement de ce qu'elle avait cru voir.

– C'est suspect, vois-tu, quand une servante travaille pour moi pendant des semaines sans dire un mot sur elle-même : d'où elle vient, de quel genre de famille, pourquoi elle sait si bien lire, et pourquoi elle en sait tant sur les métaux et minéraux les plus ésotériques.

– Que signifie *ésotérique* ?

– C'est trop tard pour jouer les innocentes avec moi, jeune fille !

Iris tapa du poing sur la table de travail.

« Ésotérique » signifie...

Plus tard, Astro !

– Je suppose que tu ne peux pas me dire comment il se fait que le prince Rodolphe m'envoie une lettre pour exprimer sa volonté de me délester d'une assistante nommée Viera ?

– C'est ce que dit la lettre ? demanda Pétra en feignant l'étonnement. Je ne vois pas du tout pourquoi le prince s'intéresserait à moi.

– Moi non plus, fit Iris, le sourcil froncé. Tu es bien consciente, évidemment, que le prince Rodolphe change de femme de chambre comme de chemise. Ta carrière ne sera pas longue auprès de lui. Ce qu'il aime, c'est engager et renvoyer les servantes, pas les garder.

Il fait plus que les renvoyer, pensa tristement Pétra. Elle se demanda si Iris ignorait réellement le véritable sort des domestiques du prince.

Iris n'avait plus l'air horrifié, seulement perplexe.

– Peut-être essaie-t-il de me punir. Mais pourquoi ? Le rodolphinium est un succès.

Elle marmonnait dans sa barbe en faisant les cent pas sans plus prêter attention à Pétra.

– Les Krumlov auraient-ils... ? Non, ça n'a pas de sens non plus. Et je m'intéresse à peu près autant aux intrigues politiques qu'à la saison des amours chez les batraciens. Ce sont peut-être ses yeux argentés...

Pétra dressa soudain l'oreille.

– ... il prend des décisions tellement étranges quand il les porte, comme s'il n'était pas vraiment lui-même. D'ailleurs je me demande où il les a trouvés... qui les a fabriqués... qui...

Elle regarda Pétra au fond des yeux.

Oh non, fit Astrophile.

– Ah ! dit Iris.

Pétra commença à s'essuyer les mains, mais le jus marron de la pâte de henné qu'elle fabriquait ne partait pas.

– De toute manière, je suppose que je n'ai pas le choix, n'est-ce pas ? demanda-t-elle en s'efforçant de parler calmement.

– Non, en effet.

Pétra regarda autour d'elle, cherchant instinctivement quelque chose à emballer et à emporter, comme quand elle avait quitté sa famille à *La Rose des Vents* ou quand elle avait laissé Lucie et Pavel à l'auberge. Mais ici, rien n'était à elle. Elle laissa donc retomber ses mains.

– Au revoir, Iris, dit-elle d'un ton gêné. J'aimais bien travailler avec vous. Vraiment.

Iris ne répondit rien jusqu'au moment où Pétra ouvrit la porte.

– Je présume que tu ne me diras pas ton nom de famille, hmm ?

Pétra se retourna.

– Oh, laisse tomber. Je n'ai pas spécialement envie de te forcer à dire un mensonge. C'est tellement insatisfaisant...

Par pure nervosité, Pétra ferma à fond ses yeux noircis à la belladone et les rouvrit. Elle respira un grand coup et observa attentivement la haute porte aux deux battants sculptés en forme d'arbres : un pin et un chêne. À la base du pin était assis un lion aux yeux verts et luisants, qui montait la garde. Il y avait un trou dans le tronc du chêne, où brûlait un petit feu tout à fait réel. Une salamandre aux yeux verts était lovée dans les flammes. Pétra se demanda comment ce petit brasier pouvait brûler dans le bois sans mettre le feu à toute la porte. Le dernier détail de cet imposant portail, qui menait aux quartiers du prince, était une ligne d'argent qui séparait le pin du chêne, figurant une épée dressée dont la garde formait une poignée pour chaque porte.

– Dois-je frapper ? se demanda Pétra à voix basse.

La salamandre cligna des yeux.

– Annoncez vos intentions, feula le lion.

– Je suis... balbutia Pétra, je suis la nouvelle servante du prince Rodolphe.

– La nouvelle servante de *Son Altesse*, c'est ce que vous vouliez dire, sans doute.

– Oui. C'est ça. Son Altesse.

– Très bien. Nous supposons que vous avez un sauf-conduit à nous présenter.

– Un sauf-conduit ? Vous voulez dire... une lettre ? On en a envoyé une à ma maîtresse, mais elle a brûlé.

Le lion sortit les griffes de sa patte gauche et les observa attentivement d'un air las.

– Ma maîtresse est – enfin était – la comtesse December. Elle a un problème d'acide. Parfois elle détruit des choses. Sans le faire exprès, bien sûr.

Le lion et la salamandre échangèrent un regard. Une sorte de communication sembla passer entre eux.

– Et quel genre de servante êtes-vous ? lui demanda le lion.

– Quel genre ?

– Son Altesse a beaucoup de serviteurs, qui font beaucoup de choses. Que devez-vous faire ?

– Euh, le ménage, je crois.

– Nom ?

– Viera.

297

La salamandre disparut de son nid de flammes. Au bout d'un court instant, elle réapparut.

– Entrez, dit-elle.

L'épée d'argent se divisa en deux par le milieu, et les deux battants pivotèrent.

Pétra se retrouva dans un long couloir sombre et sans fenêtres. Des lampes à colza vertes, alignées des deux côtés, diffusaient sourdement une lueur sous-marine. Les pieds de Pétra s'enfoncèrent dans l'épais tapis rouge qui lui arrivait aux chevilles. Avancer lui faisait le même effet que patauger dans de la boue. Elle en était à se demander si le tapis était fait d'une fourrure d'animal et, si oui, de quel genre d'animal il pouvait s'agir, lorsque le couloir déboucha sur une vaste salle.

Là, le tapis s'épanouit en un réseau de scènes de chasse complexes. Armés de flèches, de lances et d'épées, des cavaliers poursuivaient des sangliers, des renards, des cailles et même des créatures mythiques telles que licornes et griffons. Sept portes donnaient sur la salle. Des bûches de bouleau brûlaient dans la cheminée, et le cœur du feu émettait une lueur bleutée parmi des lambeaux de flammes orange. Il n'y avait aucun meuble, hormis un grand trône de bois au centre de la pièce. Le trône était vide. Le prince Rodolphe, debout devant une immense fenêtre à petits carreaux, regardait tomber la neige légère.

Pétra voulait rester silencieuse. Elle voulait attendre que le prince la remarque. Mais elle jeta par hasard un coup d'œil au plafond et eut un haut-le-corps.

D'innombrables têtes d'hommes et de femmes la regardaient fixement d'en haut.

En entendant son hoquet étouffé, le prince fit volte-face. Il l'examina avec attention.

– N'aie crainte, elles sont en bois.

Il s'avança. Son habit de velours était teint d'une couleur que Pétra identifia prestement comme du rouge tyrien. La teinture, tirée d'un petit coquillage épineux, ressemblait à du sang coagulé. Les manches et l'ourlet de la robe étaient bordés de fourrure de loup, rude et grise.

Tu as intérêt à t'incliner, Pétra.

Bien qu'il lui en coûtât de le faire, elle obéit à l'araignée et se courba en une profonde révérence.

– Relève-toi.

Elle leva les yeux, et les yeux de son père dansèrent sur son visage. Le prince Rodolphe se demanda pourquoi il était si bien disposé envers cette jeune fille.

– Ce sont les têtes des anciens souverains de Bohême, lui expliqua-t-il. Plutôt lugubres, même si elles ne sont qu'en bois, n'est-ce pas ? Un jour, moi aussi je regarderai en bas depuis ce plafond. De toi à moi, ce jour ne me tarde pas.

Il lui sourit.

Pétra était abasourdie. Le prince essayait-il de se montrer amical ?

– Beaucoup de choses ici ne sont pas ce qu'elles paraissent. Cette fenêtre, par exemple, n'en est pas une.

– Mais ne neige-t-il pas vraiment dehors, Votre Altesse ?

– Si fait. Mais la fenêtre est en réalité un roc enchanté. Regarde.

Il sortit une pièce d'or d'une de ses poches et la jeta contre la fenêtre. Il n'y eut ni fêlure ni brisure, mais un simple bruit mat lorsque la pièce heurta un carreau et tomba sur le tapis. Il l'y laissa.

– Il ne peut y avoir de vraies fenêtres dans mes appartements, pour des raisons de sécurité. Ce qui m'amène à l'objet de ma présence et de la tienne. J'interroge personnellement chacun de mes domestiques attitrés : mes valets, mes pages et mes femmes de chambre. Je suis obligé de le faire, car certains serviteurs se sont révélés... déloyaux.

Son visage ne montra aucune colère. Il se vida de toute expression.

Pétra, fit Astrophile en lui tapotant la tête.

– Vous n'aurez pas à vous soucier de cela avec moi, Votre Altesse.

Elle dut inspirer profondément pour faire sortir les quelques mots qui suivirent.

– Je suis toute dévouée à Votre Altesse.

Il hocha la tête avec satisfaction, puis s'assit sur son trône.

– Parle-moi de toi.

Pétra s'inventa une vie campagnarde. Elle était orpheline, expliqua-t-elle, et venait des collines.

– Tu es toute seule, alors ?

Elle opina.

– Pas de frères et sœurs ?

Elle opina derechef.

– Tu n'as rien à regretter. Je t'assure que les frères et sœurs sont une valeur surestimée. Et si une famille te manque, le château de la Salamandre te donnera des centaines de pères, de mères, de sœurs et de frères.

Pétra garda le silence, car elle ne savait pas bien comment réagir à son enthousiasme.

Il l'étudiait. Il était perplexe. Pourquoi les yeux de Kronos s'intéressaient-ils tant à cette fille ? Ce n'était pas une beauté exceptionnelle. Elle ressemblait à toutes les servantes du château... en moins craintive, peut-être. Et pourtant, il devait admettre qu'elle avait quelque chose d'intrigant, et aussi... de *familier*, comme s'il avait déjà vu son visage à de nombreuses reprises. Mais où ? Peut-être lui rappelait-elle une œuvre d'art... Non. Le prince Rodolphe rejeta cette idée. Les traits de cette fille étaient trop communs pour lui rappeler quoi que ce fût dans sa collection.

– Ces sept portes, dit-il en les montrant du geste, mènent à sept pièces différentes. Tu ne seras autorisée à ouvrir qu'une seule de ces portes et à pénétrer dans une seule de ces pièces. Cette pièce sera mon bureau, dans lequel tu feras le ménage. Sais-tu lire ?

Elle hésita, puis lui donna la réponse qu'il semblait attendre.

– Non.

– Peux-tu deviner quelle porte est celle de mon bureau ? Je te donnerai une récompense si tu y parviens.

Pétra n'était pas sûre de vouloir de la « récompense » que lui réservait le prince Rodolphe. Mais en promenant un regard circulaire dans la pièce, elle eut une vision très claire de la porte qui menait à son bureau, même si toutes étaient identiques et sans ornements. Elle *connaissait* simplement la réponse. Elle désigna cette porte avec une assurance qui manquait peut-être de sagesse.

Le prince Rodolphe en fut surpris, même s'il fit de son mieux pour le cacher.

– Bien vu ! (Les yeux d'argent étincelèrent.) Une de ces portes mène à la salle la plus chère à mon cœur. Peux-tu deviner laquelle ?

De nouveau, une certitude envahit Pétra. Elle commençait à lever la main lorsque Astrophile l'admonesta, paniquée : *Montre celle dont tu penses qu'il y tient le moins, Pétra !*

Elle obéit.

Le prince se détendit sensiblement.

– Notre conversation est presque achevée. Je suis attendu à une réunion dans quelques minutes. Il faut que je me... change. Tu m'attendras ici. Lorsque j'aurai quitté mes appartements, tu resteras pour mettre mon bureau en ordre.

Elle acquiesça.

Le prince se leva de son trône et se dirigea lentement vers la porte même que Pétra aurait désignée comme la plus chère à son cœur. Il sortit une grosse clé à volutes alambiquées et arabesques de métal, ouvrit la porte et entra.

Lorsqu'il ressortit quelques minutes plus tard, les yeux qu'il posa sur Pétra n'étaient plus argentés, mais d'un marron ordinaire.

Elle ne put retenir ses paroles.

– Votre Altesse... vos yeux...

– Oui. Comme je te l'ai dit, beaucoup de choses ici ne sont pas ce qu'elles semblent. Je me rends à une réunion du tribunal de la Patte de Lion, et mes autres yeux me perturbent.

Les yeux de son père étaient un jouet pour le prince Rodolphe, comprit Pétra. Il s'en servait pour voir le monde autrement, pour s'amuser.

– Je t'ai promis une récompense.

Il lui tendit un objet sphérique. C'était une orange. Les oranges étaient le fruit préféré du prince. Il les pelait toujours lui-même, et prenait plaisir à déchirer la peau colorée pour arracher les quartiers fragiles à l'intérieur. Il aimait sentir éclater les petits sacs de jus, il aimait le goût acidulé, et par-dessus tout il aimait le fait qu'une orange se déguste morceau par morceau. S'il tombait sur un pépin, il l'avalait plutôt que de le recracher, même s'il était seul.

Cette orange, toutefois, n'était pas faite pour être mangée. Elle était entièrement piquée de clous de girofle, plantés dans le fruit comme de vrais clous.

Pétra accepta l'orange. Elle se força à faire une nouvelle révérence.

– Merci, Votre Altesse.

Il l'observa attentivement. Vue de ses vrais yeux, cette fille ne lui disait rien, vraiment rien du tout.

– Vous êtes très mystérieuse.

Elle ne dit mot.

– Heureusement pour vous, j'aime les mystères.

Il sourit, comme le jeune homme qu'il était, comme quelqu'un qui s'amuse.

Lorsque Pétra quitta les appartements du prince, une pensée inachevée surnageait au fond de sa tête, aussi insaisissable qu'un petit poisson glissant. Pétra s'efforça de la saisir. Même si voler et porter les yeux de son père n'était apparemment qu'un jeu pour le prince, il avait dû les vouloir très fort. Pétra se demanda pourquoi elle en était si certaine. Puis elle comprit une chose absolument évidente, et pourtant tellement impensable qu'elle ne s'en était jamais rendu compte : le prince avait dû subir la même opération douloureuse qu'il avait imposée à son père. Le prince l'avait fait volontairement. Il avait fait arracher et envoûter ses propres yeux pour pouvoir les échanger contre ceux d'un autre.

Pétra n'en revenait pas. Comment pouvait-on faire une chose pareille ?

24

Mauvaises nouvelles

Pétra s'assit au bout du banc de bois, une serviette enroulée autour du corps, et regarda les jeunes femmes sortir du vaste bassin. Elle écouta leurs rires et le claquement doux des pieds mouillés sur la pierre. Aucune des autres filles qui attendaient leur tour au bain ne venait s'asseoir à côté d'elle. Elles s'agglutinaient comme des pigeons à l'autre extrémité du banc. Pétra fouilla de nouveau la salle des yeux à la recherche de Susana. Introuvable. Même Astrophile l'avait abandonnée, demandant à être laissée dans un coin du dortoir. *Les araignées n'ont pas besoin de se laver*, avait-elle fait remarquer.

– Hé, Variole ! la héla Dana.

Sadie était sur ses talons. Toutes deux avaient le visage luisant au sortir du bain. Dana tira gentiment sur la queue de cheval de Pétra.

– Tes cheveux ont repoussé.

– Variole ?

Pétra ne comprit pas au début, puis elle se rappela comment elle avait expliqué sa surprenante coupe de cheveux lors de sa première semaine au château de la Salamandre. Elle avait prétendu avoir eu la variole. Tout cela lui semblait si lointain !

– Écoute, Dana, commença-t-elle en choisissant soigneusement ses mots.

Dana était l'amie de Sadie, et elle était copine avec Pétra. Mais cela ne faisait pas d'elle l'*amie* de Pétra.

– Je sais que je fais l'admiration de tous ici, et que les gens sont prêts à faire la queue pour être mes amis, mais est-ce que tu pourrais éviter de m'appeler « Variole » ? Parce que tu vois, ce n'est pas franchement ragoûtant d'avoir un surnom de maladie.

Dana éclata de rire.

– Excuse-moi. Mais c'est vrai que tes cheveux ont repoussé, et en plus ils sont plus bruns, plus brillants. J'essayais de te faire un compliment.

– À sa manière très personnelle, ajouta Sadie tout en regardant le banc vide.

Pendant qu'elles parlaient, les autres filles s'étaient plongées dans le bassin.

– Où est Susana ?

– Je ne l'ai pas vue de toute la journée, grommela Pétra.

Dana se décomposa.

– Qu'est-ce qu'il y a, Dana ? lui demanda Sadie.

– Vous n'êtes pas au courant ?

– Au courant de quoi ?

– Le village de Susana, Morado, a entièrement brûlé. Il paraît que... qu'il y a eu un orage invraisemblable. Il

306

faisait beau. Froid, avec du vent, mais beau. Et puis soudain, plusieurs maisons ont été frappées par la foudre. Elles ont pris feu, le feu s'est propagé, et... Morado, c'est petit et, enfin... pas très riche. Tout était construit en vieux bois et en chaume. Tout a brûlé. La famille de Susana a péri dans l'incendie.

– Toute sa famille ?

Pétra était horrifiée.

– Ses parents, ses frères et sœurs. Mais Susana a une cousine, qui habite dans un village pas très loin de Morado. Elle a envoyé quelqu'un la chercher. Maître Listek a dit qu'elle avait emballé ses affaires et qu'elle était partie dans la nuit. Elle était trop bouleversée pour dire au revoir.

– Je n'arrive pas à y croire, dit Sadie en secouant la tête. Un orage, si tard dans l'année ? Quelle malchance.

Non, pensa Pétra. *C'est pire que ça.*

– NON ! Non, *non, NON* ! hurla le prince en jetant les fragments de métal par terre.

Ces derniers étincelèrent dans la tour de l'horloge plongée dans la nuit, éclairée par des torches. Le prince pressa ses mains gantées contre sa tête et écouta la machinerie en fonctionnement autour de lui, les rouages de l'horloge de la place Staro qui s'entraînaient et tournaient ensemble, implacablement. Il écouta les cliquetis, vit osciller les balanciers, et, de rage, crut que sa tête allait exploser.

Les gardes, postés des deux côtés de l'entrée de la salle intérieure de la tour de l'horloge, regardaient fixement droit devant eux. Ils gardaient un visage aussi neutre que si leur vie en dépendait. Et pour cause : leur vie en dépendait en effet.

La femme qui accompagnait le prince échangea un regard rapide avec l'homme barbichu, au menton pointu, qui se tenait à l'autre extrémité de l'établi.

– Votre Altesse, commença l'homme d'un ton hésitant. J'ai quelque don avec les métaux. Si je pouvais essayer...

– Je veux le faire moi-même, gronda le prince.

– Oui... bien... je... sûr...

Les mains gantées retombèrent des deux côtés du visage du prince. Son expression furieuse s'adoucit. Ses doigts gainés de soie noire saisirent un petit éclat de métal qui vacillait encore sur la table. Il s'approcha de l'homme au menton pointu, qui recula en passant derrière le coin du meuble.

– Votre Altesse, je vous présente toutes mes... mes excuses...

– Arrêtez-vous.

L'homme s'arrêta. Le regard fixé sur les traits de marbre du visage du prince, il se mit à trembler.

– Ouvrez la bouche, dit le prince d'une voix douce. Vous allez aimer ceci. (Il lui présenta le métal luisant.) C'est un délice.

– Non ! s'écria l'homme. Pitié ! Pardon ! Je suis...

– Votre Altesse, intervint la femme svelte en s'approchant. Ce serait dommage de gaspiller Karel. Puis-je l'avoir pour moi ? Au bon plaisir de Votre Altesse, bien entendu. Mais je travaille sur une expérience pour laquelle il conviendrait à merveille.

– Ah, Fiala, soupira le prince en la regardant intensément. Je ne me lasse pas d'admirer votre don d'invention. Prenez-le donc, s'il peut vous être utile. Karel, allez à l'aile des Savants avec dame Broshek.

L'homme hocha la tête, mais il tremblait toujours. Il regarda Fiala.

– Une expérience ? Quel genre de...

– Oh, ne faites pas l'enfant, Karel, lui répondit-elle sèchement. Bien sûr, si vous préférez l'autre option, ajouta-t-elle en inclinant sa tête blonde vers l'éclat de métal dans la main du prince, vous n'avez qu'à le dire.

Karel secoua la tête et recula jusqu'à entrer en collision avec l'un des gardes.

Le prince laissa retomber le fragment miroitant sur la table.

– Je ne puis l'assembler correctement, murmura-t-il pour lui-même. Rien ne fonctionne comme je le voudrais. Je ne pourrai point contrôler le pouvoir de l'horloge si je suis incapable d'en reconstituer le cœur.

– Vous réussirez, le rassura Fiala Broshek.

Enfilant elle aussi une paire de gants de soie, elle rassembla les pièces métalliques et les rangea dans un sac soyeux qu'elle passa sur son épaule.

Ils sortirent de la chambre intérieure de la tour de l'horloge, les gardes formant une carapace armée autour d'eux. Ils ne s'aperçurent pas que l'un des gardes avait un visage inconnu. Pas plus qu'ils ne remarquèrent, une fois qu'ils eurent traversé le pont Charles dans leur carrosse et atteint le château, que le garde inconnu ne suivait pas les autres soldats jusqu'à leurs quartiers, mais s'éclipsait à la rencontre de son véritable maître, l'ambassadeur d'Angleterre.

L'odeur d'orange et de clou de girofle qui s'élevait de sa poche écœurait Pétra. Les nobles portaient souvent de telles oranges sur eux en guise de parfum, mais elle commençait à détester ce fumet.

Un soir, alors qu'elle se traînait enfin jusqu'au dortoir, elle murmura à peine un bonsoir à Sadie avant de s'écrouler sur sa paillasse et de sombrer dans le sommeil. Au début, elle dormit profondément. Mais au milieu de la nuit, elle se mit à se tourner et à se retourner.

Elle rêvait de John Dee. Il portait une toge couleur de ciel nocturne. Les étoiles scintillaient. *Il n'y a pas de temps à perdre*, lui dit-il.

Elle se tourna sur le côté et s'efforça de rêver d'autre chose.

Il neige. La neige gênera ton évasion – si tu cherches bien à t'évader.

Allez-vous-en, pensa Pétra.

Après-demain, insista-t-il, *serait le moment parfait pour frapper. Fais-le pendant le repas du prince. Il dînera avec plusieurs ambassadeurs européens, moi y compris.*

Elle tenta de se forcer à s'éveiller. Comme Dee continuait de planer au-dessus d'elle dans son habit couleur de nuit, elle fronça les sourcils dans son sommeil.

Vous voulez simplement l'alibi parfait, n'est-ce pas ?

Naturellement. Mais pénétrer dans le Cabinet des Merveilles est aussi dans ton intérêt. Je doute que le prince porte les yeux de ton père pour une réunion où il devra rester concentré, où il devra tenter de tous nous convaincre de soutenir la Bohême, et cela sans avouer qu'il projette de défier ses frères si son père choisit l'un d'eux comme prochain empereur. De plus, cette réunion se tiendra à une heure où il fera juste assez nuit dehors pour que tu tentes une évasion après avoir brisé le cœur de l'horloge. Tu devras le détruire ou le voler.

Que voulez-vous dire par « le cœur de l'horloge » ?

Mais son visage s'estompa, et s'il répondit Pétra ne l'entendit pas. Elle se réveilla. Elle saisit ses derniers mots : *Ne me déçois pas, Pétra Kronos.*

Elle ouvrit les yeux.

Pétra jeta l'orange dans le tas de bois. Le fruit resta là, hérissé, compact et lourd de reproche.

– Bien lancé, commenta Neel.

La belladone avait cessé de faire effet, et aujourd'hui il ressemblait plus à lui-même et moins à une étrange larve de bourdon.

Elle lui conta les événements des derniers jours, la lettre du prince, ses appartements privés, et la porte qui menait certainement au Cabinet des Merveilles.

– Parle-moi encore de cette porte.

– Eh bien elle est toute simple...

– Non, celle avec le lion et le lézard.

Elle la décrivit, et le visage de Neel s'assombrit.

– Et la fenêtre, c'est pas une fenêtre ?

Pétra fit non de la tête.

– Alors je n'ai aucun moyen de t'aider. Les Doigts de Danior ne vont pas duper un lion et un lézard comme ça. Il n'y a pas de serrure ?

Elle dut admettre qu'il n'y en avait point.

Neel secoua la tête.

– Même s'il y en avait une, je suppose que le lion rugirait comme un fou si on essayait d'entrer en force. Ça ne marchera jamais.

– J'y ai déjà pensé, dit-elle avec excitation en lui montrant une feuille de papier qui portait le blason du prince. Voilà ton laissez-passer.

Elle lui expliqua son plan.

– Bien. On fait ça quand, alors ?

Cette question amenait un sujet qu'elle rechignait à aborder, mais qu'elle évoqua quand même : son rêve troublant de la nuit précédente.

– Dee disait qu'on devait y aller le surlendemain. C'est-à-dire demain.

– Tu as rêvé ça ?

– Écoute, moi non plus je ne suis pas du genre à croire aux rêves, mais...

– C'est donc *ça* qu'il a fait ! s'exclama Neel en se frappant la paume de son poing. Ce n'était pas un rêve, Petali !

– Allons donc, le railla Pétra. Et qu'est-ce que ça pourrait être d'autre ? Je n'ai pas la Double Vue ni rien.

Mais elle ne se sentait pas très à l'aise.

312

– Pas besoin de Double Vue ! C'est depuis que tu as pratiqué la divination !

– Comment ça ?

– Quand tu as rencontré Dee, il t'a demandé de faire une divination pour lui. Tu n'as rien vu, pas vrai ? Normal : ce qu'il voulait en fait, c'était créer un lien entre ton esprit et le sien.

Le dégoût lui révulsa toute la chair.

– Il peut lire dans mes pensées ?

Neel secoua la tête.

– Je ne crois pas. Mais j'ai déjà entendu parler de ce genre de choses. Ça se pratique en temps de guerre, pour faciliter la communication entre généraux. Les Roms s'en servent parfois pour monter des arnaques. Ceux de la Compagnie des Voyous le font aussi, s'ils arrivent à mettre la main sur un intermédiaire. Mais c'est risqué. Ça peut détruire l'esprit du magicien comme de l'intermédiaire. Ça peut vous réduire les méninges en bouillie, comme des œufs brouillés.

– Mais... mais qu'est-ce que ça veut dire ? Je vais rêver de... (elle eut un frisson)... de Dee toute ma vie ?

– Ça veut dire qu'il peut te parler quand ça lui chante. C'est plus facile pour lui quand tu dors, car ton esprit est détendu. Ça veut dire que tu ne rêvais pas, et que nous ferions bien de l'écouter.

– Au contraire ! C'est peut-être un piège !

– Débrouille-toi pour savoir si le prince va vraiment dîner avec ces étrangers. Si oui, l'idée de Dee est probablement excellente. Et en plus, conclut-il avec une grimace, j'ai mes raisons pour vouloir avancer vite.

– La neige ?

– Il y a ça, oui. Mais je pensais à Sadie. Vois-tu, elle m'a surpris à rôder dans les caves du château aujourd'hui. Comme convenu, Tabor ne lui a pas dit que je travaillais ici, mais je suppose qu'elle m'aurait repéré tôt ou tard. Elle n'est pas stupide. Si elle m'attrape, elle ne me lâchera plus, elle me secouera jusqu'à ce que la vérité sorte.

Pétra le regarda avec dédain.

– Il ne faut rien lui dire, Neel.

Il écarta les mains.

– Je peux toujours te jurer en long en large et en travers de ne pas lui dire un mot, mais le fait est qu'elle attend cela depuis que tu as parlé avec maman et elle dans le *vurdon*. Elle m'a toujours soupçonné de participer à ton plan. Si elle me coince, je pourrai mentir tant que je voudrai, elle n'en croira pas un mot. Et si je ne dis rien, elle saura que je mijote quelque chose. Dans un cas comme dans l'autre, elle va se dire que ce qu'elle redoutait est en train d'arriver.

– Alors qu'est-ce que tu comptes faire ?

– L'éviter. Et tu devrais en faire autant, car je ne pense pas qu'elle te considère comme sa meilleure copine ces temps-ci.

Pétra se raidit. Elle aurait voulu tout expliquer à Sadie, mais la situation s'emballait, comme les boîtes à musique de son père quand on remontait trop le mécanisme. Aurait-elle le temps de demander pardon à Sadie, de lui faire comprendre ses sentiments et ceux de Neel ? Elle chassa ces pensées, car elles lui rappelaient une chose dont Neel et elle devaient parler : le temps.

– Quand nous aurons passé le lion et la salamandre...

– *Si* on les passe.

– Fais-moi confiance, on passera ! Bien, quand on sera entrés dans le Cabinet des Merveilles, il faudra faire vite.

– Ça alors, j'y aurais jamais pensé tout seul, dit-il froidement.

– Le Cabinet des Merveilles est une collection. Le prince est riche. Il y a sans doute des montagnes de choses là-dedans.

– Ça non plus, je n'aurais vraiment pas cru.

– Il faudra faire vite pour trouver les yeux.

– Et des choses à voler, lui rappela-t-il.

– Et des choses à voler. Donc, la question, c'est : comment faire pour entrer et ressortir avec tout ce qu'il nous faut dans un court laps de temps ? Le prince ne sera pas occupé éternellement par son dîner.

Astrophile se racla la gorge.

– Je crois que je peux aider, dit-elle fièrement.

En approchant du laboratoire d'Iris, Pétra entendit un grand fracas de verre brisé contre la porte, qui s'ouvrit à la volée. Un garçon aux yeux affolés surgit comme une flèche. Pendant qu'une substance bleue, visqueuse et grumeleuse s'écoulait le long de la porte, le garçon regarda fixement Pétra.

– Cours ! lui cria-t-il.

Et suivant son propre conseil, il se carapata dans le couloir.

Pétra pénétra prudemment dans la pièce, mais Iris avait l'air normal. C'est-à-dire qu'elle était visiblement très fâchée, mais au moins ses vêtements étaient toujours là et elle ne faisait pas fondre le sol sous ses pieds.

– Qu'a-t-il donc fait ? demanda Pétra, soulagée de voir qu'Iris n'était pas en pleine déconfiture émotionnelle.

– Fait ? *Fait* ? Il existe, voilà ce qu'il fait ! Et toi, ajouta-t-elle en plissant les yeux, que fais-tu là, Viera, Balayeuse du Bureau du Prince ? N'as-tu donc pas des pieds royaux à baiser ?

– Euh, en fait je me demandais si je ne pourrais pas dormir par terre dans la teinturerie...

– Pourquoi, le dortoir des domestiques n'est pas assez bien pour toi ?

Bof, il y a juste une personne qui voudrait qu'on lui apporte ma tête sur un plateau, mais à part ça tout va bien, se dit tout bas Pétra. Mais ce qu'elle dit tout haut était un peu différent (quoique pas inexact).

– Les filles ne m'aiment pas là-bas.

Iris mit les mains sur ses hanches en réfléchissant.

– Qu'as-tu fait à tes yeux ? demanda-t-elle ensuite.

Oh non. Pétra eut envie d'enfouir son visage dans ses mains. Comment pouvait-elle avoir oublié la belladone ?

– Eh bien vous savez, bredouilla-t-elle, c'est, euh... c'est très à la mode d'avoir les yeux noirs, et j'ai voulu

316

impressionner les autres filles, alors comme j'avais entendu dire que la belladone pouvait...

Iris leva la main.

– Je ne vais même pas te demander comment tu as réussi à te procurer de la belladone. Je vais juste te dire que non, tu ne peux pas dormir par terre dans mon laboratoire, parce que tu ne travailles plus ici.

Pétra sentit son cœur sombrer. Où allait-elle aller ? Elle était déjà affamée, ayant sauté encore un dîner pour parler avec Neel. Ces dernières semaines, elle s'était surprise à fantasmer sur la cuisine de Dita. Astrophile lui avait fait remarquer que son visage se creusait. Et à présent, en plus de sa faim, elle était morte de fatigue. Mais elle ne savait absolument pas ce que ferait Sadie si elle la voyait. Claironnerait-elle son plan dans tout le dortoir ? La traînerait-elle chez maître Listek en exigeant son renvoi ? Décidément, Pétra ne pouvait pas prendre le risque de rencontrer la sœur de Neel. Il faudrait qu'elle se trouve un coin dans le château pour passer la nuit. Il y aurait peut-être un placard quelque part, ou alors elle pourrait aller à la bibliothèque s'asseoir à une table et dormir la tête sur les bras...

Iris l'arracha à ses pensées.

– Suis-moi, dit-elle avec autorité en l'entraînant derrière le rideau noir.

Elle alluma une bougie et ouvrit la porte que Pétra avait remarquée longtemps auparavant.

– Voici mes appartements privés, dit-elle en la faisant entrer dans la pièce. Je ne tiens pas spécialement à la compagnie des écervelées du quatrième étage. Ici, je suis plus proche de mon travail.

C'était une chambre très simple, sans aucun mobilier hormis une table en bois, des chaises, une armoire, un grand lit et un petit lit en forme de caisse. Il y avait aussi une minuscule fenêtre et une porte de placard.

– Ce n'est pas une suite de luxe, mais les beaux meubles ne sont pas pratiques, surtout quand on risque de les réduire en cendres une fois par mois. Bon. Tu peux dormir là, si tu veux, dit-elle en désignant le petit lit.

– C'est vrai ? Iris, c'est tellement...

– Procédons par ordre. Assieds-toi.

Elle indiqua la table à Pétra, puis sortit de la pièce.

Lorsqu'elle revint, elle portait sur un plateau du pain, du beurre et une tasse de lait chaud.

– Les jeunes filles aiment à grignoter un petit quelque chose avant d'aller au lit, si je me souviens bien.

Elle posa le plateau devant Pétra. Elle lui ordonna de manger, et Pétra obéit avec bonheur. Pendant qu'elle mâchait de grosses bouchées de pain beurré entre deux gorgées de lait mousseux, Iris sortit des draps de l'armoire.

– Ma nièce Zora dormait ici de temps en temps. (Elle agita la main comme pour chasser un souvenir.) Mais c'était il y a longtemps.

Une fois Pétra blottie sous un édredon en plume et Iris installée dans son propre lit, la jeune fille ressentit une telle bouffée d'affection pour la vieille femme qu'il

318

lui fallut un moment pour retrouver la parole. Alors, elle dit doucement :

– Iris, merci beaucoup. C'est parfait, tout ça. Je...

– Oh, ne t'attends pas à trop de confort ! Je ronfle.

Pendant ce temps-là, plusieurs étages au-dessus de Pétra, quelque chose de petit et de scintillant rampait au plafond. L'araignée passa discrètement par-dessus les têtes des gardes du quatrième étage (qui, si honteux que ce soit, étaient endormis). Astrophile plongea dans le coin où le plafond rejoignait le mur et s'avança prudemment, centimètre par centimètre, vers la porte au pin et au chêne. Le lion et la salamandre regardaient fixement vers le couloir, mais ne virent pas l'araignée se déplacer vers l'entrée des appartements du prince. Lorsqu'elle atteignit le mur où se trouvaient les deux vantaux, Astrophile descendit avec précaution le long du chambranle jusqu'au sol. Le lion et la salamandre regardaient toujours calmement devant eux. Astrophile se glissa sous la porte.

Elle commença à se frayer un chemin dans le tapis rouge et moelleux du couloir, mais c'était aussi difficile pour elle que ce le serait pour vous d'avancer dans la jungle amazonienne. Elle lança donc un fil vers l'un des murs et progressa dessus, à la lueur des lampes à colza.

Arrivée à la chambre aux sept portes, elle rampa vers celle que Pétra avait identifiée comme étant celle du Cabinet des Merveilles. Mais à sa grande déception, la fente entre la porte et le sol était des plus étroites. Elle essaya de s'aplatir pour s'y glisser, mais réussit tout au plus à agiter quelques pattes dans le trou. Elle recula. Si elle avait été une araignée grossière, elle aurait sans doute poussé un juron. Mais elle se contenta de grimacer et s'efforça de réfléchir à toute vitesse.

Par chance, réfléchir à toute vitesse était justement ce qu'Astrophile faisait le mieux. Elle eut bientôt une idée. Elle fila vers une autre porte, en évitant celle du bureau du prince. Elle parvint à se faufiler dessous, mais fronça le sourcil en constatant qu'elle se trouvait dans une armurerie. Essayant une troisième porte, elle pénétra dans une salle de bains équipée d'une baignoire vaste comme une petite piscine.

La quatrième porte, enfin, la mena exactement là où elle voulait se trouver : la chambre à coucher du prince. Cette pièce somptueuse était presque entièrement occupée par un gigantesque lit à baldaquin. En principe, les lits de ce genre ont des rideaux de chaque côté pour garder le dormeur au chaud pendant les froides nuits de Bohême, mais dans la chambre du prince, le feu ronflait dans deux cheminées. Sans doute pour raisons de sécurité, le lit était dépourvu de rideaux, et le prince dormait profondément sous d'épaisses couvertures. Son visage pâle semblait de la même couleur et de la même matière que les oreillers de soie blanche.

Astrophile eut le regard attiré par la table de chevet. Elle frissonna. Là, dans cette chambre emplie d'objets lisses et polis, se trouvait une plante féroce, de celles qu'une personne dans la situation d'Astrophile déteste le plus au monde. C'était une dionée attrape-mouche. Ce monstre botanique était placé sous une grosse cloche de verre. En guise de fleurs, il avait de larges bouches bordées de dents pointues. Celles-ci étaient grandes ouvertes, attendant qu'un insecte s'y égarât. Astrophile avait lu des articles sur ces plantes, qui ne vivent pas que de soleil et d'eau. L'intérieur de leurs bouches est sucré et poisseux. De nombreux insectes, et pas seulement des mouches, sont attirés par l'odeur. Dès qu'ils posent la patte dans une bouche, celle-ci se referme brutalement.

Astrophile s'efforça de ne pas penser à la dionée attrape-mouche. Elle sauta plutôt sur une petite table où étaient posées une tasse, une soucoupe et une cuiller. En marchant sur la table, elle heurta délibérément la cuiller, qui passa par-dessus bord à grand bruit. L'araignée sauta au sol.

Elle n'alla pas plus loin. Tombé du ciel, un objet en verre en forme de dôme s'abattit sur elle. C'était la cloche qui, quelques instants plus tôt, couvrait encore la dionée attrape-mouche. Astrophile tremblait de peur, mais s'obligea sévèrement à garder son calme. Elle se figea lorsque le prince se baissa pour l'observer. De là où elle se trouvait, la courbure de sa prison de verre déformait le visage, qui prit des formes étranges lorsque le prince inclina la tête. Quand il prit la parole, ses mots vibrèrent à travers le verre.

– Ça alors, dit-il. C'est *une merveille.*

25

Monnaies et rouages

– J'ai l'air d'un perroquet.

Neel tripotait sa veste rouge et or tandis que Pétra et lui s'avançaient dans le couloir.

– De quoi tu te plains ? La moitié des Lovari s'habillent dans ces couleurs.

– D'accord, mais la *coupe*...

Quelque part dans un coin sombre au fond des écuries, un certain page aurait adoré avoir l'air d'un perroquet. Au lieu de quoi il portait les vêtements de Neel, en plus d'être ligoté et bâillonné. Pétra avait attiré Damek dans les écuries en lui racontant qu'il y avait là des tonneaux de pommes réservées aux chevaux préférés des nobles. Lorsque Neel s'était jeté sur le pauvre page, Pétra lui avait expliqué qu'elle était navrée, qu'il n'y avait pas de pommes à voler et qu'il risquait de ne pas revoir son uniforme de sitôt. Elle se dit que son comportement de ce soir n'allait pas arranger l'opinion du prince Rodolphe sur la perfidie des femmes de chambre. Mais, Iris lui ayant confirmé qu'elle avait bien entendu dire que le prince dînait avec plusieurs ambassadeurs ce soir-là, Pétra était passée à l'action. Damek avait carrément pleuré lorsque Neel avait enfilé son uniforme, mais elle avait durci son cœur et déclaré au page que de toute manière sa tenue était ridicule, et qu'il devrait être bien content d'en être débarrassé.

Pétra et Neel avaient réussi à franchir sans problème les barrages de gardes humains. Ces derniers connaissaient Pétra, depuis le temps, et lui avaient fait signe de passer sans regarder ses papiers. Neel s'attirait des regards suspicieux, mais Pétra avait fait bon usage du bureau du prince dès son premier jour de travail comme femme de chambre. Elle avait étudié plusieurs de ses lettres. Elle supposait qu'elle aurait eu de gros ennuis si elle s'était fait prendre, même si aucune des missives ne disait rien d'intéressant : elles parlaient d'augmentation du prix du blé, d'adoubements de chevaliers, et de crédits supplémentaires pour faire venir des navires d'Italie. Imitant assez bien l'écriture du prince, elle avait rédigé le sauf-conduit de Branko (c'est-à-dire Neel) : il était le nouveau page, il remplaçait Damek qui s'était révélé indigne de travailler pour le prince, il avait déjà eu un entretien avec le prince Rodolphe. Pétra avait appliqué le sceau du prince et espéré avec ferveur que sa lettre ferait illusion.

Le lion et la salamandre examinèrent avec attention le mot que leur tendit Neel. La communication circula silencieusement entre les deux animaux pendant un bon moment. Finalement, le lion prit la parole.

– Viera, vous pouvez passer.

– Et moi ? demanda Neel.

– Vous n'avez jamais franchi ces portes, par conséquent nous doutons vous ayez été entendu par le prince. Nous sommes au regret de vous informer que Son Altesse n'est pas dans ses appartements en ce moment. Vous devrez revenir une autre fois pour votre entretien.

– Mais il a déjà eu lieu ! insista Pétra. C'est ce que dit la lettre.

– Il serait fort inhabituel que Son Altesse conduisît un entretien à l'extérieur de ses appartements.

– Mais c'est Son Altesse en personne qui écrit qu'elle l'a fait. Êtes-vous en train de me dire que vous doutez de la parole de Son Altesse ?

La salamandre s'agita.

– Nous n'en doutons certes pas, dit le lion.

– Damek a été emmené par le capitaine des gardes. Tout s'est passé très vite. L'entretien a eu lieu dans le bureau de maître Listek. Son Altesse a confié des tâches importantes à Branko. Son Altesse sera furieuse en rentrant si elle constate que Branko n'a pas rempli ses devoirs.

Le lion et la salamandre se regardèrent.

– Voulez-vous revoir la lettre ? Ce sont les ordres de Son Altesse, répéta Pétra en agitant le papier.

Le lion soupira.

– Passez, Branko.

Ils attendirent que les deux vantaux se soient refermés derrière eux pour partager un sourire triomphant.

Ils se ruèrent dans le couloir. Juste avant d'atteindre la salle principale, Pétra prit dans sa poche la cuiller qui lui servait à faire boire Astrophile et la plongea dans une des lampes à colza pour y puiser un peu d'huile. Elle tint la cuiller pleine au-dessus de sa main gauche ouverte en essayant de ne pas renverser le liquide vert. Ils entrèrent dans la salle, avec son trône vide et sa fausse fenêtre. Pétra désigna du menton la porte du milieu à droite. Neel s'agenouilla devant et se mit au travail.

Il fit la grimace.

– Pas facile, celle-là.

Le cœur de Pétra tambourinait dans sa poitrine. Mais Neel et elle échangèrent un regard euphorique en entendant un déclic.

Neel poussa la porte. Il gémit.

Il y avait une seconde porte.

Celle-là était en verre. Elle n'avait pas une mais trois serrures.

– Tu crois qu'on devrait briser la vitre ? chuchota Pétra, inquiète.

– Surtout pas. Ne panique pas comme ça. Laisse-moi une minute, tu veux ?

Pendant que Neel palpait la première serrure, Pétra scruta l'intérieur du Cabinet des Merveilles tout en s'efforçant de se calmer. C'était une salle qui semblait s'étendre à l'infini. Plusieurs grandes statues étaient posées au sol, et les murs étaient couverts d'étagères chargées d'objets innombrables. Pétra plissa les yeux pour les distinguer, mais elle ne voyait pas grand-chose.

Astrophile ? appela-t-elle tout en guettant le chatouillis arachnéen au fond de son esprit. Elle remarqua des éclats de verre par terre, à quelques pieds d'elle dans la pièce. Son anxiété augmenta. *Astro ? Dis-moi que tu es là-dedans !*

Un fil argenté se déroula d'une étagère jusqu'au sol. Astrophile descendit rapidement et courut à la porte de verre. *Pétra ! Pétra !* fit-elle en sautillant sur place. *Comme je suis contente de te voir ! J'ai cru que tu n'arriverais jamais ! Et j'ai une faim de loup !*

Nous n'allons pas tarder à ouvrir cette porte. Tu as trouvé les yeux de Père ?

Oui, mais tu n'imagines pas ce que j'ai dû faire pour entrer ici ! Il y avait une plante carnivore, et le prince m'a attrapée, et c'est ce que je voulais, mais je ne m'attendais pas à me faire coincer sous une cloche en verre, et puis le prince m'a mise dans le Cabinet, comme prévu, mais il m'a laissée sous la cloche sur une étagère, ce démon ! Ensuite il est parti, et j'ai dû pousser la cloche de toutes mes forces jusqu'à ce qu'elle tombe par terre, et moi avec. Il y a eu du verre brisé, et je suis tombée, du verre brisé, oui, et puis je suis tombée, et...

Elle s'emmêlait les pinceaux, chose rare chez Astrophile. Mais il faut dire qu'elle avait eu sa dose d'émotions fortes.

Du calme ! Qu'est-ce que tu racontes ?

Astrophile respira un grand coup et expliqua qu'elle n'avait pas pu se glisser sous la porte comme prévu, si bien qu'elle avait dû ruser pour amener le prince à l'enfermer dans le Cabinet des Merveilles.

Il m'a dit que j'avais de la chance qu'il soit trop pris aujourd'hui pour qu'il me fasse tester. *Il l'a dit comme s'il savait que je le comprenais !*

– Ça y est, dit Neel.

Il ouvrit la porte.

Pétra s'agenouilla et tendit la cuiller. Astrophile aspira goulûment l'huile verte.

– Ça va mieux ? lui demanda Pétra.

– Beaucoup mieux !

– Tu as été très courageuse, Astro.

– Oh, répondit-elle en affectant la nonchalance, j'ai fait ce qu'aurait fait toute araignée qui se respecte.

Pétra sourit.

– Alors, où sont-ils ?

Elle suivit Astrophile dans les profondeurs du Cabinet des Merveilles. Des objets étranges et merveilleux les entouraient, comme ce petit arbre en pot dont les feuilles étaient des rubans de papier roulés. Pétra regarda rapidement un papier qui s'était déroulé et vit un poème de trois lignes écrit à l'encre verte, comme de la sève. Certaines choses étaient magnifiques sans être insolites, telle cette statue de paon bleu et vert grandeur nature. D'autres étaient bizarres et déroutantes, comme ce squelette de sirène de presque deux mètres suspendu à un crochet au sommet d'un mât.

Neel descendit une boîte d'un rayonnage, la regarda et fit la grimace. Pétra jeta un œil sur l'étiquette.

– C'est marqué « Dents de dragon ».

– À quoi pourraient me servir des dents de dragon ?

– Si tu les plantes en terre, il pousse des soldats, expliqua Astrophile. Du moins, c'est ce que j'ai lu.

– Essaie ceci, dit Pétra en ouvrant un coffret étiqueté « Monnaies phéniciennes ».

Le regard de Neel s'éclaira à la vue du tas de pièces. Puis il remarqua les motifs qui les marquaient. Il se renfrogna.

– Ce ne sont pas des pièces de Bohême. Ni espagnoles. Ni rien. Je ne peux rien en faire.

– Tu peux si tu les fais fondre.

– Ah oui. D'accord.

Il commença à emplir sa bourse.

Pendant ce temps, Astrophile s'était hissée sur une petite boîte. Un mot était marqué au fer dans le bois : « Kronos ».

Les doigts tremblants, Pétra souleva le couvercle. Les yeux de son père étaient là, argentés et familiers.

Elle hésita à les toucher. Lorsqu'elle les prit enfin, elle s'étonna de les trouver lisses et durs comme des galets. Elle les déposa délicatement dans sa poche.

Elle entendit Neel pousser une exclamation de ravissement. Elle se retourna. Il avait découvert un lot de pierres précieuses taillées en forme d'animaux variés. Il y avait un pélican en rubis, une tortue d'émeraude, un loup en saphir et une colombe de diamant.

– Quel dommage de devoir les casser en morceaux, dit-il en les glissant dans sa bourse. Mais je m'en remettrai.

Pétra fit rapidement le tour du Cabinet à la recherche d'une chose, n'importe laquelle, qui pût l'aider à tenir sa promesse envers John Dee. Elle trouva de la corne de licorne en poudre, certes. Et même un cocon de la taille de son bras. Mais elle ne vit rien qui ressemblât à une pièce d'une énorme horloge. Ni à un cœur.

Elle en conclut qu'elle devrait laisser Dee résoudre ses propres problèmes. Il pouvait bien la menacer tant qu'il voulait. Sa famille traiterait avec lui en temps voulu. Son père connaissait peut-être quelqu'un capable de trancher la connexion établie par Dee avec son esprit, à moins que Drabardi puisse le faire. Quoi qu'il en fût, elle savait que Neel, Astrophile et elle ne pouvaient plus s'attarder très longtemps dans le Cabinet. Elle avait ce qu'elle était venue chercher, la seule chose vraiment importante.

– Je suis prête à y aller, dit-elle à Neel. Et toi ?

Il tapota sa bourse.

– Ouais !

Pétra se dirigea à grands pas vers la porte, mais elle se figea. Elle pensait à Susana. Elle se rappela les paroles de son père : « L'horloge ne nous concerne plus. » Mais elle concernait d'autres gens. Ses épaules s'affaissèrent, comme vaincues, comme ployant sous un poids, et elle parla à contrecœur.

– Neel. Cherchons encore un peu le cœur de l'horloge.

Ils arpentèrent les lieux, inspectant les piles d'objets. Un temps précieux s'écoulait et Pétra était de plus en plus nerveuse dans le silence. Elle allait renoncer une nouvelle fois lorsque Neel s'arrêta et leva une main.

330

– Attends, dit-il en regardant fixement par-dessus l'épaule de Pétra. Cette chose...

Pétra se retourna.

– Mais laquelle ? Il y a des *milliers* de choses ici.

Neel passa à côté d'elle et désigna une petite table sur laquelle étaient posés plusieurs fragments de métal.

– Ça. Ça ressemble à ce qu'il y avait dans le carnet de ton père. Je m'y suis un peu plongé quand tu m'as expliqué ce que l'horloge pouvait provoquer. Bien sûr, je n'ai rien lu, mais j'ai regardé les croquis. Et ces morceaux de métal me rappellent quelque chose.

Pétra observa attentivement la table. Au premier regard, les pièces métalliques incurvées semblaient disposées au hasard. Mais à mieux y regarder, celles de forme et de dimensions à peu près similaires étaient rangées ensemble. On aurait dit les morceaux d'un puzzle que quelqu'un avait du mal à reconstituer. Pétra essaya d'imaginer quelle forme composeraient les fragments s'ils étaient assemblés. Puis elle comprit d'un coup.

– C'est le cœur de l'horloge, dit-elle dans un souffle.

Elle se rappelait, dans le carnet de son père, un dessin évoquant un cœur humain découpé en morceaux.

Neel tendit la main pour toucher une pièce du cœur, mais Pétra l'intercepta. Elle avait vu un miroitement rouge dans la couleur bronze du métal.

– Les pièces sont en banium, l'avertit-elle. La peau humaine ne peut le toucher. C'est mortel. Cela enverrait des ondes de choc dans ton corps. Tu en mourrais

331

lentement et dans la douleur. Les pulsations du banium...
comme un battement de cœur...

Neel se dégagea de la poigne de Pétra et souleva un
morceau de banium avec ses doigts fantômes.

– Alors, celui-ci est censé s'emboîter dans un autre ?
Pas facile de dire lequel va avec lequel.

– Essaie celui-là, dit-elle en pointant le doigt.

Un deuxième fragment de banium s'éleva en l'air.
Neel appliqua les deux pièces l'une contre l'autre. Il
essaya encore quelques combinaisons pour les assembler,
mais aucune ne fonctionnait.

– Neel, tu t'y prends mal.

– Quoi, comment ça ?

– Mais tu ne vois pas ? Regarde les petites dents au bord
de chaque morceau. Chaque pièce est un engrenage, et si
tu les assembles correctement, elles se mettront à tourner.

Elle tenta d'imaginer quelle énergie produirait le
cœur de l'horloge une fois reconstitué, comment chaque
rouage se mettrait en mouvement, comment le banium
ferait battre le cœur.

– Qu'est-ce que tu racontes ? Y a pas de dents.

Pétra lui lança un regard exaspéré. Les bords irréguliers de chaque pièce étaient clairs comme le jour, et à
l'évidence ils étaient faits pour s'enclencher dans
d'autres dentelures.

– Tu ne vois vraiment rien ?

– Mais si, Pétouille, bien sûr que si ! répliqua-t-il, sarcastique. Je dis juste le contraire parce que j'adore perdre
mon temps quand ma vie est en jeu.

Pétra comprit alors que le prince voyait clairement les dents avec les yeux volés. Et que si elle les voyait aussi, c'était parce qu'elle était qui elle était.

– Tourne le poignet comme ça, dit-elle en tordant la main droite de Neel. Voilà, maintenant appuie.

Il s'exécuta, et les rouages s'épousèrent.

– Vous avez perdu la tête, tous les deux ? s'écria Astrophile. Vous n'allez quand même pas reconstituer le cœur ! Vous êtes censés faire exactement le contraire !

Neel et Pétra regardèrent l'araignée d'un air contrit.

– La soie neutralise le banium. Trouvez-en, partagez-vous les engrenages, et enveloppez-les un par un pour qu'ils ne vous choquent pas. On s'en débarrassera une fois sortis du château. Et je vous recommande fortement de faire vite ! Le prince ne va pas rester éternellement à table.

Pétra trouva un kimono de soie brodé de grues cendrées. Elle emprunta son couteau à Neel et entreprit de le déchiqueter. Puis elle s'arrêta pour réfléchir.

– Mais que ferons-nous des pièces, les jeter dans la rivière ? demanda-t-elle. Ce n'est pas suffisant. Le prince les repêcherait, tout simplement. Si nous les enterrons, il les retrouvera et les déterrera. Ton idée ne marche pas, Astro.

– On pourrait éviter de se disputer ? plaida Neel. Parce que démolir chacun les idées de l'autre au moment où on est censés se tirer d'ici, ça m'a tout l'air d'un mauvais plan. On n'a qu'à détruire ce fichu cœur.

– Il est déjà cassé, remarqua Astrophile en agitant quelques pattes vers le cœur.

– Non, pas cassé, déclara Pétra.

À regarder le banium, la structure complète du puzzle lui semblait soudain évidente.

– Pas tout à fait. Pas encore.

Enveloppant ses mains de chiffons de soie, elle enjoignit à Neel de découper la ceinture du kimono.

– Sers-toi des deux moitiés pour attacher les chiffons sur mes mains, lui ordonna-t-elle. Comme des moufles. Noue les moitiés de ceinture autour de mes poignets. Bien.

De ses mains couvertes de soie, elle ramassa encore un morceau et l'enclencha dans les deux que Neel et elle avaient déjà réunis.

– Pétra ! fit Astrophile, scandalisée.

– Je sais ce que je fais, Astrophile.

Pétra se mit à assembler rapidement les pièces.

– Écoute, j'ai des pouvoirs magiques sur les métaux. Un peu. Mais je ne sais pas au juste en quelle quantité, et je n'ai jamais rien fait pour l'apprendre. J'étais trop occupée.

Ou trop paresseuse ? se demanda-t-elle. *Trop peureuse ?*

– Si j'arrive à broyer ces petites dents sur le bord des pièces, elles ne s'enclencheront plus. Mais je ne crois pas avoir ce genre de pouvoir. Heureusement, le banium l'a, lui. Une fois le cœur reconstitué, je pourrai employer son énergie pour m'aider.

Astrophile leva lentement les yeux des mains agiles de Pétra. Elle regarda son visage.

– Ça peut marcher, dit-elle à contrecœur.

– Tu tiens cette idée de ton père ? demanda Neel.

Il tendit ses doigts fantômes pour l'aider à tenir la boule de métal qui grossissait. Elle vibrait d'énergie à présent.

– Non, avoua-t-elle. Mais tu me fais confiance ? l'implora-t-elle, bien qu'elle ne se fît pas entièrement confiance elle-même.

Il souleva le dernier engrenage.

– Voyons ce qui va arriver.

Pétra se saisit de la dernière pièce. Elle alla presque se mettre en place toute seule. Le cœur se mit à battre bruyamment.

– Quelqu'un risque d'entendre ça, dit Astrophile d'une toute petite voix.

– Fais vite, Pétouille, la pressa Neel.

Pétra fixa des yeux le cœur palpitant qu'elle tenait dans ses mains de soie. Elle s'efforça de se concentrer sur le banium, de l'inviter en elle, comme elle avait fait avec Astrophile et la dague des Lovari. Puis elle s'arrêta, effrayée. Si le contact du banium pouvait tuer quelqu'un, que pouvait lui faire cette magie, à elle ? *Si mon père a fabriqué le cœur et survécu*, se dit-elle, *je peux le briser et faire de même*. Tomik aurait bien reconnu cette attitude chez Pétra, car c'était le même entêtement d'acier qui l'avait amenée à Prague au départ.

Le battement du cœur de banium commença à tambouriner dans la tête de Pétra. Calmement, d'abord. Puis il enfla et pesa contre son crâne. Un gémissement lui échappa.

– Qu'est-ce qu'il y a ? s'écria Neel.

Astrophile sauta en l'air et s'agrippa à son épaule.

– Pétra ?

Elle ne leur prêta aucune attention, occupée à maîtriser le battement dans son crâne. C'était pire que tous les maux de tête. C'était au-delà de la douleur. Au moment ou elle crut que sa tête allait éclater sous la force de la connexion magique entre elle et le banium, elle se concentra sur les fissures dans le cœur de l'horloge, à l'intersection des rouages. *Séparez-vous MAINTENANT*, souhaita-t-elle.

Il y eut un bruit, comme un craquement de glace. Tandis que la pulsation faiblissait dans sa tête, Pétra regarda les dents des engrenages se fracasser le long des lignes qui les joignaient. Le cœur conservait encore plus ou moins sa forme, comme un œuf dur dont la coquille est fendillée. Mais les dents avaient disparu.

– Tu y es arrivée ? demanda Astrophile. C'est fini ? Pétra, tu vas bien ?

– Oui, souffla-t-elle.

Puis elle laissa retomber ses mains et lâcha le cœur sur la table. Elle se plia en deux et vomit.

Surpris, Neel toucha le cœur. Il tomba par terre et s'ouvrit avec un *BOUM* à vous déchirer les tympans.

– Alors là, dit Astrophile d'une voix tremblante, je *sais* que quelqu'un a entendu ça.

26

À cheval donné...

Neel poussa un juron en rom. Il jurait encore, dans un langage que Pétra supposait fleuri, en la traînant hors du Cabinet des Merveilles. Astrophile bondit sur son oreille. Pétra et Neel coururent vers la double porte et la poussèrent. Sans aucun égard pour le rugissement du lion et les petits cris de la salamandre, ils se ruèrent à toutes jambes dans le couloir.

Pétra avait un goût amer dans la bouche. Mais l'ignoble douleur mentale du banium s'était envolée, et le soulagement lui donnait un léger vertige. Elle en oubliait presque qu'elle était en danger. Son sang chantait à ses oreilles, et elle courait trop vite pour avoir vraiment peur.

C'est alors, au moment où Neel et elle allaient rassembler leurs forces pour passer en trombe devant les gardes qui bloquaient l'escalier du troisième étage, qu'elle avisa un petit groupe de soldats qui leur fonçaient dessus depuis un autre couloir. Juste derrière eux, le visage rigide de fureur, le prince Rodolphe suivait. Une terreur

337

immense envahit Pétra. Elle s'arrêta en dérapage contrôlé et se figea.

– Pétouille !

Neel avait fait volte-face et la regardait de tous ses yeux.

– *Pétra !*

Sa voix la tira de sa transe paniquée. Elle arracha ses moufles de soie et les jeta par terre. Elle attrapa l'ourlet de sa jupe et déchira une série de points grossiers. Puis elle serra les Merveilles de Tomik dans sa main gauche.

– Fermez les yeux ! cria-t-elle à Neel et à l'araignée.

Elle se saisit de la Merveille qu'elle avait baptisée Luciole. L'éclair palpitait dans la sphère. Visant l'espace au sol juste devant les pieds des soldats qui s'avançaient, elle jeta la bille et ferma les yeux de toutes ses forces.

BAOUM ! Une lumière rouge s'embrasa derrière ses paupières closes. Lorsqu'elle les rouvrit, une scène de carnage s'étendait devant elle. Le sol de pierre était noirci, brisé, et soulevé en gros blocs anguleux. Quelques-uns des hommes gisaient à terre. Ceux qui étaient sur pied titubaient, se couvrant le visage de leurs mains et poussant des gémissements. Un morceau de plafond roussi tomba à grand fracas sur le pied de l'un d'eux. Il hurla. Le tonnerre roulait au long du couloir.

– Allez, viens ! cria Neel.

Ils passèrent devant les gardes tombés à terre et dévalèrent les corridors du troisième étage.

Mais par-dessus le martèlement de leurs pas, Neel et Pétra entendaient un autre bruit terrible : le bruit de

338

bottes rythmé et régulier de nombreux soldats surgissant de tous les coins du château pour les capturer.

Pétra regarda les deux billes qu'elle tenait dans sa main. La guêpe bourdonnait. L'eau clapotait.

– Pas la guêpe, Pétra ! lui cria Astrophile à l'oreille. La Ruche risque de se retourner contre toi !

Elle remit la Ruche dans sa poche et espéra farouchement que la Bulle se révélerait utile. Elle lança la bille remplie d'eau, qui se fracassa contre le mur derrière eux.

Un raz-de-marée engloutit sur-le-champ le troisième étage. Pétra fut submergée et entraînée par un courant violent. Quelque chose vint la frapper à la jambe. Elle sentit Astrophile lui pincer fortement l'oreille droite, et le manque d'oxygène lui brûla la poitrine tandis qu'elle tournoyait sous l'eau.

Lorsqu'elle retrouva enfin la surface en suffoquant, elle vit Neel la dépasser rapidement en flottant. Il s'accrochait à une table en bois.

– Mais qu'est-ce que tu fabriques ? lui cria-t-il. Arrête de jeter ces trucs !

Elle se débattit pour le rejoindre en barbotant. Elle était incapable de tenir une direction, mais à mesure que le courant leur faisait dévaler un escalier et plusieurs couloirs, le flot commença à perdre de sa force, et ils réussirent rapidement à patauger dans l'eau qui ne leur arrivait plus qu'aux cuisses, puis aux mollets. Ils étaient au deuxième étage, dans l'aile des Savants.

Ils commençaient tout juste à se dire qu'ils parviendraient peut-être à s'en tirer lorsqu'ils entendirent le piétinement des soldats s'avançant vers eux. Neel et Pétra échangèrent un regard terrifié.

C'est alors que s'ouvrit une porte à deux poignées, l'une en fer et l'autre rouge.

Iris mit un pied dans le couloir. Elle y jeta un regard avec un petit cri, se retrouva debout dans trente centimètres d'eau, puis leva les yeux sur Neel et Pétra, stupéfaite à la vue de leurs vêtements trempés, de leurs cheveux mouillés collés à leur tête et de leurs visages dégoulinants.

– Au nom des sept planètes, que se passe-t-il donc par ici ?

– Iris, dit Pétra en pataugeant vers elle. Connaissiez-vous Mikal Kronos ?

Pétra, fit Astrophile en recrachant de l'eau. *C'est imprudent.*

– Ma foi oui, il travaillait plus loin dans le couloir. Je...

Iris se tut. Sa bouche se crispa tandis qu'elle regardait Pétra avec l'expression de quelqu'un dont les soupçons se révèlent exacts.

– Et quelque chose me dit que tu le connais aussi. Assez bien, je présume.

– Je suis sa fille Pétra. Mon père a travaillé ici pendant six mois. Mais un jour, alors que l'horloge était presque terminée, le prince l'a aveuglé. Il lui a volé ses yeux. Je suis venue jusqu'à ce château pour les reprendre.

Iris observa Pétra, indécise. Les pas des soldats se rapprochaient.

340

– À votre avis, où le prince a-t-il eu ces yeux d'argent qu'il s'amuse à porter ?

Iris resta coite.

– Il faut que nous sortions d'ici ! Par où passer ? Je vous en prie, aidez-nous. Si les gardes du château nous attrapent, je ne donne pas cher de nos vies !

Désespérée, Pétra chercha un moyen de convaincre Iris qu'elle disait la vérité.

– C'est Fiala Broshek qui lui a retiré ses yeux, à la demande du prince !

– Fiala !

Le nom avait surgi tout seul des lèvres d'Iris. Alors, elle ouvrit sa porte.

– Entrez ici, tous les deux.

Elle claqua la porte derrière eux.

– Fiala Broshek ! Femme sans scrupules ! L'œuvre de Kristof n'est rien à côté des abominations qu'elle crée ! Et les opérations qu'elle pratique ! « Chirurgienne », se prétend-elle ! Elle ferait mieux de regarder à quoi elle ressemble de l'intérieur, elle, pour changer !

Elle les entraîna dans sa chambre. Neel jeta à Pétra un regard interrogateur. Iris ouvrit la porte du placard.

– Entrez là-dedans, dit-elle.

– Hum, objecta Neel, je ne crois pas que nous cacher serve à grand-chose. Ils vont fouiller tout le château s'ils ne nous trouvent pas.

– Il y a un escalier là-dedans, ballot ! Il mène directement à la cour.

Pétra regarda Iris d'un air surpris.

341

– Je suis comtesse, oui ou non ? Je mérite de pouvoir aller et venir à ma guise sans être importunée par les tracasseries des gardes. Bon (elle remonta ses lunettes sur son nez), je suppose que nous ne nous reverrons plus, Pétra Kronos.

À ces mots, Pétra n'eut qu'une chose à faire. Elle serra la vieille femme dans ses bras trempés.

Pour une personne très peu habituée à être touchée, et encore moins embrassée, ce fut un choc. Elle resta immobile un instant, puis donna à Pétra des petites tapes maladroites dans le dos.

– Allons allons. Ça suffit. Tu vas me compromettre, ma fille !

Elles se séparèrent, et Iris contempla ses vêtements mouillés.

– Les soldats vont venir me demander si j'ai vu une criminelle trempée comme une soupe, et voilà comment je serai, marquée à l'eau pour avoir embrassé l'ennemi ! Me voilà belle !

Mais son sourire était chaleureux, doux et heureux.

– Et maintenant, ouste ! Sortez de mon laboratoire !

Neel dévala l'escalier quatre à quatre. Après un rapide regard en arrière, Pétra le suivit. Ils entendirent la porte se refermer derrière eux.

Ils se retrouvèrent bientôt dans une cour vide. Tous les soldats qui auraient pu s'y trouver étaient apparemment partis à leur poursuite à l'intérieur.

Neel et Pétra foncèrent aux écuries. Cachés derrière une meule de foin, ils observèrent deux palefreniers qui nettoyaient les stalles, apparemment ignorants de l'agitation qui régnait au château. Puis un troisième entra en courant et leur cria de sortir voir le spectacle. Il clama qu'une armée de bandits s'était introduite dans les appartements privés du prince, et qu'une bataille féroce avec explosions et tout et tout se déroulait dans le palais. Les deux autres garçons laissèrent tomber leurs râteaux et sortirent en trombe avec lui.

Neel et Pétra n'en croyaient pas leur chance.

– Celui-ci, dit Neel en faisant sortir de son box un immense étalon alezan. Il est magnifique, non ? Il peut nous porter tous les deux. Prenons-le.

– Je ne ferais pas ça à ta place, dit une voix grave.

Ils firent volte-face. Jarek était là, appuyé contre une stalle, les yeux plissés, les bajoues tombantes.

Neel sauta sur le dos du cheval. Il fit signe à Pétra.

– Allez viens. Je connais cet homme. Il sait bien s'occuper des chevaux du prince, d'accord, mais il ne monte pas mieux ni plus vite que moi.

Pétra savait cependant que Jarek n'avait qu'à sortir en courant de l'écurie, appeler les soldats et leur montrer leur cheval s'éloignant au galop. Toute l'armée du château leur fondrait dessus à flanc de coteau, alors qu'ils seraient complètement à découvert. Et elle comprit, en regardant l'homme mâchonner distraitement un morceau de paille, qu'il le savait aussi.

– Alors c'est vous qui êtes responsables de tout ce tohu-bohu au château, dit-il. C'est donc ça que vous mijotiez dans les jardins du prince. Je suppose que c'est vous

343

aussi qui avez ligoté ce pauvre gars que j'ai trouvé dans la sellerie. Vous êtes mal partis, les enfants. C'est le genre de choses qui se terminent par la peine de mort.

Pétra et Neel en avaient tant fait, avaient si bien tout planifié, avaient eu la chance d'échapper à tant de situations épineuses... tout cela pour se faire attraper par un homme qui avait traité le père de Pétra comme un vulgaire fagot jeté à l'arrière de son chariot. *C'est injuste ! C'est injuste !* hurlait chaque fibre de son être.

– Pourquoi ? éclata-t-elle d'une voix épaissie par l'émotion. Pourquoi faut-il que ce soit *vous* qui gâchiez toujours tout dans ma vie ?

– Mais ce n'est pas *fini*, cria Neel. Assez parlé, Pétouille ! On y va !

– Oui, assez parlé, dit Jarek en se redressant de toute sa hauteur. Je n'ai pas fait de mal à ton père. Je l'ai juste ramené chez lui contre un peu d'argent. Ce n'est pas le pire qu'un homme puisse faire, quand même. Mais je n'en suis pas vraiment fier non plus. Je sais que vous aimez bien Carlsbad, mais ce cheval n'est pas fiable. Il est capricieux. Il risque de vous flanquer par terre si un écureuil croise sa route. Vous devriez prendre Boshena. (Il ouvrit une stalle et en fit sortir une vieille jument.) Elle n'en a pas l'air comme ça, mais c'est la meilleure monture de ces écuries. C'est la plus maligne, la plus digne de confiance. On peut dire qu'elle et moi, on est copains. Elle n'est pas rapide, mais elle est régulière. Et en plus, elle sait où vous allez (il désigna Pétra du menton). C'est plus que vous ne pouvez en dire, ou je me trompe ? Vous savez comment rentrer à Okno ?

Pétra lui décocha un regard noir.

– C'est bien ce que je pensais. Promettez-moi de bien vous occuper d'elle, et elle vous ramènera chez vous. Vous ne pourrez sans doute pas nous la rendre. (Il tapota la tête du cheval.) Mais j'ai vu votre famille. Je crois que je la laisse en de bonnes mains.

Neel soupira et descendit de Carlsbad d'un bond.

– T'as de drôles d'amis, Pétouille.

– C'est pas mon ami, siffla Pétra entre ses dents serrées tandis que Neel montait sur Boshena.

– Allons donc, dit Jarek à Pétra avec une touche d'humour. Ton père ne t'a pas appris qu'à cheval donné on ne regarde pas les dents ?

Puis, d'un mouvement vif, il la souleva et l'installa derrière Neel.

Les lèvres de velours de Boshena caressèrent la main de Jarek, et ses grands yeux bruns étaient pleins de reproche. Puis elle dressa les oreilles. Elle l'entendit avant les humains : un bruit de sabots qui approchaient.

Je n'aurai pas la mort de deux enfants sur la conscience, dit silencieusement l'homme à la jument. *Aide-les.* Il lui donna une tape sur la croupe et elle sortit des écuries au petit galop.

27

Le renard dans la neige

Neel lâcha un peu les rênes pour laisser la jument partir au grand galop. Ils avaient presque atteint la forêt lorsqu'ils entendirent un grand nombre de sabots marteler le sol derrière eux. Un détachement d'environ vingt soldats du château les poursuivait à cheval, dévalant la colline couverte de neige.

– Ça m'étonne qu'il n'y en ait pas plus, dit Neel comme si rien ne pouvait les arrêter.

– Moi, je les trouve déjà bien assez nombreux !

Pétra sortit la Ruche de sa poche.

Neel se retourna brusquement.

– Oh non, fit-il en regardant dans sa paume. Pas encore un de ces trucs ! D'abord tu as failli nous éparpiller en petits morceaux. Ensuite, tu essaies de nous noyer. Celle-ci ne me dit rien du tout.

– À moi non plus, avoua-t-elle.

Mais avaient-ils le choix ?

Elle attendit que les soldats du château soient suffisamment proches pour que son projectile les atteigne, et assez loin pour mettre de la distance entre leur monture et le désastre, quel qu'il soit, que déchaînerait la Ruche. Elle lança, et ils talonnèrent Boshena pour qu'elle accélère encore.

Des clameurs s'élevèrent derrière eux et les chevaux hennirent frénétiquement tandis qu'un bourdonnement sonore envahissait l'air. Pétra ne put s'empêcher de regarder en arrière. Un nuage d'insectes attaquait les hommes. Les guêpes se faufilaient sous les casques. Elles piquaient le moindre centimètre de peau humaine qu'elles trouvaient. Elles piquaient les chevaux, qui jetaient leurs cavaliers à terre et s'échappaient au grand galop en lançant des ruades.

Pétra et Neel disparurent entre les arbres. Même s'il guidait Boshena à une allure plutôt lente, Neel les mena en expert dans les profondeurs de la forêt, en choisissant les zones sous les pins où les branches avaient empêché la neige de couvrir le sol.

– La terre nue est complètement gelée, expliqua-t-il. Les sabots du cheval ne s'enfonceront pas beaucoup, et nous allons éviter la neige. Ainsi, nous ne laisserons pas de traces.

Au bout d'environ une demi-heure, ils s'arrêtèrent et mirent pied à terre. C'était là que leurs chemins se séparaient : Neel allait continuer à pied vers le campement lovari, tandis que Pétra prendrait le chemin d'Okno. La nuit était presque tombée. Bientôt il ferait complètement noir, et elle devrait poursuivre toute seule. Elle frissonna.

Ne t'inquiète pas, Pétra, dit Astrophile. *Tu ne seras pas seule. Je serai avec toi.*

Elle se sentit un peu mieux.

– Tu demanderas à Sadie de me pardonner ? dit-elle à Neel.

– Oh, je pense qu'elle le fera, une fois qu'elle aura vu ce que je rapporte à la maison. Nous serons en route pour l'Espagne sur des chevaux neufs en un rien de temps. C'est mon meilleur cambriolage jusqu'ici. (Il sourit largement.) J'ai hâte de voir la tête d'Emil.

Non sans maladresse, ils se serrèrent la main.

– Bon, eh bien voilà, dit Pétra.

Elle avait du mal à croire qu'elle ne reverrait sans doute jamais Neel. Et le plus dur était de constater qu'elle ne savait pas comment lui dire au revoir.

Neel fouillait dans ses poches.

– Tu sais, j'étais certain qu'on réchaufferait le sol d'un cachot ce soir. Mais je me disais que peut-être, peut-être, les choses tourneraient bien. Et que si c'était le cas, je te donnerais ceci.

C'était un cordonnet de cuir noué en boucle. Un petit fer à cheval y était accroché.

Pétra le prit. Elle retourna le fer à cheval. Une phrase y était gravée, dans une langue qu'elle ne comprenait pas. Mais au milieu il y avait son nom, ou presque : *Petali Kronos.*

– Ça te plaît ? Bien sûr, ce n'est pas moi qui l'ai écrit. J'ai dû demander à quelqu'un. Mais ça veut dire que tu es une amie de mon clan. Et en fait...

Neel s'interrompit. Il sembla prendre une décision.

– Ça veut dire plus que cela. Il y a une chose sur moi que tu ne sais pas. Sadie n'est pas vraiment ma frangine.

Il commença à lui raconter comment il avait été adopté bébé. Pétra fit semblant d'entendre l'histoire pour la première fois.

– Alors voilà ce que je pense, dit Neel en arrivant à la fin de son récit. La famille, c'est ce qu'on en fait. Et ce fer à cheval fait que tu es de ma famille. Si tu as besoin d'aide, ou que tu as besoin de me trouver, il te suffira de montrer ça à un Rom.

– Pourquoi... commença-t-elle avant de s'interrompre, car elle avait du mal à parler. Pourquoi un fer à cheval ?

Le fer à cheval fabrique sa chance, pensa-t-elle.

– Parce que c'est *toi*, tu vois ?

Pétra ne comprenait pas.

– *Petali* veut dire « fer à cheval ».

– Mais... mais tu m'as dit que ça voulait dire « chanceux » ?

– C'est pareil. Un mot, deux sens. On dit *petali* pour parler d'un fer à cheval et aussi pour parler de chance. Vous ne dites pas que les fers à cheval portent chance, chez les *gadjé* ?

– Si.

Pétra ne savait pas comment réagir. Elle ne savait que penser de la prédiction de sa mère et de la manière dont elle s'était, en un certain sens, réalisée. Elle enfila le collier.

– C'est le plus beau cadeau qu'on m'ait jamais fait.

350

– Pardon ? objecta Astrophile.

– Enfin, à part Astro, bien sûr, s'esclaffa Pétra. Merci, Neel. Je n'aurais pas pu faire tout ça sans toi.

– Je sais, répondit-il avec un sourire. Mais je peux dire la même chose de toi. Bref, je déteste les adieux. Je n'y crois pas. Donc je vais juste te dire : à plus tard, Petali.

– À plus tard, Neel.

Pétra posa la tête sur l'encolure hirsute de Boshena et frissonna. Elle était misérable. Une fois envolée l'excitation de s'évader du château, elle s'était rendu compte qu'elle n'avait rien à boire ni à manger. Son estomac vide était une chose morte en elle. Elle ne savait absolument pas où elle allait. Ses vêtements mouillés avaient gelé et s'étaient raidis contre sa peau. Elle éternua. Elle avait essayé de guider Boshena pour la faire marcher sur le sol nu, en évitant les taches de neige, comme l'avait fait Neel. Mais au bout de deux ou trois heures elle était trop épuisée, trop gelée et trop affamée pour prendre cette peine. Elle laissait simplement Boshena avancer à sa guise, en espérant que Jarek avait eu raison de dire que la jument connaissait le chemin d'Okno.

Elle avait soif. Quand Astrophile lui avait suggéré de manger de la neige, Pétra avait haussé les épaules. Mais quelques heures plus tard, elle en ramassait dans le noir et se forçait à en avaler.

Enfin, à l'heure la plus froide de la nuit, alors que le peu de chaleur du jour n'était plus qu'un lointain souvenir, Pétra s'endormit, la tête sur la crinière de Boshena. La jument continua d'avancer d'un pas égal.

Puis Pétra entendit quelque chose, un trottinement dans la neige. Elle leva la tête. Elles étaient arrivées dans une clairière. Un rayon de lune perçait entre les arbres nus, et Pétra aperçut le corps ondoyant et brun d'un renard qui traversait prudemment l'étendue neigeuse. Comme elle l'observait, le renard tourna la tête et regarda derrière lui. Ses yeux bruns plongèrent dans les siens et s'agrandirent. L'animal se dressa sur ses pattes arrière et s'étira jusqu'à prendre la forme d'un homme, grand, avec une longue barbe. C'était John Dee.

Je rêve, constata Pétra.

C'est vrai, confirma John Dee. *Je suis venu te souhaiter un bon anniversaire.*

Pétra le regarda fixement.

Quoi ?

Nous sommes à l'heure où tu es née, par une nuit de novembre, il y a treize ans. N'ai-je pas raison ?

Pétra y réfléchit et se rendit compte qu'en effet, c'était bien son anniversaire. Elle n'y avait pas pensé un instant. Depuis ces derniers mois, c'était la chose la plus éloignée de ses préoccupations. Elle frissonna dans ses vêtements raidis et éclata de rire. Vous parlez d'un anniversaire !

Ton complice et toi, vous vous êtes très bien débrouillés. Admirablement. Je dois avouer que tes talents m'impressionnent, ma chère.

Elle ne le regarda pas. Peut-être que si elle ne faisait pas attention à lui, il finirait par s'en aller.

L'horloge de la place Staro a toujours des pouvoirs, poursuivit

352

Dee. *Le pouvoir de la beauté, et du temps. Mais elle est hors d'état de nuire. Le prince cherchera sûrement un autre moyen d'accroître sa puissance politique. Mais l'horloge de ton père ne pourra plus être son outil, Pétra, grâce à toi.*

Ses paroles étaient flatteuses, poisseuses. Cela mit Pétra en colère.

Grâce à moi ! éclata-t-elle. *Vous parlez comme si j'avais eu le choix ! Vous avez menacé ma famille ! Vous m'avez* forcée à *faire ça ! Et... Et...* bégaya-t-elle, en se demandant comment elle en était arrivée là (où ça, d'ailleurs ?), seule sur un cheval volé et piégée dans un cauchemar qui était réel. Elle éleva la voix : *Et en plus, je n'ai que douze ans !*

Treize, lui rappela-t-il.

Elle fulminait.

Pétra, crois-tu vraiment que je vous aurais fait du mal, à toi ou à ta famille ? Je ne suis pas un monstre. Il ne te manquait que la motivation. On peut obtenir beaucoup avec une bonne menace. Pense à ce qu'auraient pu faire les pouvoirs secrets de l'horloge. Le monde n'est-il pas meilleur sans ?

Pétra pensa à Susana. Elle ne pouvait pas dire non. Mais elle se refusait à dire oui.

Puisque tu as respecté notre marché, continua Dee, *et puisque c'est ton anniversaire, j'ai envie de te faire un cadeau. Tu peux me demander quelque chose. Une faveur.*

Ah oui ? Alors je veux que vous sortiez de ma tête, qu'est-ce que vous dites de ça ?

Oh, allons. Dee eut un petit rire. *Tu ne veux pas vraiment cela. Ce n'est pas du tout suffisant. Crois-moi : si je refuse ta demande, c'est par envie sincère de protéger tes intérêts.*

C'est marrant, je n'ai jamais eu l'impression que vous aviez mes intérêts à cœur.

Je ne vais pas « sortir de ta tête », comme tu le dis. Mais si cela peut te consoler, je vais quitter ton pays. Ma mission en Bohême consistait à éliminer la menace de l'horloge. À présent, je peux rentrer chez moi. Comme toi.

Vous n'êtes pas comme moi.

Je vais te faire une proposition, Pétra : réfléchis à la faveur que tu aimerais le plus me demander. Je te l'accorderai le jour où tu me la demanderas.

Pétra poussa un soupir dégoûté. Apparemment, elle allait rester coincée un moment avec Dee. Elle leva les yeux vers le ciel nocturne et dégagé. Les étoiles scintillaient. *Dites-moi une chose.*

Est-ce ton cadeau que tu me demandes ?

Non. Je vais garder ça pour plus tard.

Tu es très sage.

C'est une simple question. Vous pouvez répondre ou non. Ça m'est égal. Je m'interroge sur une chose que mon père a dite.

Ah ?

Pétra sentait bien qu'elle avait piqué sa curiosité.

Est-ce vrai que la Terre tourne autour du Soleil, et non l'inverse, comme on l'apprend à l'école ?

C'est tout ? Oui, Pétra Kronos, la Terre tourne autour du Soleil. Il pointa le doigt vers le ciel et suivit le flot d'étoiles blanchâtre de la Voie lactée, qui s'incurvait au-dessus d'eux. *Et le Soleil et la Terre ne sont que des poussières parmi beaucoup, beaucoup d'autres corps similaires, tournant dans leur région de la galaxie, laquelle forme une spirale. Nous nous tenons sur* un point de cette spirale, toi et moi. La Voie lactée qui s'incline au-dessus de nous est une spirale, que nous voyons aplatie en une simple ligne de là où nous sommes.

Pétra ne dit rien.

Soyons alliés, sinon amis, Pétra.

Je vais y réfléchir.

28

La plus belle chose

À l'aube, Josef sortit de *La Rose des Vents*. Il cligna des yeux.

Une jeune fille endormie était effondrée sur un cheval. Sa robe était sale et mouillée. Son visage était caché dans la crinière, mais c'est à la vue de ses cheveux – plus courts que dans son souvenir, moins emmêlés qu'il ne l'aurait cru – qu'il sut de qui elle était la fille, car cette chevelure avait la même couleur que celle de sa femme. Il avait à peine osé espérer en la voyant, mais à présent il en était sûr : c'était Pétra.

Il la souleva comme si elle ne pesait pas plus que l'air. Elle marmonna. Il rentra à grandes enjambées dans la maison en appelant : « Dita ! Mikal ! »

Mais c'est David qui dévala l'escalier en premier.

– Qu'est-ce qu'il y a ? Qu'est-ce qu'il y a ? s'écria-t-il avec excitation.

Puis il vit ce que portait son père.

– Pétra !

– Va chercher ta mère, lui ordonna Josef.

– On me dit toujours d'aller chercher les autres, râla David.

Josef fit les gros yeux. David tourna les talons et remonta l'escalier à toute vitesse.

Entre-temps, Pétra s'était réveillée, même si elle était encore sonnée. Elle avait la gorge en feu et du mal à déglutir. *Astro ?* pensa-t-elle confusément. *Je suis vraiment à la maison ?*

Oui, mais je crois que tu es malade.

– Josef, croassa-t-elle.

Il lui sourit. Il la porta dans l'escalier, jusqu'à sa chambre, où il l'assit sur son lit. Il lui dit de s'allonger, mais elle refusa.

– Je vais bien, insista-t-elle.

Dita s'encadra dans la porte et s'arrêta pour regarder Pétra d'un air incrédule. Pétra se raidit, car elle savait que sa fureur serait terrible. Elle attendit que sa cousine rompe le silence. Elle attendit que Dita lui passe un savon.

Mais à sa grande surprise, celle-ci n'en fit rien. Elle traversa simplement la chambre, chassa les cheveux de Pétra de son visage, la regarda attentivement, puis la serra fort dans ses bras.

– Nous t'avons crue morte, dit-elle d'une voix tremblante.

– Est-ce vrai ?

Mikal Kronos se tenait sur le seuil. David le guidait par la main.

– Elle est vraiment là ? Saine et sauve ?

– Je suis là, Père ! dit Pétra. Et je t'ai rapporté tes yeux !

– Tu... Quoi ?

Il lâcha la main de David et se guida le long du mur jusqu'à un fauteuil, dans lequel il se laissa tomber. Astrophile fusa à travers la pièce et grimpa sur son genou. Dita, Josef et David regardaient fixement Pétra.

– T'as pas fait ça ! fit David.

– Eh si !

Oubliant sa maladie, elle se lança avec ardeur dans toute l'histoire, portée par l'énergie de ses nerfs, depuis le moment où Neel avait tenté de lui voler sa bourse jusqu'à son rêve de la nuit précédente. Josef écoutait, impassible. Pétra ne voyait pas les réactions de Dita, car la femme était restée à son côté, assise au bord du lit, un bras passé autour d'elle. David était captivé. Il se crispait dans les passages où Pétra avait eu peur, riait aux scènes comiques et plissait le front lorsqu'elle expliquait un dilemme qu'elle avait dû résoudre. Mais lorsqu'elle eut fini de parler et que le silence s'abattit sur la pièce, il ne fit qu'un bref commentaire.

– Belle histoire, Pétra. Mais je n'en crois pas un mot.

– Peut-être que tu croiras ceci.

Elle plongea la main dans sa poche et en sortit les yeux de son père. Ils reposaient sur sa paume.

– Ce sont ceux que maître Stakan a faits, dit David.

– C'est ce que tu crois. Père reconnaîtra la différence.

Elle s'avança à grands pas vers le siège de Mikal Kronos et posa les yeux dans sa paume.

Elle se tenait debout devant lui, à attendre qu'il parle. Il restait assis là, ses yeux dans une main, tenant sa tête bandée de l'autre.

Il serra le poing, ouvrit la bouche, puis la ferma en une fine ligne.

– Qu'as-tu fait là ?

– Que... Que veux-tu dire ? Je t'ai rapporté tes yeux.

– Tu as attiré le danger sur cette maison !

Il lança à travers la pièce ses yeux d'argent qui roulèrent au sol.

– Mais...

– Tu as révélé ton identité à Iris December ! Et cet homme qui t'a reconnue !

– Mais ils ne diront rien. Je fais confiance à Iris. Et puis ils m'ont aidée. Ils ne peuvent pas parler de moi sans s'attirer également de gros ennuis.

Il eut un rire creux.

– C'est justement quand ils auront des ennuis qu'ils révéleront le moindre détail qu'ils connaissent sur toi.

Pétra sentit soudain monter la colère.

– Pour quelqu'un qui a eu la bêtise de se faire piéger par le prince, de le croire tellement amical, et gentil, et intelligent, tu m'as l'air d'en savoir long sur ce que pensent vraiment les gens, sur leurs réactions, leurs sentiments !

– Pétra, dit Josef d'un ton d'avertissement.

– Et pour quelqu'un qui a fait la dernière chose au monde que j'aurais voulue, tu m'as tout l'air de prétendre savoir ce qui est le mieux pour moi ! lui cria Mikal

Kronos en réponse. Combien de temps faudra-t-il au prince pour comprendre qu'un vol commis par deux enfants dans le Cabinet des Merveilles est lié à moi ? Il mettra à peu près deux secondes, Pétra. Il mettra deux secondes à comprendre que le cœur de l'horloge a été détruit.

– Beaucoup de gens auraient pu vouloir briser ce cœur ! Je t'ai raconté ce que m'a dit John Dee. S'il était au courant, beaucoup d'autres devaient l'être aussi. Le prince pensera qu'un de ses frères a tout découvert et a engagé quelqu'un pour le détruire.

– Et mes yeux ? Tu crois qu'il ne va pas remarquer qu'ils ne sont plus là ?

Pétra ne savait plus quoi dire.

– Et alors... et après ?

– Et après ? Il y a quelques mois, j'étais aveugle mais nous étions tous en sécurité. À présent, nous ne le sommes plus.

– Tu... tu crois qu'on aurait été en sécurité ici ? Le prince n'arrivait pas à reconstituer le cœur, mais il n'aurait pas attendu cent sept ans. Il t'aurait envoyé chercher. Il t'aurait forcé à le faire.

– Et cela n'aurait impliqué que moi. Pétra, tu ne vois donc pas ? J'ai pris mes décisions. J'ai tracé mes plans. Je ne t'ai pas demandé d'en faire partie.

– Mais j'en faisais *déjà* partie ! Je sais que tu voulais m'envoyer à l'Académie. Oh oui, je le sais !

Mikal Kronos agita la main.

– Eh bien voilà une chose qui n'arrivera plus.

361

– Tant mieux ! Très bien ! Parce que je n'y serais jamais allée ! Toi...

Sa voix se brisa. Elle avait l'impression que quelque chose lui tordait les entrailles, comme un chiffon qu'on essore.

– Que veux-tu de moi ? Que veux-tu que je te dise ? J'ai fait ça pour toi.

– Ah vraiment ?

Il leva les mains, puis les laissa retomber sur les bras du fauteuil. Pétra était debout devant lui. Il secoua de nouveau la tête.

– Tu n'aurais pas pu faire pire.

Ce n'était pas ce que Pétra avait prévu. Mais alors, pas du tout. C'est pourquoi elle dit une chose qu'elle n'aurait jamais imaginé dire un jour.

– Je te déteste, souffla-t-elle.

Puis elle sortit de la chambre en courant.

Elle se hâta sur la neige mouillée, qui fondait déjà dans le soleil montant sur l'horizon. Elle courut jusqu'à perdre haleine. Elle s'enfonça dans le bois, s'assit dans la boue froide et pleura. En dehors des quelques heures passées à hacher des oignons, Pétra n'avait pas versé une larme depuis que son père avait été ramené à Okno, même si à bien des reprises elle en avait eu terriblement envie. Là, elle se dit qu'elle ne s'arrêterait plus jamais de pleurer.

Lorsqu'elle le fit pourtant, elle se sentit comme un lit de rivière asséché. Comme de la terre durcie, craquelée, sans aucune chance de redevenir un jour autre chose. Elle fixa l'espace devant elle, le regard vide, et se demanda si elle devait de nouveau s'enfuir, si elle devait essayer de trouver les Lovari. Elle tripota le fer à cheval qu'elle portait au cou. Il n'était peut-être pas trop tard...

Mais à cet instant, quelque chose d'argenté lui passa sur le pied.

– Va-t'en, Astro, dit-elle d'une voix morne sans même regarder.

– Je ne suis pas Astrophile. Je suis Roshina.

C'était une souris en fer-blanc avec une longue queue et des pattes minuscules. Pétra vit Josef écarter des branches nues. Il avançait vers elle d'un pas régulier. Elle ne bougea pas. Il s'accroupit à côté d'elle.

– Pétra, tu as été très courageuse.

Elle ne le regarda pas. Elle essuya ses larmes.

– Quand ton père aura moins peur, il le comprendra aussi.

– Peur ?

– Lorsque Lucie et Pavel sont rentrés de Prague en disant qu'ils t'y avaient laissée avec une tante inexistante, nous nous sommes beaucoup inquiétés. Prague n'est pas un endroit convenable pour une fille de douze ans toute seule.

– J'ai treize ans, dit-elle, maussade.

– Treize. (Il hocha la tête.) Tout le monde est tombé sur Tomik. Je ne crois pas qu'il ait eu le droit de sortir de sa chambre depuis que tu es partie. Il n'a pas arrêté de répéter que tout ce qu'il savait, c'était que tu voulais aller à Prague.

Pétra savait bien qu'elle pouvait faire confiance à Tomik pour ne pas révéler ses plans.

– Alors je suis parti à ta recherche dans la ville, dit Josef.

– C'est vrai ?

– Évidemment. Tu croyais que nous resterions tranquillement les bras croisés en attendant ton retour, à supposer que tu reviennes un jour ? Qu'aurais-tu fait à notre place ?

» J'ai questionné les petits mendiants à ton sujet. J'ai vu des sans-abri, des infirmes, et des enfants de ton âge complètement fous. Et j'ai dû rentrer les mains vides en envisageant le pire. Ne comprends-tu pas que si ton père est fâché comme il l'est, c'est parce qu'il revoit encore tout ce que nous avons imaginé à ton sujet ? Même si tu es ici maintenant, saine et sauve ? Il s'en veut que tu sois partie.

En l'écoutant, Pétra comprit à quel point tout aurait pu mal tourner. Elle ne s'était jamais autorisée à y penser, car alors elle n'aurait peut-être pas eu le courage de mener son projet à bien. Mais elle imaginait à présent ce que ça aurait été de se faire prendre, jeter en prison ou pendre haut et court. Elle comprit que cela aurait rendu son père terriblement malheureux en plus d'être aveugle. Elle imagina ce qu'elle aurait ressenti si elle était rentrée chez elle, aussi triomphante qu'elle l'était encore une heure avant, pour découvrir que son père se mourait de maladie, ou d'inquiétude, ou de n'importe quoi. Tout ce qu'elle avait fait, alors, elle l'aurait fait pour rien.

– Rentrons, dit Josef en lui tendant la main.

Elle la prit.

En rentrant à *La Rose des Vents*, elle entendit Dita et son père se disputer. Ils cessèrent dès qu'ils entendirent la porte grincer. Son père se retourna. Il ne portait pas de bandages et son visage était entier, guéri. Ses yeux d'argent étincelaient.

– Pétra.

Il s'approcha d'elle et lui mit la main sur la joue. Il scruta attentivement son visage.

– Voilà... commença-t-il à dire.

Il recommença :

– Voilà la plus belle chose que j'aie jamais vue.

Épilogue

Pétra dut garder le lit encore deux semaines, le temps de se remettre de sa fièvre. Mais elle ne fut pas malheureuse, car elle eut de la visite.

Tomik tout d'abord, libéré par son père, fut ravi de la revoir. Sa chienne de fer-blanc remuait la queue avec un ravissement extrême, assise à côté de son maître au chevet de Pétra. Atalante était devenue une grosse bête hirsute avec un cœur d'or. La chienne avait des épaules puissantes, mais ses flancs sveltes laissaient supposer qu'elle allait encore grandir. De l'huile coulait de ses babines lorsqu'elle fourra sa large tête sous le bras de Pétra. Elle bava sur tout son oreiller, le maculant de taches vert gazon.

Tomik lui déclara fièrement qu'il l'avait toujours sue capable d'accomplir ce qu'elle avait entrepris. Il lui parla de ses nouvelles inventions. Il avait créé un antidote au défaut des Fioles de Souci : un gel qui nappait l'intérieur du flacon, exactement comme l'avait suggéré Pétra. La gratitude de Tomas Stakan avait rendu son quasi-emprisonnement à *L'Enseigne du Feu*, suite à la disparition de Pétra, un peu plus supportable. Juste un peu.

Tomik fut impressionné par le récit que lui fit Pétra de l'utilisation de ses Merveilles.

– Tant d'eau que ça ? demanda-t-il. Il va falloir que je fasse des réglages.

Tout en se demandant vaguement comment procéder, il observa les traits tirés de son amie. Une conscience soudaine de tous les dangers que Pétra avait affrontés sans lui s'éleva dans son cœur et réveilla des questions déplaisantes qui y étaient en germe : aurait-il dû se rendre à Prague avec elle ? Leur amitié serait-elle changée parce qu'il n'y était pas allé ?

– Tu devrais peut-être tout laisser tel quel, lui dit Pétra. Fabriquer la prochaine Bulle exactement comme la première. Ça nous a bien rendu service.

Elle ne remarqua pas l'ombre qui passa sur le visage de Tomik. Astrophile, si, mais elle tint sa langue.

David l'obligeait sans cesse à recommencer le récit de ses aventures. Neel était son nouveau héros, et il harcelait sa mère pour qu'elle lui fabrique une veste de page rouge et or.

Dita gronda Pétra parce qu'elle parlait trop, lisait trop, se couchait trop tard, et dans l'ensemble faisait à peu près tout son possible pour éviter de guérir. Pétra se surprit à désobéir exprès, juste pour que Dita se plaigne de devoir la surveiller à toute heure puisque, à l'évidence, elle n'avait pas assez de cervelle pour prendre soin d'elle-même. Les cousines jouaient à ce jeu ensemble, et Pétra comprit, peut-être pour la première fois, qu'elles y jouaient avec amour.

Après sa rare poussée d'éloquence, Josef garda de nouveau le silence. Il faisait un signe de tête à Pétra quand il passait devant sa chambre. Il parlait très peu, comme s'il était gêné d'en avoir dit autant. Et puis il était très occupé, car il avait beaucoup de travail en tant qu'ouvrier agricole. Pendant les mois d'hiver, il n'y avait pas grand-chose à faire à la ferme, si bien que Josef proposait ses services ailleurs. Il faisait de petits boulots, des réparations dans des maisons, et s'occupait des chevaux. Il montait Boshena. Elle lui obéissait volontiers, et il ne lui en demandait pas trop, car ils se savaient liés par une affinité particulière.

Le père de Pétra venait la voir dans sa chambre plusieurs fois par jour. Bien qu'il ne fût plus aveugle, la famille avait décidé que cela devrait rester un secret pour tous, hormis leurs amis les plus proches, les Stakan. Par conséquent, Mikal Kronos quittait rarement la maison, et s'il le faisait il devait s'enrouler des bandages autour du visage et faire semblant de s'appuyer sur le bras de quelqu'un. Il n'aimait pas feindre la cécité. Mais il savait que les nouvelles de sa guérison miraculeuse risquaient d'arriver facilement jusqu'aux oreilles du prince.

Pétra et son père échangeaient des idées, comme un an plus tôt, avant que Mikal Kronos ne fût parti pour Prague construire une horloge pour le prince Rodolphe. Mais les choses avaient changé. Cela se voyait dans la légère raideur avec laquelle ils se parlaient, comme si chacun voulait demander pardon à l'autre.

369

Un matin, Pétra se réveilla aux aurores. Ça aussi, c'était nouveau. Depuis qu'elle avait travaillé comme domestique, elle avait pris l'habitude de se lever tôt et constaté qu'elle aimait cela. Ce jour-là, elle se sentait forte et en bonne santé.

Elle se glissa hors de son lit et se rendit à la bibliothèque de son père. Astrophile l'accompagnait sur son épaule.

Pétra ferma la porte de la bibliothèque derrière elle, puis ouvrit le compartiment secret dans le sol. Elle en sortit le sac d'outils invisibles. Cette action marquait encore un changement. Car voyez-vous, elle savait à présent pourquoi son père avait caché ce sac. C'était parce que les outils pouvaient servir d'armes.

Elle fit un tri minutieux dans le sac, en prenant garde à ne pas se blesser sur les pointes ou les lames affûtées. Suivant du bout des doigts les formes invisibles, elle en trouva une qui n'était pas vraiment un outil. Ce n'était pas un tournevis, ni un marteau, ni une clé à molette. C'était une fine épée. Elle la soupesa dans sa main. Elle était légère. Elle semblait faite pour Pétra. Et c'était sans doute le cas.

Le plus grand changement survenu dans toute sa famille, c'était celui qu'avait hurlé son père : ils n'étaient plus en sécurité. Il n'avait pas eu l'intention de se mettre tellement en colère. Il n'avait pas voulu l'accuser, Pétra le savait. Mais elle savait aussi qu'il y avait du vrai dans ses propos. Le prince ne tarderait peut-être pas à venir les chercher.

Elle regarda fixement la lame, même sans rien voir.

Que vas-tu en faire ?

Elle répondit à Astrophile comme si c'était une évidence.

– Je vais m'entraîner.

Note de l'auteur

La première fois que je suis allée à Prague, mon cousin David m'a emmenée voir l'horloge astronomique qui se trouve sur la place de la vieille ville. Il m'a raconté que d'après la légende, on avait aveuglé l'horloger une fois son travail accompli, afin qu'il ne puisse plus jamais rien reconstruire d'aussi beau.

David ne m'a rien dit de plus sur le sujet, et je n'ai jamais enquêté sur cette légende.

Je ne vois pas très souvent mes cousins tchèques, mais l'été dernier je me trouvais à Prague, attablée en terrasse avec lui, sa sœur (Petra), sa mère (Jana) et sa grand-mère (Mila). Je leur ai parlé du présent roman, et j'ai rappelé à David la conversation que nous avions eue dix ans plus tôt au pied de la tour de l'horloge.

Tout d'abord il s'est tu. Puis, avec les manières délicates et généreuses qui sont les siennes lorsqu'il parle ma langue, il m'a dit : « Mais je crois que cette légende n'est pas vraie. »

Je ne me suis jamais souciée de savoir si l'histoire était vraie ou non. L'essentiel de ce roman est purement inventé, concocté dans mon aile des Savants personnelle. J'ai puisé dans l'histoire, la vraie, ce qui me plaisait. Et ce que j'ai pris, je l'ai modifié.

Le Cabinet des Merveilles se déroule dans l'Europe de la Renaissance, à la toute fin du XVIᵉ siècle, mais ma Renaissance à moi connaît la magie et toutes sortes d'événements qui diffèrent de la réalité. L'horloge de Mikal Kronos ressemble à celle que David m'a montrée, mais ce n'est pas la même.

Le prince Rodolphe est librement inspiré de Rodolphe II, un membre de la famille des Habsbourg qui hérita du titre d'empereur du Saint Empire à la mort de son père, Maximilien II. Il était déjà empereur et âgé de plus de trente ans lorsqu'il déplaça sa cour de Vienne à Prague. Mon Rodolphe, lui, est très jeune et bien moins puissant. Mais tous deux ont une chose en commun : ils possèdent un cabinet de curiosités, le Cabinet des Merveilles du roman.

À l'origine, un cabinet de curiosités était un meuble conçu pour présenter des objets insolites et beaux. Les gens riches amassaient leur collection peu à peu, et un cabinet pouvait abriter des articles tels que dents de narval (que certains prenaient pour des cornes de licorne), peintures à l'huile, œufs d'autruche. Parfois une collection grandissait à tel point que le meuble débordait et que son contenu occupait une pièce entière. Puis la collection emplissait de nombreuses pièces, jusqu'à devenir ce que nous appelons aujourd'hui un musée.

Le cabinet de curiosités de Rodolphe II était l'un des plus impressionnants d'Europe. Le roi était attiré par les articles bizarres, les machines et les inventions nouvelles. La magie le passionnait, et ceux qui prétendaient la pratiquer étaient les bienvenus à sa cour.

Parmi ces derniers figurait John Dee. Cet homme a existé, et il était fascinant. C'était un magicien, mathématicien et astrologue célèbre, conseiller de la reine Élisabeth ; il s'est rendu en Bohême et a (sans doute) pratiqué l'espionnage.

Dee, comme beaucoup de ses contemporains, croyait au pouvoir de la divination. On pensait que seuls les enfants pouvaient la pratiquer, et qu'ils devaient pour cela regarder dans une boule de cristal, un miroir ou une surface huilée. Dee essaya d'enseigner cet art à son fils de huit ans, Arthur, mais l'enfant ne vit rien de particulier. Avant que vous ne pensiez que le vrai John Dee était aussi déplaisant que le mien, je dois préciser qu'aucun document historique ne mentionne des enfants perdant la tête après avoir pratiqué la divination. Ça, c'est moi qui l'ai inventé.

Neel est un personnage de fiction, mais les Roms existent bel et bien. Leurs origines sont mal connues ; ils sont sans doute arrivés d'Inde avant de voyager dans tout le Moyen-Orient, l'Europe et d'autres parties du monde, où ils ont été en butte à beaucoup de suspicion et même de persécutions. Pendant cinq cents ans, ils furent réduits en esclavage en Roumanie, jusqu'à l'abolition de cette pratique au XIXe siècle. Plus récemment, des centaines de milliers de Roms ont été tués par les nazis.

Si les Roms du *Cabinet des Merveilles* ont des points communs avec les vrais, la culture de Neel est hautement romancée. L'histoire de Danior n'a pas d'autre origine que mon imagination (et l'amour que je porte aux éléphants), mais celle que Neel raconte à Pétra à propos du violoniste est fondée sur un conte rom hongrois consigné par Vladislav Kornel dans le livre *A Book of Gypsy Folk Tales* (*Contes populaires gitans*). J'ai toutefois modifié cette légende orale de plus d'une manière.

À présent, il est temps que je vous fasse un aveu. J'ai un peu peur que quelqu'un, quelque part, conteste la façon dont j'ai manipulé l'histoire. J'entends déjà un raclement de gorge désapprobateur, suivi de ces mots : « L'histoire n'est pas un jouet avec lequel tu peux t'amuser, Marie. »

J'ai donc demandé à Astrophile ce qu'elle en pensait.

Elle a pesé le pour et le contre.

« Mais, a-t-elle conclu, arrête-moi si je me trompe : tu n'es pas historienne.

– Non, lui ai-je répondu. J'écris de la fiction.

– As-tu promis à quiconque d'être historiquement exacte ? m'a demandé l'araignée.

– Pas que je me souvienne.

– Très bien, m'a-t-elle dit en se calant dans sa position de repos favorite. Dans ce cas je ne crois pas que tu aies à t'inquiéter.

– Ouf, tant mieux.

– Je suis soulagée aussi, a-t-elle reconnu. Après tout, moi-même je ne suis pas historiquement exacte. Et pourtant j'existe. »

Voilà, me suis-je dit, le meilleur avis que l'on puisse me donner.

Décembre 2007
New York City

Remerciements

Je dois mes premiers remerciements à ma grand-mère, Jennie Hlavac (née Zděnka Pavliček), pour m'avoir toujours rappelé mes origines bohémiennes. Toute ma reconnaissance va aussi à mes cousins Mila Kostová et Viktor, Jana, David et Petra Valouch.

Beaucoup d'amis ont lu les brouillons du *Cabinet des Merveilles*, m'ont procuré un bel espace où l'écrire, discuté de certaines idées avec moi, ou m'ont encouragée : Manuel Amador, Eric Bennett, Esther Duflo, Dave Elfving, Caroline Ellison, Francesco Franco (dont le ragoût à la génoise est célèbre dans plusieurs pays), Erik Gray, Dominic Leggett, Jonthan Murphy, Becky Rosenthal et Holger Syme. Enfin, c'est à deux amis incroyables que je suis le plus redevable : Neel Mukherjee et Bret Anthony Johnston. Ce livre n'existerait pas sans vous.

Je remercie Charlotte Sheedy, Meredith Kaffel, Violaine Huisman et Marcy Posner d'avoir tant cru à ce livre. Enfin, merci à Janine O'Malley, qui a contribué à en tirer le meilleur. J'ai de la chance d'avoir une éditrice aussi sage et aussi formidable.

D'autres livres

wiz
Albin Michel

www.wiz.fr
Logo Wiz : Cédric Gatillon

Composition Nord Compo
Impression : Imprimerie Floch, mars 2009
Éditions Albin Michel
22, rue Huyghens 75014 Paris

ISBN : 978-2-226-19180-9
ISSN : 1637-0236
N° d'édition : 18333. N° d'impression : 73314
Dépôt légal : avril 2009
Loi n° 49-956 du 16 juillet 1949 sur les publications destinées à la jeunesse.
Imprimé en France.